Fabio Rennani

OR ENCENS ET MITHRA

Un mystère pour le Commissaire Innocenti

Toute ressemblance avec des personnes réelles ou des événements réellement survenus est purement fortuite. Les histoires racontées sont le fruit de l'imagination.

Mai 2023 – Édition n.1
www.fabiorennani.it
Fabiorennani@yahoo.com
Facebook - Instagram

Providence et Fortune, soyez favorables à moi qui écris ces Mystères à transmettre au seul Fils à qui sera accordée l'Immortalité, à l'Initié digne de notre puissance. Mystères que le grand Dieu, Soleil-Mithra, me commanda par le biais de son propre Archange à transmettre, que tu me sois favorable afin que moi seul, Aquila, atteigne le ciel et contemple toutes choses.

Rituel Mithriaque du Grand Papyrus Magique de Paris - IIIe siècle après J.-C.

1

Giulia.

J'adore ce nom depuis que je suis enfant, il a toujours signifié le début d'une nouvelle aventure pour moi. D'après ma mère, Giulia était le nom de la sage-femme qui m'a accouché. Puis mon premier baiser, ma première petite amie, la première fois... non! Ça ne peut pas être écrit.

C'est incroyable comment encore aujourd'hui, à presque cinquante ans, ces adorables six lettres s'apprêtent à commencer une nouvelle histoire.

Aujourd'hui Giulia sera à moi.

Giulia gli occhiali sul naso (Giulia, les lunettes sur le nez)
Che sfiora la mente (Qui effleure l'esprit)
Parla di uomini e donne (Parle des hommes et des femmes)
Come solo lei sa (Comme seule elle le sait)
E la camera è bassa (Et la pièce est basse)
E la mano piano piano che scende (Et la main descend doucement)
Trova la tua tenerezza e la sua verità (Trouve ta tendresse et sa vérité)

Sur les vers de la célèbre chanson italienne d'Antonello Venditti, je ne peux m'empêcher de me rappeler ma première figure de merde, dont elle est l'héroïne.

C'était une camarade de classe du collège, assise au troisième rang devant moi: grande, brune, les cheveux longs qui lui arrivaient aux épaules, le nez droit, les lèvres charnues et un sourire qui était déjà un peu trop malicieux pour son âge.

Soudain, j'avais réalisé que j'avais perdu tout intérêt pour l'échange des vignettes de joueurs de football avec mes camarades masculins et que je commençais à m'intéresser à elle.

Je la regardais pendant les cours, la récréation et la gym. Je la suivais à quelques pas de distance sur le chemin du retour à la maison, parfois l'après-midi j'essayais de l'appeler en prétextant avoir besoin d'aide pour les devoirs.

Quand je pensais à elle, je ressentais une chaleur étrange qui montait de mes pieds jusqu'à mes oreilles et je sentais mon souffle devenir court et haletant.

Ah, le premier amour, auraient dit les poètes romantiques!

Je sentais déjà la nouveauté de l'adolescence qui arrivait: les premiers boutons sur les joues, les poils qui commençaient à pousser sous les aisselles et ma voix qui devenait de plus en plus profonde.

Pourtant, j'avais seulement douze ans et j'étais à peine plus qu'un enfant maladroit qui jouait avec des soldats et regardait des dessins animés l'après-midi.

Mais il y avait un aspect qui me freinait plus que les autres: j'étais plus petit qu'elle de quinze centimètres, ce qui peut sembler insignifiant sur une règle, mais qui devient énorme lorsque quelqu'un vous regarde de haut en bas.

Dans ces circonstances, les chances de réussir à lui arracher ne serait-ce qu'un baiser étaient vraiment minces.

Perdu dans un amour presque platonique, un jour je m'étais confié à Marco, mon camarade de classe le plus audacieux.

Il était plus âgé que moi de quelques années parce qu'il avait redoublé en deuxième année et il se vantait d'avoir une vaste expérience en matière de conquêtes.

"Claudio", m'avait-il dit avec un sourire amusé et complice, "montre tes couilles! Tente ta chance! Dis-lui que tu l'aimes et embrasse-la! Qu'est-ce que tu attends? Que quelqu'un d'autre le fasse?"

Et ainsi, j'avais décidé de faire le grand pas. Un jour, j'avais pris mon courage à deux mains, je l'avais attendue à la sortie de l'école et en retenant mon souffle j'avais prononcé son nom à voix haute.

"Giulia!"

Elle s'était arrêtée et m'avait regardé avec dédain, comme pour me faire comprendre: *pourquoi est-ce que ce môme ose me parler?*

"Que veux-tu?" avait-elle exclamé et déjà par le ton de sa voix et par sa posture, j'aurais dû comprendre et me replier, mais le désir de tenter ma chance était trop fort. Hélas, j'avait décidé d'aller jusqu'au bout.

Le Titanic Claudio contre un iceberg nommé Giulia.

"Quand je te vois... quand je te vois... eh bien, moi... eh bien, toi... eh bien, je t'aime..."

J'avait immédiatement senti la chaleur monter à mon visage, mais j'était resté debout devant elle, avec une attitude timide mais déterminée.

Elle m'avait tout de suite balayé d'un rire.

Ce fut ma première humiliation: j'étais encore un enfant, conscient d'avoir déjà fait un pas vers la vie adulte.

Ah, les femmes! Ma passion et ma ruine! J'ai toujours été attiré par elles, mais je n'ai jamais réussi à les comprendre complètement.

Aujourd'hui, ça sera différent.

Aujourd'hui Giulia sera à moi.

C'est toujours la même chose, car au fond, je suis toujours moi, ce garçon maladroit et timide d'alors, qui perd encore bêtement la tête et se laisse submerger par mille émotions.

Me voici! Présent! Commissaire Claudio Innocenti à votre service!

Cinquante ans encore à venir, une barbe négligée de quelques jours, une touffe de cheveux en désordre avec de nombreux reflets blancs, un teint foncé de vendeur de tapis, deux yeux noirs et profonds pour un mètre quatre-vingts de hauteur. Je porte tous les jours pour aller au bureau ma veste en cuir indémodable, des jeans ajustés et des bottes noires.

Je n'ai jamais cédé à la veste et à la cravate, au mieux je porte l'uniforme réglementaire lorsque je suis en service, en patrouille ou dans mon bureau. Mais pas toujours non plus: parfois, je reste en vêtements civils, par distraction ou négligence et cette attitude est mal tolérée par certains de mes collègues et surtout par le chef de police M. Molinari, toujours si rigide et conformiste aux règles.

On le sait: l'Italie est encore un pays où l'apparence fait le moine et l'uniforme fait le policier... peut-être pas le plus honnête, mais toujours en uniforme.

C'est que j'aime me sentir libre, au-dessus des règles, de l'étiquette et des conventions.

Maintenant, je suis assis à mon bureau, dans le commissariat que je dirige, ici dans le quartier de l'EUR à Rome. J'ai une Camel Light entre les mains, comme c'est souvent le cas et je sais déjà que je vais me contenter de la faire tourner entre mes doigts, de sentir l'odeur du tabac, de mimer le geste de quand je fumais.

Aujourd'hui encore, je ne l'allumerai pas, car j'ai arrêté il y a quelques années, mais Dieu sait combien j'aimerais recommencer.

Je me rends compte que ma vie est un bordel, un grand bordel infini.

Une ex-femme, Anna, un peu folle et bipolaire, qui réapparaît de temps en temps dans ma vie, avec toutes ses contradictions.

Une fille, Alice, maintenant âgée de dix-sept ans, que j'adore par-dessus tout et avec qui je pense avoir une relation spéciale.

Elles ont toutes les deux les cheveux roux, le nez retroussé, les lèvres fines mais sensuelles et quelques taches de rousseur dispersées sur les joues. Elles se ressemblent et sont adorables.

Ma relation avec Anna?

C'est un désastre. Nous avons été ensemble pendant trente ans, depuis le lycée, grandissant et essayant de supporter nos différences de caractère et nos trahisons réciproques.

Nous nous sommes aimés et haïs à la folie et finalement, il y a cinq ans, nous avons assisté impuissants à la fin de notre union, dans un moment tragique de la vie.

Pendant cette période, j'ai eu d'autres femmes et pourtant, Anna a toujours été mon obsession, mon tourment, la partie manquante, l'amour incontesté de ma vie.

Nous avons essayé à plusieurs reprises de nous remettre ensemble, mais nous n'avons jamais réussi à trouver une nouvelle entente véritable.

Nous nous sommes quand même fréquentés, disputés à nouveau, embrassés; nous avons fini au lit et risqué de mourir ensemble, comme un couple normal. Mais en réalité, nous ne le sommes pas du tout.

À certains moments, j'ai espéré la récupérer entièrement pour moi, à d'autres je l'ai évitée avec grâce, à d'autres encore je l'ai repoussée avec répulsion.

Car moi non plus, je ne suis pas tout à fait normal.

Je regarde les aiguilles de ma montre et j'essaie mentalement d'accélérer leur course. Il est deux heures et quart de cet après-midi de vendredi et j'ai encore une demi-heure à passer en compagnie de mes pensées.

J'attends ce moment depuis des mois, onze longs mois où il s'est passé tant de choses.

Le monde a été bouleversé par un terrible virus, un

ennemi minuscule et invisible, capable d'arrêter l'économie mondiale: des villes vides, des voitures garées, des pétroliers immobiles en mer en attendant de livrer leur précieuse cargaison et des personnes confinées chez elles par décret.

L'humanité toute entière a découvert une fragilité oubliée depuis des décennies et nous avons tous contemplé stupéfaits un monde immobile que nous ne connaissions pas.

Mais heureusement, il semble que cette période soit en train de passer et que bientôt notre vie pourra revenir à la normale.

Aujourd'hui Giulia sera à moi.

Mais il est encore tôt. Et alors, comment ne pas penser au mal, aux morts que j'ai vus, aux victimes que j'ai essayé de consoler, aux criminels que j'ai capturés et aidé à condamner?

Assumer la responsabilité du commissariat de police de Rome Sud n'a pas été facile du tout. J'ai dû réorganiser le travail, mener les enquetes et gerer les collaborateurs, en premier lieu mon cher collègue Giacomo Banfi.

C'est un jeune inspecteur ambitieux, un peu ami, un peu ennemi, avec le désir constant de faire carrière, même à mes dépens.

C'est à lui que je dois ma vie et celle d'Anna. Son arrivée opportune, dans une situation désespérée, nous a permis de rester sains et saufs, malgré un destin qui semblait déjà scellé.

Et comment ne pas penser au cher chef de police M. Molinari, le chef suprême, toujours prêt à mettre ses subordonnés en concurrence pour en tirer un avantage personnel?

Il n'a toujours pas accepté pleinement ma promotion au grade de commissaire, peut-être facilitée par quelqu'un pour me faire abandonner une enquête gênante.

Mais surtout, il n'a jamais supporté ma fierté indomptable qui me rend réfractaire à toute autorité et pression venant du pouvoir extérieur et me permet d'aller toujours de l'avant selon ma propre voie.

J'ai appris par des voies détournées que le cher chef de police, après la résolution de la dernière affaire dans laquelle j'ai été personnellement impliqué, a tout fait pour se débarrasser de moi, en essayant de me faire muter dans un petit village perdu du Latium.

Et si je suis encore ici, je le dois uniquement à la pandémie qui a bloqué tout le mouvement interne. La circulaire du ministre était claire: aucun transfert de police non motivé par une urgence impérieuse.

Un virus comme allié, qui l'aurait dit?

Je regarde encore les aiguilles avancer inexorablement, le moment est presque arrivé. Dans quelques minutes, je serai hors de mon bureau.

Aujourd'hui, Giulia sera à moi.

Et comment oublier Patrizia Valle, la fascinante criminologue de la préfecture, quinze ans plus jeune que moi, avec qui j'ai passé quelques mois d'une passion dévorante.

Un concentré de fraîcheur et de sensualité. À y penser maintenant, peut-être aurais-je pu construire quelque chose de sérieux. Mais je n'ai pas eu le courage et je me suis enfui dans les bras d'Eva, une parfaite inconnue rencontrée sur le parking d'un supermarché, tragiquement décédée ensuite sous le métro.

Les femmes, ma passion et ma ruine.

Donc, après la dernière affaire remontant à presque un an, j'ai fait un pacte avec moi-même en prenant une décision ferme et irrévocable.

Plus de relations sérieuses et surtout, plus d'Anna!

Avec tout ce qu'elle m'a fait ces dernières années, je ne veux plus entendre parler d'elle, de ses folies, de ses troubles.

Et c'est ce que j'ai fait. Depuis février dernier, j'ai réussi à l'éviter, notamment à cause de la pandémie qui, je dois l'admettre, m'a beaucoup aidé: une excuse plausible pour ne pas la voir, ne pas la rencontrer, ne plus rien avoir à faire avec elle.

Sauf pour ma fille, qui a fêté ses dix-sept ans en décembre et traverse l'adolescence avec toutes ses tempêtes hormonales.

Et donc, de temps en temps, j'ai dû revoir aussi mon ex-femme, qui ne se résigne pas encore et continue secrètement à me désirer. Qu'est-ce que j'ai fait de mal?

Mais maintenant, c'est trop tard, je suis fermement convaincu, je suis heureux ainsi, ou du moins je me fais l'illusion de l'être.

Il y a une semaine, j'ai raconté à mon cher inspecteur que cela fait des mois que je n'ai pas eu de relation et en réponse, il m'a organisé une petite surprise... une petite farce diabolique digne de lui.

"Je m'en occupe! Je m'en occupe, Commissaire!", s'est-il exclamé un après-midi et je ne cache pas que j'ai tremblé à ces mots.

Et qu'a fait Banfi? Il a récupéré quelques photos où je semblais un peu plus séduisant et ténébreux et il m'a créé un profil sur un site de rencontres! Vous avez bien compris! Un de ces réseaux sociaux où l'on fait de nouvelles connaissances. Au lieu de me confier à lui, j'aurais dû me taire!

"C'est la nouvelle frontière de la drague!", s'est-il exclamé avec satisfaction il y a une semaine et il a installé l'application sur mon téléphone portable. Ensuite, il a commencé à envoyer des messages à droite et à gauche.

"Qu'est-ce que tu fais?!"

"Ne t'inquiète pas, je m'en occupe!"

J'ai donc commencé à accumuler des dizaines de likes, de cœurs, de messages, de posts, de photos... elles semblent toutes extatiques à mon sujet.

"Banfi! Mais je ne veux plus avoir d'histoires sérieuses! Les femmes sont ma ruine!", lui ai-je dit, contrarié par son activité avec mon téléphone, mais en même temps flatté par l'intérêt que mon profil suscitait en quelques minutes.

"Exactement! Le site est fait pour ça: rencontrer des gens sans être obligé d'avoir des histoires sérieuses", m'a-t-il répondu, "il suffit de le préciser dès le début! Tu sais combien de femmes célibataires, séparées, divorcées recherchent exactement ce que tu cherches? Cette application est idéale pour ceux qui travaillent toute la journée et ont peu de temps pour faire de nouvelles rencontres!"

Depuis lors, j'ai reçu plusieurs demandes de connexion et de nombreux messages, mais je n'ai pas encore décidé d'organiser quoi que ce soit. Peut-être que le moment n'est pas le meilleur, avec ce virus qui traîne, je n'ai pas encore trouvé le courage de sortir avec une inconnue. Ou peut-être que personne n'a vraiment réussi à m'intriguer.

Mais aujourd'hui, ce sera une toute autre histoire et je ne veux penser à rien d'autre.

Aujourd'hui, Giulia sera à moi.

Les aiguilles ont balayé la dernière minute. Enfin, le moment de la rencontrer est arrivé. Je dois y aller.

"Banfi! Banfi!", je crie depuis ma chambre.

Mon traître d'inspecteur arrive en souriant.

"Alors, le jour est arrivé, Commissaire!"

"Oui, je pars. Appelle-moi s'il se passe quelque chose!"

"Ne vous inquiétez pas! Il ne s'est rien de sérieux depuis

des mois. Profitez du moment, ça n'arrive pas tous les jours!"

J'éteins l'ordinateur et je quitte rapidement le commissariat. L'air froid de février me frappe et me fait frissonner, mais je n'ai pas froid, je suis trop excité.

Je vois le taxi qui m'attend au coin de la rue: j'y entre et je dicte l'adresse, lettre par lettre.

Nous arrivons en une vingtaine de minutes. Ils sont déjà tous là. Je la vois pour la première fois et je suis convaincu qu'elle me regarde aussi, avec l'élégance de ses lignes.

Enfin à moi.

Deux cent quatre-vingts chevaux de puissance, transmission intégrale, boîte manuelle, jupes latérales. Rouge feu, la couleur de la passion.

Hier, j'ai rendu la Fiat Panda jaune que j'avais louée il y a presque un an et aujourd'hui je l'ai enfin, ma nouvelle Alfa Romeo Giulia, le rêve de ma vie.

Et tout ça grâce à ma dernière enquête! J'ai directement remis le chèque reçu en remboursement de l'incendie de ma Giulietta au concessionnaire, j'ai attendu onze interminables mois et enfin le moment est arrivé.

Je m'imagine déjà au volant, collé à la route, accélérant sur la ligne droite de la Boulevard Cristoforo Colombo ou prenant les virages du Muro Torto.

Le vendeur du concessionnaire est à bord et enlève toutes les protections en plastique. Il me voit arriver, descend et me salue avec un sourire radieux.

"Commissaire Innocenti! Félicitations pour votre nouvelle voiture!", s'exclame-t-il, me tendant les clés de mon bolide.

Quelle émotion!

Je monte à bord lentement, je hume l'odeur neuve de l'intérieur, je caresse le volant et le cuir sombre des sièges, je règle les rétroviseurs, je joue avec la radio et je glisse un paquet neuf de Camel Light dans la boîte à gants.

Je sais déjà que je ne les fumerai jamais, mais ils doivent être là pour calmer mon anxiété.

C'est mon premier moment seul avec Giulia et je veux en profiter pleinement.

J'insère la clé et je l'allume.

J'accélère follement, voici le grondement du moteur, je le sens, c'est lui: une combinaison de technologie et de sportivité qui obéit à mes commandes.

Je remercie le concessionnaire et le mécanicien qui vient de la vérifier, puis je décide de sortir du salon automobile.

Je regarde à droite, à gauche, puis encore à droite... quelle anxiété le premier kilomètre.

Je pars en faisant patiner les pneus et en entendant le rugissement de son moteur, j'ai l'impression d'être enfin accompli. Une magnifique soirée m'attend.

2

Où aller avec ma nouvelle flamme?

J'ai vraiment envie de siroter une bière glacée assis aux tables en plein air d'un bar du centre-ville pour clôturer cette journée fantastique.

Je pense à l'un de mes endroits préférés, un petit club près du Panthéon: un long et étroit comptoir, deux jeunes serveuses belles et souriantes et une collection de plus de deux cents types de bières du monde entier.

Mais nous sommes en pleine pandémie... est-ce que c'est encore ouvert?

Je vais vérifier.

Je roule sur le Lungotevere en faisant rugir ma nouvelle flamme rouge, zigzaguant à droite et à gauche, mais la circulation ne le permet pas et je ne parviens pas à exploiter un dixième de sa puissance.

"Ne t'inquiète pas, ma petite, je t'emmènerai bientôt courir quelque part!" je dis tendrement.

Rouge. Je m'arrête au feu rouge, quel ennui!

Soudain, une petite musique perturbe mon idylle. C'est la bande originale de *Lupin III,* la sonnerie incontournable de mon téléphone portable qui se connecte au haut-parleur de la Giulia.

Je lis sur l'écran un nom: *Anna.*

Quelle galère! Elle doit absolument me déranger maintenant!

"Qu'est-ce qu'il y a?" réponds-je, ennuyé et agacé.

"Claudio... Claudio... nous avons un problème!"

Quels problèmes aura encore mon ex? Aurait-elle eu une

discussion au travail? Se serait-elle disputée avec le chat? Ou est-ce une nouvelle tentative pour m'intriguer et m'intéresser?

"Quel problème aurions-nous?" réponds-je, ennuyé.

"Alice. Elle se comporte de manière étrange et je veux t'en parler."

Ce n'est pas ce à quoi je m'attendais et je deviens plus attentif.

"Dis-moi, Anna. Qu'est-ce qui arrive à ma petite?"

"Cla', ne l'appelle pas comme ça, tu sais qu'elle est grande maintenant, ne mets pas la tête dans le sable comme d'habitude. C'est précisément de cela que je veux te parler."

"D'accord, je suis là, je t'écoute!"

"Non, pas au téléphone, retrouvons-nous ce soir."

"Anna, si c'est une connerie, cette fois-ci..."

"Mais qu'est-ce que tu dis! Toujours à penser le pire! Passe chez moi à huit heures."

"Oui, mais attends-moi en bas!"

Je raccroche. Maintenant, je n'ai plus envie de me promener pour célébrer mon nouvel achat, je suis devenu nerveux.

Aujourd'hui, c'est ma ex qui devait me rappeler? Et puis, c'est une heure étrange pour se voir, peut-être veut-elle aller dîner ensemble?

Pas de pub, pas de bière, pas de soirée. Une légère anxiété m'envahit: que se passe-t-il avec ma fille?

La pandémie a détruit les rêves de nombreux adolescents, laissant un sentiment de découragement. Les jeunes sont désorientés, ils ont peur du monde qui les entoure, des relations avec les autres. Est-ce qu'Alice aurait pu souffrir de cette condition? Était-elle normale la dernière fois que nous nous sommes rencontrés pour déjeuner, ou était-elle un peu plus silencieuse et absente que d'habitude?

Mais non, ce doit être une excuse de mon ex pour me voir. Maintenant que l'épidémie est en train de passer, elle veut revenir à la charge.

La soirée est déjà compromise. Je me dirige alors vers la maison, un petit appartement en location à la périphérie est de Rome où je vis depuis cinq ans.

Je ne peux pas laisser Giulia dans la rue, du moins pas au début: je ne supporterais pas l'anxiété de ne plus la retrouver le lendemain matin. Mais je n'ai pas de place de parking et donc la semaine dernière, j'en ai loué une dans le garage en face de l'entrée de mon immeuble.

J'arrive presque à sept heures.

Samir est debout à l'entrée, avec sa cigarette à la mauvaise odeur de clou de girofle. Il me voit et me fait signe d'entrer. C'est un type pakistanais qui passe toute la journée ici à garer et surveiller les voitures des Italiens aisés. Il dort ici, déjeune ici, dîne ici du lundi au dimanche, sans interruption. Peut-être même qu'il n'est pas en règle, mais il ne manque jamais de sourire.

"Salut Samir, la voilà!"

"C'est une très belle voiture, commissaire!"

Il sait que je suis policier et cela fait un moment qu'il me salue en agitant les bras chaque fois qu'il me voit sortir de chez moi. C'est une amitié importante pour lui.

"Prends-en bien soin! Cette voiture a un cœur, sache-le. Et lustre-la tous les vendredis, ainsi elle sera prête pour le week-end. Ah, au fait. Gare-la devant ce soir, je vais devoir sortir à nouveau bientôt."

Il me fait une sorte de demi-inclinaison, comme une forme de déférence, parce que je suis italien mais surtout parce que je suis un flic et il sait que tôt ou tard, je pourrais lui être utile. Je lui tends vingt euros de pourboire. Aujourd'hui, je suis généreux et il les mérite tous.

Je le regarde entrer et prendre possession des commandes de ma voiture, puis je m'éloigne avec un peu d'anxiété. Giulia est là, elle me regarde et elle a aussi l'air un peu triste.

Je traverse l'allée et j'arrive à la porte d'entrée de l'immeuble moche où j'habite.

Dans le hall, je rencontre ma voisine antipathique avec son petit chien qui aboie comme un rottweiler et qui essaie de me mordre les chevilles.

Ce soir, tout le monde est contre moi.

Elle me dévisage avec son air hostile habituel, parce qu'elle n'aime pas les policiers et aussi parce que je porte mon masque sous le nez, alors qu'elle est un peu phobique et en porte même deux, l'un par-dessus l'autre.

Je dépasse le petit chien et je rejoins mon appartement de trente-sept mètres carrés.

Aujourd'hui, je revois Anna après six mois et je dois me préparer mentalement.

J'allume la radio: les cas de contamination augmentent, la nouvelle variante Delta se propage rapidement. La seule bonne nouvelle est la statistique sur les crimes de 2020. Moins de vols, moins de meurtres, moins de délits en général, même si une augmentation des violences familiales est prévue.

Bien sûr! Tout le monde contraint pendant un an à rester à la maison: une cohabitation forcée qui déclenchera des milliers de séparations et de divorces.

Entre-temps, je reçois un message.

Salut bel ténébreux. Pour les amis, je suis Deborah, mais tu peux m'appeler Luna.

Ah, oui... c'est ce réseau social que Banfi m'a installé sur mon téléphone.

Je lis la notification et regarde son profil. *Luna76*. Elle n'a pas l'air mal du tout... quarante-cinq ans, une belle blonde, même si la photo pourrait être un peu datée... Que faire?

Tout à coup, je me rappelle que cela fait presque un an que je n'ai pas touché une femme. Alors je lui réponds, tant pis pour les bonnes résolutions d'abstinence!

Salut Luna, je m'appelle Claudio, mais tu peux m'appeler Lupin!

Je le relis. Mais qu'est-ce que j'ai écrit bon sang? La chose la plus stupide!

Je regarde l'heure. Il est déjà tard, Anna m'attend.

J'oublie Luna, le site de rencontres et les messages reçus; je vais à l'armoire, choisis un pantalon, une chemise propre, une veste de cuir sombre, je m'habille et je sors.

Je retrouve ma Giulia flamboyante sur la rampe du garage, prête à m'attendre.

Samir est dans la guérite, il me jette un coup d'œil et me salue de la tête. Pauvre type, il sera là-dedans toute la nuit à servir d'éventuels clients, avec cette odeur constante d'essence qui flotte dans l'atelier qu'il gère et cette humidité de février qui pénètre les os et refroidit tout le corps.

Giulia rugit à ma commande. Et elle a raison. Je veux faire vite parce que je n'ai pas du tout aimé les paroles d'Anna.

D'après le ton de l'appel, elle avait l'air inquiète. Est-ce juste une excuse pour me voir ou y a-t-il quelque chose de vrai dans ses paroles?

Je suis anxieux. Je parcours le Lungotevere en brûlant les feux rouges et j'arrive dans le quartier Flaminio où elle habite, dans la maison que nous avons achetée ensemble il y a presque vingt ans.

J'entre dans une petite ruelle, puis dans une autre, je parcours une petite section à contresens pour éviter un détour infernal et j'arrive devant son immeuble.

Pas trace de mon ex, elle n'est pas encore descendue, comme d'habitude. Figure-toi.

Je l'appelle.

"Tu descends?"

"J'arrive!"

En attendant, je joue avec la radio de la voiture, je mémorise les stations, je connecte le Bluetooth avec mon téléphone, j'augmente le volume pour tester les haut-parleurs.

Puis j'entends le clic de la grille extérieure.

Anna arrive.

Je la vois marcher avec assurance, parcourir l'allée de la copropriété et venir vers moi.

Cela fait six mois que nous ne nous sommes pas vus. Ce soir je la trouve amaigrie et en pleine forme, elle a toujours été très soignée quand elle sortait avec moi.

Je parie qu'elle veut aller dîner ensemble.

Elle porte un élégant manteau sombre, une paire de jeans moulants, des talons hauts qui mettent en valeur ses cuisses minces et galbées.

Elle ne porte pas de masque, ce qui fait ressortir sa beauté. J'admets qu'elle est encore une femme séduisante et cela ne me laisse pas totalement indifférent.

Sa peau lisse et lumineuse, ses cheveux bouclés roux cuivrés à la *Nicole Kidman* qui lui tombent sur les épaules, son nez à la française, mais surtout ces adorables taches de rousseur éparpillées partout sur son visage, elles m'ont toujours fait perdre la tête.

Elle porte un maquillage léger mais visible et pour l'occasion, elle a également mis un rouge à lèvres clair et brillant qui s'accorde bien avec sa peau et met en valeur ses lèvres fines, les rendant plus évidentes et sensuelles.

Mais comment peut-elle être aussi belle? On dirait que le temps ne passe jamais pour elle.

Au lieu de ça, mes mèches latérales sont de plus en plus blanches et lorsque je ne me rase pas pendant quelques jours, je ressemble de plus en plus à l'un de ces vieux loups de mer immobiles dans le port avec une peau ridée et brûlée par le soleil.

"Salut Anna."

"Salut Claudio, cette voiture est géniale! Tu ne m'as pas dit que tu l'avais récupérée! Tu dois absolument me laisser la conduire!"

"Oublie ça, ça n'arrivera jamais! Je l'ai prise il y a deux

heures et je l'essaie."

"Allez, Claudio, tu sais combien j'aime les voitures... juste un petit tour, pour sentir le vrombissement du moteur..."

"Laisse tomber, il ne supporterait pas tes accélérations."

"Cela fait des mois qu'on ne s'est pas vus! Comment tu me trouves?" me demande-t-elle avec un sourire radieux.

Je ne réponds pas, mais d'après mon expression, elle comprend que je suis très satisfait de son apparence.

Mais j'ai fait un pacte avec moi-même, parce que je sais qu'elle est folle et que je le serais encore plus si je continuais à courir après elle, après tout ce qu'elle m'a fait.

"C'est grâce à l'entraînement en ligne, maintenant avec le travail intelligent, j'ai même trouvé le temps d'avoir un entraîneur personnel virtuel qui me suit tous les jours. Le Covid a aussi apporté quelque chose de positif, non?"

"Seulement pour les privilégiés qui ont eu cette possibilité, pour les autres ça a été un sacré bordel", mais je ne veux pas discuter du sujet, je veux aller directement au point.

"Alors, dis-moi, qu'est-ce qui se passe avec Alice?"

Je vois Anna changer d'expression. Mauvais signe, cela veut dire qu'il y a un problème.

"Depuis un mois, elle a changé, elle est boudeuse, elle me répond mal, elle ne me parle plus, elle ne se confie plus à moi..."

Je soupire de soulagement, ça semble être des problèmes entre filles, inutile de s'inquiéter.

"Anna, ça doit être à cause de la pandémie, des cours à distance, de la peur du virus, de l'adolescence..."

Je dis ça en soufflant et en essayant de minimiser, mais ensuite je me rappelle du comportement de ma fille, mardi dernier, la dernière fois que nous avons déjeuné ensemble. En effet, elle m'avait semblé plus triste et taciturne que d'habitude.

"Claudio! Si je te dis qu'il y a quelque chose, c'est qu'il y en a!" me crie-t-elle au visage et elle me jette un petit sachet. "Regarde ce que j'ai trouvé ce matin dans sa chambre!"

Je le saisis, je le regarde et mon monde s'écroule. Je n'arrive pas à ouvrir la bouche parce que je sais ce que c'est.

"Merde!"

Je le tourne et le retourne dans ma main, incrédule. Ce sont des pilules jaunes, cette merde de drogue du moment avec laquelle les très jeunes se défoncent.

Dans le jargon, on l'appelle *Shaboo*, mais ce n'est rien d'autre que de l'ecstasy et de mauvaise qualité en plus, qui se dissout dans les cocktails alcoolisés pour résister à la fatigue. Nous en saisissons des milliers de pilules chaque mois, mais malheureusement ce n'est pas suffisant. Ça ne coûte pas cher, dix, vingt euros tout au plus et on en trouve partout.

"Depuis trois mois, elle fréquente un garçon", continue-t-elle, "un gamin de son âge, un fils à papa. Elle a commencé à sortir le soir en rentrant de plus en plus tard..."

"Putain, Anna, tu aurais dû l'arrêter!"

"Mais qu'est-ce que tu racontes! Arrête une fille de dix-sept ans toi-même! C'est ça ton super plan? Bravo commissaire! Qu'est-ce que tu sais de ce qu'elle a traversé pendant cette période de pandémie! Toi, tu n'es pas à la maison avec nous! Les problèmes réels, c'est moi qui dois les gérer toute seule! Et devine pourquoi? Je te rappelle que tu es parti il y a cinq ans et que tu ne t'es plus jamais montré!"

"Ne commence pas avec tes lamentations habituelles, ça n'a rien à voir avec cette putain de situation!" m'exclamé-je, mais au fond de moi, j'ai le cœur brisé.

"Après un an de virus, maintenant qu'il y a une certaine réouverture, elle a recommencé à sortir. Au début, j'étais même contente, mais maintenant..."

"Où va-t-elle la nuit? Les rues sont encore désertes, les discothèques sont fermées, beaucoup d'endroits n'ont pas rouvert et surtout, il y a le couvre-feu..." m'exclamé-je, mais ensuite je me rappelle que ce n'est pas tout à fait vrai. Au centre de Rome, la vie nocturne en plein air a repris, bien que plus limitée et contrôlée étant donné qu'il est interdit de circuler après onze heures.

"Où était ce paquet, Anna?"

"Dans son jean. Je les ai pris ce matin pour les laver, j'ai vérifié les poches et je l'ai trouvé là. Ensuite, je me suis souvenue de samedi dernier. Je ne voudrais pas te le dire, mais elle est rentrée à deux heures du matin..."

"Quoi? Tu plaisantes? Elle a enfreint le couvre-feu! Pourquoi ne m'as-tu pas prévenu tout de suite?"

Elle ne me répond pas, elle n'a pas le courage cette fois-ci.

Je suis furieux contre ma fille et contre mon ex-femme. Mais je le suis aussi contre moi-même, car une grande partie de la faute est la mienne: je suis parti de la maison en laissant son éducation entre les mains de cette folle.

"Avec qui est-elle sortie? Dis-moi, Anna!"

"Elle m'a dit qu'elle sortait avec son petit ami et quelques amis. Il s'appelle Andrea, je parie que cette saloperie, c'est lui qui l'a donnée à Alice!"

Chi lo sa che faccia ha, chissà chi è (Qui sait quelle tête il a, qui sait qui il est
Tutti sanno che si chiama Lupin (Tout le monde sait qu'il s'appelle Lupin)
Era qui un momento fa, chissà dov'è (Il était ici il y a un instant, où est-il maintenant)
Dappertutto hanno visto Lupin (Partout, ils ont vu Lupin)

La sonnerie de mon téléphone portable. Qui me dérange en ce moment?

Ah, c'est Banfi. Mais il est déjà huit heures, que s'est-il passé?

"Allô!"

"Commissaire! Il y a eu un grave accident juste à côté de nous. Un véhicule a renversé un homme et ne s'est pas arrêté pour lui porter secours. Nous avons reçu le signalement et nous avons été les premiers à intervenir. Les agents Moroni et Costa, en service ce soir, sont arrivés sur les lieux et m'ont immédiatement appelé. L'homme est mort."

"Bon sang! Tout arrive en même temps! Je suis en déplacement, je peux arriver dans une demi-heure!"

Je raccroche en colère et je vois l'expression sérieuse de mon ex-femme, qui comme d'habitude ne voit pas l'heure d'exploiter l'occasion pour me contester.

"Voilà! Ton travail! Toujours lui, omniprésent, celui qui vient avant tout! Et maintenant, ta fille est au milieu d'un bordel et toi, que fais-tu? Tu t'en fous et tu cours au commissariat! Tu es toujours le même, Claudio! Tu ne changes jamais."

Non, ça, elle ne doit pas me le dire! Et puis, de quel droit me le dit-elle?!

"Ne te permets pas! Je te rappelle que je suis policier, en fait, commissaire. C'est mon travail! Et toi, que fais-tu pour elle? Tu lui permets de faire tout ce qu'elle veut, de sortir avec qui elle veut, de rentrer à n'importe quelle heure du jour et de la nuit et peut-être que tu es même contente... et ensuite, tu t'en prends à moi!"

"Donne-moi plutôt les coordonnées de ce Andrea, je vais lui faire passer une mauvaise soirée!"

"Qu'est-ce que tu penses obtenir? Ne fais pas de problèmes, comme d'habitude!"

"Toi, reste tranquille et donne-moi les informations."

"Andrea Ferrari, il vit dans le quartier *Prati*. Je sais seulement ça. Je l'ai vu deux fois, mais j'ai l'impression que c'est quelqu'un avec beaucoup d'argent..."

"Quel âge a-t-il?"

"Je crois dix-sept ou dix-huit ans. Il a déjà une petite voiture... une de celles que les jeunes conduisent?"

"Donc c'est un putain de fils à papa, qui se permet de s'amuser avec Alice! Maudite ordure!"

"Je parie que c'est lui qui procure les pilules et peut-être même qu'il les revend. Je vais lui faire regretter d'être en vie!"

Soudain, j'entends le bruit d'une notification et je vois l'écran de mon téléphone s'allumer.

C'est un message.

Luna - Salut Lupin! avec trois petits cœurs qui clignotent.

Anna regarde l'écran, lit la notification et se tourne vers moi, dégoûtée.

"Ah oui, j'oubliais... il n'y a pas seulement le travail... il y a aussi toutes tes petites amies. Luna en est une, n'est-ce pas?! Tu es pathétique... tu te fais appeler *Lupin*... Mais quel âge as-tu?! Tu es un dégoûtant cinquantenaire! Et pourtant, ce soir, j'avais cru que..."

Elle ne finit pas sa phrase et descend de la voiture, sans me laisser la possibilité de répliquer, elle allume une cigarette et me regarde par la fenêtre.

"Et puis Claudio, tu es ridicule avec cette cigarette éteinte dans la bouche! Allume-la, tire une bouffée, savoure-la, vis! Et ne fais pas de conneries avec Alice, n'aggrave pas la situation comme d'habitude!"

Elle est en colère contre moi. Après tout, comment pourrait-il en être autrement? À ses yeux, je suis un salaud, mais elle sait que je tiens trop à ma petite fille et je ferai tout ce qu'il faut.

"Préviens-moi si elle sort ce soir ou demain! Essaie de comprendre où elle va et appelle-moi tout de suite!", je lui crie par la fenêtre.

Maintenant, je dois vraiment y aller, un mort m'attend; je vois Anna debout qui me regarde accélérer, sans doute qu'elle croyait en une meilleure conclusion, peut-être un dîner en tête-à-tête.

J'espérais que ça serait différent, mais c'est encore une soirée de merde.

3

Les nuages se poursuivent haut dans le ciel de cette froide soirée de février. Heureusement, il ne pleut pas. Il ne manquait plus que ça ce soir!

J'ai laissé mon ex-femme en bas de l'immeuble et je me suis enfui dans les rues de la capitale, finalement désertes à cette heure-ci.

Qu'est-ce qui est arrivé à ma fille? J'ai toujours pensé être son héros et jusqu'à il y a une demi-heure, je pensais qu'elle me ferait part de n'importe quel problème.

Maintenant, je ne sais plus rien, mais une partie de mon monde s'est effondrée à la vue de ces pilules. Et malheureusement, c'était aussi la partie la plus solide et la plus importante.

Je ne sais pas quoi faire. Admettre que je sais ou faire semblant de ne rien savoir et essayer de comprendre son mal-être adolescent?

Il est presque neuf heures et je pourrais déléguer tout cela aux agents de mon commissariat, rentrer chez moi et affronter ce nouveau chaos demain, mais je n'ai aucune envie de penser à ma vie privée pour le moment et surtout à ma fille.

Je veux m'éloigner et fuir la pensée d'Alice, alors j'accélère rapidement et je me dirige vers le lieu de l'accident. Je suis comme un automate.

Depuis que j'étais jeune, la douleur et la mort ont toujours exercé sur moi un charme sombre et pervers et comme tous mes collègues de la brigade criminelle, j'aime l'adrénaline que l'on ressent au début d'une nouvelle enquête.

C'est la seule façon que je connaisse de libérer mon esprit, de détourner l'attention des problèmes personnels et ce soir, c'est exactement ce dont j'ai besoin.

Enfin, la route est dégagée: le couvre-feu de onze heures oblige tout le monde à se terrer chez soi, à compter les morts et à vivre avec la peur de cette période.

Je pourrais libérer la puissance du moteur, rouler vite et entendre le bruit des pneus neufs sur le bitume froid et humide.

Mais la seule triste vérité est que je fuis le chaos de ma vie et ce que j'ai appris ce soir. Alice n'est plus une enfant. Elle a grandi, peut-être trop vite, au sein d'une famille déchirée.

Anna et moi? Deux parents perdus et égoïstes, plus préoccupés à se faire la guerre qu'à élever une fille heureuse.

Mais je suis là, Alice n'a que dix-sept ans et je peux encore faire beaucoup pour réparer les choses.

Une chose est sûre: ce salaud d'Andrea Ferrari passera un mauvais week-end.

J'arrive rapidement sur les lieux de l'accident.

Boulevard America, une large rue, déserte et faiblement éclairée, près du commissariat.

Les bars et les établissements sont ouverts seulement en journée en raison de la période de Covid, pour les rares personnes encore au travail et à la recherche d'un déjeuner.

Il n'y a plus trace de l'effervescence d'autrefois qui animait cette partie du quartier la nuit.

À droite s'étend une bande d'eau longue d'un kilomètre et large d'un peu plus de deux cents mètres, le célèbre Lac de l'EUR, construit pour les compétitions d'aviron des Jeux olympiques de Rome des années soixante.

À gauche, se dressent de hauts immeubles gris utilisés comme bureaux et sous ceux-ci se distingue l'enseigne lumineuse de la station de métro.

Une rangée de hauts platanes orne la rue et enveloppe la

faible illumination nocturne, perturbant la vision des voitures et rendant la route dangereuse, si bien que les piétons doivent faire très attention en traversant, surtout la nuit. Malheureusement, il y a parfois des accidents mortels.

J'arrive alors qu'il est déjà plus de neuf heures: le couvre-feu va commencer sous peu, mais nous sommes des policiers. Je vois un groupe de personnes qui discutent à un coin de rue et je reconnais les agents Moroni et Costa qui observent silencieusement la scène.

Le substitut du procureur est déjà arrivé et donne des instructions, sachant que la priorité est de dégager la rue pour rétablir la circulation.

Je vois le médecin légiste procéder aux premières constatations et les enquêteurs scientifiques prendre des photos et effectuer des relevés avec leur craie blanche.

La police mortuaire est également sur place et attend sur le trottoir le signal du magistrat pour procéder à l'enlèvement du corps.

L'inspecteur Banfi n'est pas là, ce soir ce n'est pas son tour, mais je suis convaincu qu'il voudrait être ici avec nous. Il ne se passe rien depuis des mois, à part quelques enquêtes ennuyeuses sur des trafics présumés de masques contrefaits et je le vois souvent s'impatienter dans son bureau, comme un lion en cage.

Cette fois-ci, l'affaire semble simple: pas de meurtre en série commis par un maniaque ou un tueur en série, il semble s'agir d'un simple accident causé par un chauffard qui s'est enfui. L'homicide routier et le délit de fuite sont deux infractions néanmoins graves.

Je gare ma splendide Alfa Romeo Giulia rouge et m'approche.

"Commissaire! Vous êtes également venu ce soir!"

L'agent Antonio Costa, originaire de Caserte, est un homme de soixante ans très compétent; chauve, petit et trapu, c'est le genre de flic que l'on voit dans les polars.

Je le connais depuis au moins dix ans, depuis que j'étais inspecteur au commissariat de Rome Est.

Il ne supportait pas Terenzi, l'ancien commissaire et quand j'ai été promu et muté, il m'a demandé de l'aide pour venir avec moi à Rome Sud. Évidemment, je n'ai pas eu besoin de lui demander deux fois! Avoir quelqu'un de fiable est essentiel dans un nouvel emploi.

En fait, il m'a beaucoup aidé au début avec Banfi: dire que j'avais tout le monde contre moi est un euphémisme, Costa était le seul fidèle et aujourd'hui encore, je sais que je peux toujours compter sur lui.

L'agent simple Filippo Moroni, quant à lui, est un jeune homme d'une trentaine d'années originaire d'un petit village de la province de Raguse en Sicile et contrairement à ce que l'on pourrait penser, il s'est rapidement adapté à la capitale. C'est un type sympa, intelligent, encore un peu vert et introverti, avec un fort accent sicilien. De temps en temps, quand il rentre chez lui, il apporte des *cannoli* et des fruits d'amandes; maintenant, à cause du Covid, cela fait plusieurs mois qu'il ne descend plus en Sicile pour rendre visite à ses parents.

"Bonsoir Antonio, j'étais en train de me promener en ville et j'ai décidé de passer. En ce moment, ce genre d'accident n'arrive pas souvent", dis-je en m'adressant à l'agent, presque pour justifier ma présence.

"Un homme âgé a été renversé entre sept heures trente et huit heures par un véhicule non identifié qui ne s'est pas arrêté. Il a été secouru peu après par une femme qui promenait son chien à ce moment-là; elle est encore ici en état de choc sévère. Elle a entendu le choc et est accourue, mais elle affirme n'avoir pas vu la voiture."

Je me retourne et vois une dame avec la tête entre les mains.

Elle est assise sur le trottoir à côté de la sortie du métro avec un petit chien enroulé à ses pieds, attendant patiemment de reprendre sa promenade nocturne avec sa maîtresse.

Je m'approche pour mieux voir la scène et rejoindre le substitut du procureur.

"Bonjour Commissaire."

Le docteur Bruno Quinti est un jeune magistrat originaire de Florence récemment transféré ici. C'est la première fois que je le vois.

"Un grave accident avec délit de fuite. J'ai déjà donné l'ordre de conclure rapidement les constatations et de rétablir la circulation."

J'acquiesce et observe. Le choc a dû être violent car l'homme a été projeté sur le trottoir de la voie opposée.

Un drap blanc le recouvre presque entièrement, empêchant de voir son visage tuméfié et ses os brisés et disloqués, mais cela laisse clairement entendre la gravité de la situation.

Sous le corps, sur l'asphalte, on distingue une large tache de sang qui commence à se figer. On aperçoit une paire de pantalons sombres en flanelle et un imperméable clair. Les chaussures ont été projetées loin, ainsi qu'un parapluie pliant et se trouvent sales et boueuses à quelques mètres de là.

Le médecin légiste penché sur le corps effectue les premières constatations. Il remarque ma présence, se lève et vient à ma rencontre.

C'est un bel homme d'une quarantaine d'années, visage ovale, yeux clairs et cheveux blonds longs attachés en une queue de cheval avec un élastique. C'est un médecin un peu excentrique, car pour préférer l'analyse des morts aux soins des vivants, on ne peut pas être tout à fait normal.

Je l'ai déjà rencontré à plusieurs reprises il y a quelques années.

"Comment allez-vous, Commissaire? Félicitations pour votre promotion! Cela fait un moment qu'on ne s'est pas vus et la dernière fois vous étiez encore inspecteur! C'était il y a quelques années, vous êtes toujours le même, on dirait que le temps ne vous touche pas!"

J'acquiesce avec satisfaction, mais en réalité, ce n'est pas tout à fait vrai: je approche de la cinquantaine, ma vie personnelle est un désastre et ce soir je me sens sacrément vieilli, avec quelques douleurs qui commencent à se manifester et qui s'amplifient avec cette humidité nocturne.

Le médecin me montre une marque de craie blanche tracée sur l'asphalte.

"C'est l'endroit où l'impact s'est probablement produit. C'était violent et a causé plusieurs fractures qui ont entraîné une hémorragie interne. À en juger par l'état du corps, le véhicule qui l'a percuté devait rouler très vite, je dirais pas moins de soixante kilomètres par heure. L'homme n'est pas mort sur le coup, mais quelques minutes plus tard. Je doute qu'on aurait pu le sauver, même avec une intervention rapide."

Je m'arrête pour réfléchir. La route était déserte, la voiture roulait vite et peut-être ne s'attendait-elle pas à rencontrer quelqu'un. Mais il y a quelque chose qui ne me plaît pas.

J'appelle les deux agents et leur montre le point en question.

"Costa, Moroni! Regardez l'emplacement de cette marque: elle est au-delà du centre de la route, sur la voie opposée. L'homme a été percuté par un véhicule qui n'est pas resté à droite mais a envahi l'autre sens de circulation. De plus, il n'y a aucune trace de freinage."

Les deux agents réfléchissent.

"Pensez-vous qu'il ait été délibérément renversé?"

"Je ne sais pas, il est trop tôt pour le dire."

"Commissaire, nous connaissons l'identité de l'homme grâce aux documents trouvés dans son portefeuille. Il avait soixante-quinze ans, il s'appelait Attilio Righetti et résidait dans le quartier de Garbatella. Nous avons contacté nos collègues du commissariat. Il était veuf et avait un fils nommé Alfredo. Nous essayons de le joindre depuis une demi-heure, mais son téléphone est éteint."

"Ce n'est pas tout!"

L'agent Moroni me tend une enveloppe avec les effets personnels retrouvés sur l'homme.

"Regardez ici: dans l'une des poches de son imperméable, nous avons trouvé son téléphone portable, les clés de sa maison, un ticket de métro composté, mais surtout un paquet contenant une grosse somme d'argent liquide. C'est environ cinq mille euros."

Je le regarde stupéfait, c'est une grosse somme. Que diable faisait-il ici, à huit heures du soir, en cette période de pandémie, avec tout cet argent sur lui?

Je garde cette pensée pour moi, même si probablement les deux agents se posent la même question. Je me retourne et m'approche de la femme qui l'a secouru. Elle est toujours assise là, recroquevillée dans son manteau sombre avec son fidèle petit chien.

Je ne parviens pas à bien déterminer son âge car elle porte un masque chirurgical sur la bouche et le nez. Elle doit avoir une cinquantaine d'années environ.

Je m'assois à côté d'elle.

"Oui, c'est vraiment vrai que les chiens sont les meilleurs amis de l'homme!" m'exclamai-je, essayant ainsi de briser la glace. Son chien est bien tranquille allongé à côté d'elle, les oreilles pendantes et le regard perdu. Il n'aboie même pas. Il a dû comprendre que quelque chose ne s'est pas passé comme prévu ce soir.

La femme me dévisage de la tête aux pieds avec ses petits yeux sombres et perçants, surprise par mon geste et par mes paroles qui peuvent sembler étranges en ce moment.

Mais c'est normal: je suis en civil, je porte ma veste en cuir préférée, un jean serré et des bottes militaires et je ressemble plus à un criminel qu'à un policier.

"Madame, ne vous inquiétez pas. Je m'appelle Claudio Innocenti et je suis le commissaire de police du poste juste derrière. Voulez-vous me raconter ce qui s'est passé?"

Elle me fait signe de comprendre et sans lever les yeux, elle commence à parler d'une voix faible et tremblante. Puis elle se calme.

"J'emmenais Filippo faire une promenade."

"Qui?"

"Filippo, mon chien!" s'exclame-t-elle en me montrant le teckel à poil court qui me lèche la main.

"Ah, oui... d'ailleurs, félicitations, il est vraiment adorable!"

"Oui, Filippo est très intelligent. Un peu avant huit heures, je l'ai descendu pour la promenade habituelle du soir... vous voyez, j'habite dans ces immeubles là-bas... J'étais de l'autre côté de la rue. Je regardais la petite brume qui se rassemble sur l'eau de l'étang et qui rend tous les contours flous et mystérieux. Filippo courait librement, il ne s'éloigne jamais, surtout le soir. Soudain, j'ai entendu un bruit fort, je me suis retournée brusquement et j'ai vu un corps voler en l'air puis atterrir sur le trottoir. C'était comme une marionnette... je n'oublierai jamais ça... c'était terrible."

"J'ai poussé un cri... du moins je pense l'avoir fait. Puis j'ai récupéré mon chien, je l'ai attaché en laisse et j'ai commencé à courir vers cet homme. La route était déserte, j'étais seule."

Je vois que la dame est visiblement bouleversée, mais elle parvient quand même à se souvenir vivement de ce qui s'est passé. Elle décrit correctement la séquence des événements et semble crédible. Je l'interromps un instant.

"Excusez-moi, avez-vous entendu d'autres bruits en plus de l'impact, comme celui d'un freinage où les pneus crissent et patinent sur l'asphalte?"

La dame réfléchit.

À vrai dire, je ne sais pas, je ne m'en souviens pas, mais je ne pense pas."

"D'accord, continuons."

"Il n'y avait personne d'autre dans la rue... je l'ai rejoint après quelques minutes et malheureusement, j'ai tout de suite compris que je ne pouvais plus rien faire pour lui. J'avais une peur terrible, je me suis approchée, il respirait avec difficulté, délirait, émettait un son étrange, comme un râle. Il a essayé de dire quelque chose, mais il a dû perdre conscience immédiatement. J'étais terrifiée, je pense qu'il est mort devant moi."

"Avez-vous vu qui l'a renversé?"

"Non, malheureusement, je regardais l'étang. J'ai seulement entendu un bruit sourd, je me suis immédiatement retournée et j'ai remarqué la couleur rouge des feux arrière d'une voiture au loin."

"Vous souvenez-vous de quelque chose de plus sur cette voiture? Était-elle grande ou petite?"

"Je pense qu'elle était grande... peut-être claire... mais je n'en suis pas du tout sûre. La route était déserte et peu éclairée. Maintenant, à cause du Covid, personne ne passe ici le soir."

Filippo en a assez d'être assis et de me lécher la main, il se lève et commence à secouer sa maîtresse parce qu'il veut terminer sa petite promenade.

"J'ai immédiatement appelé le 113 et cinq minutes plus tard, deux agents sont arrivés. Quelques voitures de curieux sont passées et se sont arrêtées un instant pour regarder, mais ensuite, à l'arrivée de la police, elles ont disparu. J'étais seule avec lui! Peu après, l'ambulance est arrivée."

"Connaissez-vous cet homme?"

"Non, jamais vu auparavant."

Je remercie la dame et lui demande de passer demain au commissariat pour valider sa déclaration, puis je saisis le téléphone et j'appelle Banfi.

Il est dix heures, mais je sais qu'il se couche tard et je suis sûr qu'il est impatient de connaître les détails de l'accident dont il devra s'occuper. Sinon, il ne m'aurait pas appelé ce soir.

Il répond d'une voix enjouée.

"Qu'est-ce qu'il y a, commissaire?"

"Tu dormais?"

"Non, il est encore tôt. Je parie que tu es allé voir, n'est-ce pas?"

"Oui Banfi, je suis venu ici pour jeter un coup d'œil. C'est une histoire sombre, l'impact a été violent et le véhicule qui l'a heurté ne s'est pas arrêté. Nous avons un témoin qui l'a secouru mais qui n'a pas vu la voiture. Cela semble être un accident, mais il y a deux éléments étranges qui ne me convainquent pas complètement."

"En quoi cela?"

"L'homme avait cinq mille euros en espèces dans sa poche. Je dirais que c'est trop pour les transporter lors d'une soirée déserte de février, surtout s'il prévoyait de prendre le métro. De plus, lors des relevés, ils ont déterminé que l'impact s'est produit sur la voie opposée à la direction de circulation. Cela signifie que l'homme avait déjà traversé la route et que la voiture ne se trouvait pas du côté droit mais avait changé de voie. De plus, il n'y a aucune trace de freinage sur la route, ce qui signifie qu'ils n'ont même pas essayé de l'éviter."

"C'est une histoire sombre... veux-tu dire que quelqu'un aurait pu le frapper délibérément?"

"Je ne sais pas et il est trop tôt pour le dire. Les agents Moroni et Costa essaient de localiser le fils de l'homme pour lui annoncer la triste nouvelle, mais son téléphone est éteint. Tu t'en occupes demain matin, puisque tu seras de service et que tu devras mener l'enquête."

"D'accord."

"Fais immédiatement une demande pour obtenir les

enregistrements de toutes les caméras de surveillance des environs, en particulier celles installées aux différents feux de circulation. Il ne devrait pas être difficile de retrouver la plaque d'immatriculation de la voiture, la ville est déserte et la circulation est réduite au minimum. Ils ne vont pas aller loin, tu verras."

Je raccroche et soudain une profonde fatigue m'envahit après cette journée. Il y a seulement quelques heures, j'espérais passer une soirée mémorable avec ma nouvelle voiture. Au lieu de cela, je suis ici à observer un mort, pendant que certaines de mes convictions s'effondrent à jamais.

Pendant ce temps, les constatations sont terminées et la police mortuaire procède à l'enlèvement du corps.

Je m'approche des deux agents.

"Moroni, je viens de parler à Banfi qui s'occupera de l'enquête. Demain, coordonnez-vous avec lui. Contactez le fils, allez à la maison de l'homme et vérifiez s'il y a de l'argent ou d'autres éléments étranges. Veuillez m'envoyer un rapport d'ici demain après-midi. Pour le moment, nous maintenons l'hypothèse de l'accident car il n'y a aucune preuve que cela ait été autre chose. Est-ce clair, agent?"

Il acquiesce et je me tourne pour regarder l'étang, calme et immobile dans cette nuit nuageuse de février. Puis je remarque le drap blanc sur le corps d'un homme qui a eu la malchance de se trouver sur cette route au mauvais moment.

J'ai envie de partir, de rentrer chez moi et de mettre fin à cette mauvaise journée.

Alors je monte dans ma voiture immaculée, je démarre le moteur et je m'éloigne de cet endroit de souffrance.

Je me dirige vers la Boulevard Cristoforo Colombo, une sorte d'autoroute à trois voies à l'intérieur de la ville, elle est complètement vide, enfin! La circulation s'est dissipée.

Je pourrais accélérer, tester la puissance du moteur,

engager une course impromptue avec quelques voitures environnantes.

Mais non, je n'ai plus du tout envie de m'amuser. L'anxiété m'envahit et une peur soudaine m'étreint à l'idée de découvrir une Alice différente de celle que je connais.

Et je ne peux penser à rien d'autre.

4

Trop d'émotions pour cette journée interminable. Il est trois heures du matin et j'entends une pluie battante derrière les volets de ma chambre. Ce serait bien si toute cette eau pouvait laver le mal du monde et finalement réussir à vider mon esprit des mille pensées qui m'empêchent de me reposer.

Comment en suis-je arrivé là? Comment ai-je pu permettre à ma fille de se rapprocher autant du monde de la drogue? Pourquoi ne l'ai-je pas remarqué plus tôt?

Je commence à prendre conscience qu'une partie de ma vie est terminée pour toujours et que ma relation avec ma fille ne sera plus la même. Meilleure? Pire? Qui peut le dire? À partir de demain, ce sera différent.

Alice devient une femme et seuls les souvenirs pourront me restituer les images de ma petite fille me regardant avec adoration pendant que nous jouions ensemble.

Et c'est ainsi que pour la première fois dans ma vie, la prise de conscience du temps qui passe prend forme dans mon esprit. Est-ce là la première preuve du vieillissement qui s'installe? C'est une pensée angoissante, la dernière de cette journée incroyable qui s'annonçait autrement; je l'ai maintenant mise au point, nette devant moi et je ne pense pas que je pourrai l'oublier si facilement.

Je sens que le moment est venu de me laisser aller et alors, presque sans m'en rendre compte, je glisse lentement dans une torpeur indéfinie, puis je sombre dans un sommeil profond, bercé par le bruit de la pluie hivernale.

Le soleil est déjà haut quand je me réveille.

J'aurais volontiers continué à dormir toute la matinée, mais le bruit des notifications des messages qui arrivent sur mon téléphone brise le silence de mon studio et me rappelle qu'une autre *merveilleuse* journée a commencé.

Qui diable m'écrit de manière insistante en cette matinée de samedi, qui plus est un jour de repos?

Mon ex-femme? Ma fille? Mon inspecteur?

J'aimerais ignorer les messages, mais il est déjà dix heures du matin et il est temps d'affronter la réalité. Je prends le téléphone, je le déverrouille et je lis le plus récent.

Luna: Salut Lupin, je veux te connaître. Que dirais-tu d'un apéritif un de ces jours?

Maudit Banfi, quand il m'a créé un profil sur ce site de rencontres! Mais qui diable est-elle et que veut-elle de moi? Je décide de ne pas répondre et passe au suivant.

Anna: As-tu réfléchi à ce qu'il faut faire avec Alice? Hier soir, quand je suis rentrée à la maison, je l'ai trouvée enfermée dans sa chambre et ce matin, elle dort encore. Claudio, j'ai peur! Rappelle-moi!

Je ne peux plus remettre à plus tard, je dois faire quelque chose pour ma fille.

Banfi: C'est une mauvaise histoire. Parlons plus tard, si tu peux.

Juste aujourd'hui, où j'avais le seul désir incessant de rester seul, de ne penser à rien et de ne parler à personne.

Et pourtant, non! Tout le monde veut me parler! Merde! Malheureusement, je ne peux pas les ignorer indéfiniment. Je dois me lever et commencer la journée.

Alors j'entre dans la salle de bain encore étourdi par le sommeil peu reposant de la nuit précédente et je regarde l'image de mon visage reflétée dans le miroir.

Je me reconnais, c'est toujours moi. Je me souviens de ce foutu premier jour où j'ai mis les pieds dans ce studio: cela devait être une courte pause de réflexion et cela fait maintenant cinq longues années. Mes cheveux sont devenus plus blancs, mes cernes plus sombres et profondes et dans quelques mois, j'aurai cinquante ans.

Maintenant, je sens tout le poids sur moi, je ne suis plus le garçon d'autrefois.

Mais est-ce que j'ai vraiment grandi depuis ce jour-là? Ou est-ce seulement les années qui ont passé?

L'insouciance d'autrefois s'est envolée et je ne m'en suis même pas rendu compte. Alice a grandi et maintenant j'ai du mal à la reconnaître.

Où est-elle passée? Elle qui m'adorait inconditionnellement?

Encore ce matin, mes pensées reviennent toujours là, vers ma fille, qui maintenant apparaît dans toute sa fragilité, avec la crainte qu'elle commette une erreur irréparable, une faute dont je porte également une part de responsabilité et devant laquelle je me sens impuissant.

Cinq ans, cinq longues et stupides années, passées de cette manière à cause de ma décision précipitée de partir de la maison. À quel point je me suis privé! Combien d'affection ai-je renoncé, combien de proximité, de complicité, de joie ai-je dit adieu! Et combien de quotidien, de sérénité et de présence lui ai-je fait défaut! Saura-t-elle jamais pardonner mon égoïsme?

Mais maintenant, je dois me relever et agir. Je le dois précisément pour elle, pour réparer ce que je n'ai pas su lui donner. Parce que la vie file à toute vitesse et malheureusement, on ne peut pas revenir en arrière.

Alors je me donne une gifle.

Une, forte. Puis une autre, encore plus forte.

Ça fait mal. Ça me fait vaciller. Mais ça me fait aussi réagir.

Réveille-toi, commissaire!

Ne gaspille pas le temps qu'il te reste et trouve une solution!

Alors j'ouvre l'eau de la douche, je la laisse couler une minute pour la rendre froide, très froide.

Je me déshabille et j'y entre.

Elle est glaciale, bordel!

Je sens le froid qui frappe chaque centimètre de ma peau et le sang qui se retire de la couche externe de l'épiderme, intensifiant cette sensation.

Je suis engourdi, j'aimerais sortir, me couvrir, me sécher, me réchauffer. Mais je résiste et supporte, je n'ai rien d'autre à faire.

Soudain, mon esprit se vide de toute pensée et commence à être plus clair.

Je suis ici, vivant et prêt à réagir.

Je ferme l'eau, j'enfile mon peignoir et tout à coup, je ressens une chaleur intense. C'est la réaction de mon corps au froid intense.

Alors je saisis mon téléphone et je réponds rapidement aux messages reçus, car on sait bien que les flics n'ont pas d'horaires, ils ne connaissent pas le samedi, le dimanche, les vacances. On fait ce travail parce qu'on y croit, pas pour pointer à l'heure.

Luna: J'ai hâte de te connaître.

Anna: J'y réfléchis. Aujourd'hui, c'est samedi et peut-être qu'elle sortira avec son petit ami. Découvre où ils vont et rappelle-moi!

Banfi: Dans une heure, je serai au bureau.

Action, ça tourne!

Commençons enfin cette merveilleuse journée.

La pluie a enfin cessé et Rome se présente encore calme et endormie. Je conduis rapidement sur la Boulevard Cristoforo Colombo lorsque je reçois un appel d'Alice.

Pourquoi m'appelle-t-elle maintenant? Que veut-elle? Est-ce qu'Anna lui a dit quelque chose de ce que nous avons découvert?

Elle a sa voix habituelle, elle semble même contente de m'entendre. Et moi? Je me rends compte d'avoir un ton ferme et amer: je ne peux pas faire semblant de rien, je me sens trahi.

Mais je ne lui dis rien et l'appel se termine rapidement. Que faire de toute cette situation? Comment lui faire comprendre qu'elle se trompe?

J'arrive au commissariat, il est presque midi, je salue l'agent de service à l'entrée et je me enferme dans mon bureau. J'ai ce maudit sachet de drogue dans ma main: je le tourne et le retourne entre mes doigts, tout en aspirant l'odeur du tabac de ma Camel Light éteinte entre mes lèvres.

Je ne veux être dérangé par personne et pour aucune raison.

Je regarde les comprimés à travers le plastique transparent du sachet et je me demande qui fabrique cette merde qui rend nos jeunes fous et ruine tant de familles.

Ils en font des criminels sans scrupules, en coupant les stupéfiants avec d'autres produits, parfois toxiques, pour donner du volume et de la solidité au comprimé: talc, plâtre, poudre de marbre... n'importe quoi tant que cela coûte le moins possible et soit facilement disponible.

Je me rappelle d'une formation il y a quelques années organisée par l'équipe des stupéfiants. À cette occasion, ils nous avaient raconté que la préparation de ces pilules est très simple et se fait souvent de manière artisanale, avec des machines de compression abandonnées par l'industrie pharmaceutique.

Évidemment, il n'y a aucune vérification sur les substances avec lesquelles elles sont produites, aucune analyse chimique ni contrôle qualité.

De temps en temps, nous trouvons l'endroit où cette merde est fabriquée et nous saisissons tout, y compris les machines, mais malheureusement, quelqu'un d'autre recommence peu de temps après, dans un éternel jeu du bien contre le mal.

C'est un phénomène inexorable et les familles doivent ensuite faire face à cette réalité et assister à leurs propres gars perdus dans l'excès du samedi soir.

Je viens de cacher le sachet de pilules dans le tiroir de mon bureau, en espérant le confier le plus rapidement possible, lorsque l'inspecteur Banfi ouvre la porte en grand et me fait sursauter.

"Ah, vous êtes arrivé, commissaire! Nous devons parler de l'accident d'hier soir. Ce matin, j'ai convoqué le fils de la victime et je suis allé avec lui à la morgue pour l'identification formelle du corps. Nous venons de rentrer. Voulez-vous le rencontrer?"

Je me lève agacé par son intrusion.

"D'accord, d'accord, j'arrive pour voir", marmonné à contrecœur, car je n'ai aucune envie de m'impliquer dans l'accident d'hier soir, j'ai d'autres choses auxquelles penser.

Mais Banfi ne peut-il pas gérer cette enquête, pour une fois? A-t-il toujours besoin d'un soutien dans les moments difficiles? Un peu d'autonomie, bon sang!

Mais peut-être veut-il simplement mon avis sur une affaire peu claire dès le départ.

Malheureusement, je sais déjà qu'il ne sera pas facile de trouver les responsables, car je doute qu'il y ait des témoins. Le seul espoir réside dans le système de vidéosurveillance, qui est assez étendu dans ce quartier, sinon cela deviendra un cas parmi tant d'autres, qui sera rapidement classé faute de pouvoir identifier le chauffard.

Évidemment, la nouvelle est déjà sortie dans les médias de Rome. *Une voiture heurte un retraité à la sortie du métro et prend la fuite. La police enquête et recherche des témoins.*

Chaque année, plusieurs accidents de ce type se produisent et il est parfois difficile de trouver les coupables, surtout lorsqu'ils se produisent le soir ou la nuit, dans des rues périphériques et peu fréquentées.

Dans ces cas-là, les premiers jours de l'enquête sont déterminants car s'il n'y a pas rapidement d'éléments utiles, il devient de plus en plus difficile de trouver une solution et après les délais prévus par la loi, on procède à la clôture du dossier.

Je me lève à contrecœur et je suis l'inspecteur dans son bureau: c'est tout de même mon travail et si je me concentre uniquement sur l'affaire, je ne penserai peut-être pas à ma fille pendant quelques heures.

C'est un jeune homme d'une trentaine d'années et il est assis dans le bureau de Banfi. Les cheveux bouclés, les yeux bleus, un front large, une barbe de quelques jours mal entretenue qui lui donne un air négligé.

Il ne semble montrer aucun signe de souffrance ou de pleurs.

Il porte une doudoune grise ordinaire et sous la fermeture éclair, on peut voir un sweat-shirt vert avec une inscription en anglais.

Il a l'air détendu même s'il me regarde en coin, inclinant la tête et gardant les yeux légèrement entrouverts.

C'est un comportement très attentif et méfiant. Essaye-t-il de comprendre la situation ou cache-t-il quelque chose? A-t-il peur de nous ou est-ce simplement sa façon de montrer de l'anxiété?

Mais non! C'est moi qui vois des voleurs et des criminels partout! C'est la déformation professionnelle du policier. Peut-être est-il simplement très timide et réservé.

Mais il me rappelle quelqu'un: le protagoniste d'un vieux film que j'ai vu il y a quelques années, dont je ne me souviens plus du nom maintenant.

Il est assis sur la chaise pivotante devant le bureau de Banfi. Dès qu'il me voit, il se lève et me serre la main sans jamais lever les yeux.

"Bonjour, je suis le commissaire Innocenti, je suis désolé pour votre père. Malheureusement, hier soir, il n'y avait rien à faire."

Le fils garde son regard fixé sur le sol, avec une attitude triste et calme.

"Oui, je comprends... j'ai appris la nouvelle ce matin. Je ne l'avais pas vu depuis quelques mois."

Soudain, j'ai une vision. Voilà qui me rappelle ce type. Un acteur que j'adorais quand j'étais enfant, dans une interprétation magistrale. Edward Norton, dans "Peur primale".

Le visage tourné sur le côté, les petits yeux serrés dans une attitude humble, les jambes croisées serrées, les gestes posés et étudiés.

De temps en temps, il se touche le cou et l'oreille avec son index. Peut-être veut-il donner l'impression d'être sûr de lui, mais cette posture et ces petits gestes compulsifs révèlent une légère anxiété. Ou peut-être de la révérence. Ou de la peur.

Je n'aime pas cette personne et peut-être que Banfi non plus, car il est venu me chercher dès qu'il a remarqué mon arrivée au commissariat.

L'inspecteur me tend une feuille, je la lis rapidement.

Alfredo Righetti, fils unique, trente-quatre ans. Un diplôme de technicien, il a travaillé pendant un moment comme employé dans une petite entreprise, mais il a démissionné il y a un an et demi. Maintenant, il vit de petits boulots occasionnels: réparation d'ordinateurs, cours d'informatique, même de la distribution de tracts quand l'occasion se présente. Il habite seul dans un petit appartement en périphérie de Rome, dans la zone de Magliana.

"Il s'entendait bien avec votre père?" commençai-je en essayant de paraître calme et rassurant.

Il se tourne vers moi et penche la tête sur le côté.

"Eh bien... je dirais que non, nous avions des points de vue différents. Il voulait que je sois comme lui."

"Pardon, que voulez-vous dire par 'différent'?"

"Vous voyez, mon père était un employé des cadastres à la retraite. Il a fait pendant de nombreuses années un travail routinier, ennuyeux, gris et répétitif. Il voulait à tout prix que je devienne comme lui. Mais je suis différent."

Je remarque dans son attitude une expression nouvelle. Cela semble être du ressentiment.

"Je vois. Et vous vous êtes disputés à ce sujet?"

"Oui, plusieurs fois, même il y a des années... quand ma mère était encore en vie. Puis, dès qu'elle... est partie... je me suis installé dans l'ancienne maison de ma grand-mère. Je ne supportais pas l'idée de rester avec lui. Et j'y suis resté. Je parle rarement à mon père maintenant... nous sommes différents, lui et moi."

Maintenant, il semble tendu, nerveux, il se tortille même les doigts, comme s'il avait du mal à accepter l'idée de la mort. Mais qui peut y arriver? Il a immédiatement évoqué sa mère et parle de son père au présent. En un peu plus de deux ans, il les a tous les deux perdus. Maintenant, il est vraiment seul et peut-être commence-t-il à s'en rendre compte.

"Vous souvenez-vous de la dernière fois que vous l'avez vu?"

"Laissez-moi réfléchir... je l'ai rencontré il y a plus d'un mois à Noël. Il m'a appelé pour me souhaiter joyeux Noël... au moins pour ça... et j'ai accepté de le voir. C'était après son hospitalisation pour le Covid. Je ne pensais pas qu'il s'en sortirait et pourtant le vieux l'a échappé belle!"

Maintenant, il a un sourire narquois sur le visage, un sourire étrange, comme satisfait de sa dernière pensée. Mais c'est la faiblesse d'un instant, car il se reprend immédiatement, reprenant son expression sérieuse et triste habituelle, bien plus adaptée à la situation présente. Pourtant, je ne peux pas ignorer cette étincelle de vérité qui transparaît sur son visage. Que signifie ce qu'il a dit? Les relations avec son père étaient-elles si détériorées qu'il ne souffre pas du tout de sa mort?

Mais non, cela semble impossible. Il est tout de même fils unique, un peu solitaire et introverti. Il n'a pas de compagne et il ne travaille pas non plus. Perdre ses deux parents en à peine deux ans doit avoir été un choc, même s'il ne s'en rend peut-être pas encore pleinement compte.

Soudain, il se lève comme s'il dépendait de lui de décider quand et comment sortir d'ici.

"Maintenant, malheureusement, je devrais partir, inspecteur", s'exclame-t-il en regardant Banfi cette fois-ci, avec un regard direct et confiant.

"Que dois-je faire maintenant? Quand est-ce que tout cela va se terminer?" continue-t-il, sans montrer aucune émotion, tristesse ou sentiment. Cette tragédie ne l'affecte pas du tout. Au contraire, il semble être animé d'un nouveau courage que je n'avais pas remarqué jusqu'à présent. Il vient de perdre son père et au lieu d'être anéanti, il pense à lui-même et peut-être aux biens qui seront bientôt les siens.

Un frisson me parcourt. Les parents essaient généralement de donner le meilleur à leurs enfants. Peut-être que le pauvre M. Righetti l'a fait, ou du moins a essayé.

Et ensuite? Pourquoi le fils est-il si ingrat? Quelles terribles incompréhensions ont fini par compromettre leur relation? Et peut-il vraiment se terminer ainsi, sans le moindre amour ou au moins de reconnaissance?

Les longues années passées ensemble sous le même toit ne signifient-elles rien? Qu'est-ce qui n'a pas fonctionné? Qu'est-ce que le père n'a pas fait ou qu'a-t-il négligé dans sa relation avec son fils?

Et alors je pense à tous ces vieux abandonnés et laissés mourir seuls dans des maisons de retraite, oubliés par leurs enfants car considérés comme un fardeau ou un appendice gênant. Est-ce que cela finira également ainsi pour nous?

Cette pensée me bouleverse soudainement. Et je me vois déjà, vieux, fatigué et édenté dans une maison de retraite, oublié de tous, surtout de ma fille.

Ma fille! Je ne peux m'empêcher de penser à elle!

Heureusement, j'entends Banfi répondre à cet individu et me ramener à la réalité.

"Maintenant, le corps de votre père a été placé sous scellés, mais il sera bientôt libéré et les funérailles pourront avoir lieu. Mais nous sommes en pleine période de Covid et les choses pourraient prendre du temps, désolé. L'enquête, quant à elle, se poursuivra. Je suis sûr que nous trouverons bientôt des témoins et pourrons retrouver la voiture."

Ce sont des paroles de routine prononcées dans des cas comme celui-ci, mais malheureusement elles ne sont pas toujours vraies. Parfois, aucun élément n'est trouvé et ces crimes restent impunis.

Et encore moins en cette maudite période de pandémie, où tout le monde est confiné à la maison! Hier soir, il n'y avait personne dans les parages et je doute que quelqu'un ait été témoin de la scène et puisse nous fournir des détails supplémentaires.

Je salue le jeune homme et lui ouvre la porte, mais juste au moment où il s'apprête à sortir, je lance, comme par hasard, la question la plus importante, celle qui ne manque jamais lors des interrogatoires de police.

Je veux vraiment voir l'expression de son visage.

"Je suis désolé si nous n'avons pas réussi à vous prévenir hier soir... J'avais demandé à mes agents d'essayer plusieurs fois. Peut-être ont-ils trouvé votre téléphone éteint. Vous étiez absent?"

Le jeune homme se tourne vers moi avec la même expression méfiante que j'avais remarquée auparavant.

"Hier soir?", s'exclame-t-il en se touchant le visage.

"J'étais chez moi en train de regarder un film. Peut-être que mon téléphone était déchargé... en fait, oui, maintenant que j'y pense, c'était vraiment le cas. Je l'ai mis en charge ce matin et j'ai remarqué les messages des appels manqués."

Je le salue et le regarde partir. Je n'aime vraiment pas cet individu. Cache-t-il quelque chose?

"Banfi, vérifiez si cet individu a un permis de conduire et s'il possède une voiture. Et peut-être faites-le passer devant un agent pour voir s'il y a des bosses sur le pare-chocs avant. Je ne pense pas qu'il soit aussi stupide, mais qui sait, parfois la solution est plus simple que ce que nous pensons et peut-être aurons-nous de la chance, pour une fois."

Je saisis mon téléphone portable pour réactiver la sonnerie que j'avais mise en mode silencieux et je trouve un message non lu.

Luna: J'ai hâte de te rencontrer!

Encore elle! J'avais oublié que j'avais aussi écrit à elle auparavant.

"Commissaire, ce matin, la dame qui a secouru l'homme est venue pour déposer une déclaration sur l'incident. Rien de nouveau."

Banfi me tend les feuilles et je les parcours rapidement.

J'étais en train de promener le chien Filippo... il s'est envolé en l'air comme une marionnette... je n'ai pas vu la voiture mais seulement les feux arrière au loin... il faisait sombre... je suis accourue... il était encore en vie...

Rien de plus par rapport à ce que cette dame m'avait dit la veille. Je continue à lire, mais je remarque un détail qu'elle ne m'avait pas raconté.

Il marmonnait, gémissait et a essayé de me dire quelque chose... mais je n'ai rien compris.

"Banfi, es-tu allé chez l'homme? Est-ce que ses clés ont été retrouvées parmi ses affaires?"

"Non, je n'ai pas eu le temps. Devons-nous vraiment le faire?"

"Juste pour avoir une idée. Je n'ai pas du tout aimé le fils, c'est un étrange accident et les cinq mille euros en liquide qu'il avait sur lui ne me rassurent pas du tout. Que laisse exactement M. Attilio Righetti? Et à qui exactement?"

"Je ne sais pas, l'enquête sur son patrimoine est encore en cours. Comme tu veux... je vais faire un tour chez lui."

J'acquiesce.

"Tu as fait la chose la plus importante ce matin, n'est-ce

pas?"

"Mais bien sûr, commissaire, c'était la première chose que j'ai faite dès mon arrivée au bureau! Je savais que vous me le demanderiez! J'ai parlé au bureau de la mobilité de la Ville de Rome et j'ai transmis l'autorisation du procureur pour obtenir les enregistrements entre 19h00 et 21h00 hier soir. Il y a une dizaine de caméras installées sur les feux de circulation aux intersections. Ils nous enverront tout lundi!"

"Parfait. Peut-être que ce sera plus simple que nous le pensons et que nous identifierons rapidement le véhicule qui l'a renversé."

Avec les systèmes de vidéosurveillance actuels, il n'est pas si facile de percuter quelqu'un et de s'enfuir. Surtout dans le quartier de l'EUR, où une caméra est installée sur chaque feu de circulation pour le contrôle du trafic.

Nous trouverons bientôt la voiture et peut-être même le coupable.

5

Ma visite au commissariat pourraient se terminer ici et je pourrais rentrer chez moi tranquillement, considérant cette matinée comme une petite parenthèse de travail, au milieu d'un week-end de repos.

Mais ce n'est pas le cas. Maintenant vient la partie la plus difficile, délicate et difficile. Ma fille.

Je n'ai rien préparé, aucun discours, aucune leçon de morale. Je ne sais même pas si je vais lui dire quelque chose au sujet des pilules que mon ex-femme a trouvées dans son jean.

Que doit faire un père dans cette situation?

Je me sens mal préparé, impuissant et inadéquat.

Tout parent voudrait rester aux côtés de ses enfants et les protéger pour toujours des incertitudes de la vie. Mais on ne peut pas les suivre indéfiniment, il y a un moment où ils doivent essayer de marcher seuls.

Il faut les laisser partir et accepter leurs erreurs. Sans parachute.

Et si quelque chose devait mal tourner ensuite?

Et si de mauvaises personnes devaient entrer dans leur vie?

Et si les erreurs étaient irréparables?

C'est un dilemme pour tous les parents... encore plus pour nous, les pères séparés, qui avons le problème supplémentaire de devoir gérer une relation difficile avec notre ex.

Je suis assis à mon bureau, stupéfait et immobile, devant ces maudites pilules colorées. Et je ne trouve pas de réponses.

Que dire à ma fille?

Comment lui faire comprendre que ce qu'elle fait est mauvais?

Je dois sortir d'ici, faire un tour, me distraire et penser à autre chose.

Heureusement, il ne pleut plus, en fait, je vois un timide rayon de soleil entrer par la fenêtre de ma pièce et éclairer mon bureau.

Alors je mets ma veste en cuir, je ferme la porte de mon bureau et je me dirige vers la sortie du commissariat.

Je m'apprête à franchir la porte lorsque j'entends la voix de l'agent de garde.

"Commissaire, une dame est arrivée et souhaite parler à quelqu'un au sujet de l'accident d'hier soir. Elle est dans la salle d'attente, que dois-je lui dire?"

"Je suis désolé, je m'en vais. Appelez Banfi qui s'occupe de l'enquête."

"Malheureusement, il est sorti déjeuner il y a un quart d'heure."

Quelle poisse, il n'est jamais là quand on en a besoin. Mais ensuite, je regarde l'heure: il est treize heures dix. Maudite soit cette tension, j'ai oublié que c'était l'heure du déjeuner.

Je hausse les épaules et sans répondre à l'agent, j'ouvre la porte pour partir, mais je fais demi-tour. Ce travail est ma ruine!

"D'accord, en attendant, je m'en occupe! Faites venir Banfi dès son retour!"

Je me dirige vers la salle d'attente et je vois une belle femme assise sur le canapé en train de lire un livre. Je m'approche et je me présente.

"Bonjour, je suis le commissaire Innocenti. On m'a dit que vous êtes venue pour l'accident d'hier soir."

Elle referme le livre, le pose délicatement à côté d'elle, puis se lève et me serre la main.

"Giulia Conforti, enchantée."

J'ai l'occasion de l'observer de plus près, même si elle porte un masque chirurgical sur son visage.

Elle a une quarantaine d'années ou peut-être un peu plus, mais elle est très bien conservée. Son regard est ouvert et franc, ses yeux sont sombres et expressifs, elle est mince et élégante avec de magnifiques cheveux roux qui descendent sur ses épaules. Elle porte un petit manteau noir sur un pantalon fuchsia, bien assorti à un grand sac à bandoulière de la même couleur.

Encore une Giulia aux cheveux roux. Est-ce une persécution?

Je lui serre la main et elle esquisse un sourire timide. Ses yeux sont rougis, elle a dû récemment pleurer.

"Ce matin, j'ai lu dans un journal en ligne le terrible accident d'hier soir. Attilio Righetti. Je connaissais cet homme."

"Oui, nous suivons l'enquête. J'ai confié l'affaire à l'inspecteur Banfi, qui devrait être ici d'un moment à l'autre. En attendant son retour, vous pouvez parler avec moi. Allez, allons dans mon bureau."

Je saisis les clés, ouvre à nouveau la porte de ma pièce et lui fais signe d'entrer.

Histoire des le Mur Aurélien, je lis sur le dos du livre qu'elle tient sous son bras.

"Vous êtes passionnée par l'antiquité?" lui demandai-je, en désignant le livre.

"Je dirais que oui... ou plutôt, je suis docteure en histoire de l'art et également guide touristique agréée."

Elle le dit avec fierté, en prononçant bien les mots. J'ai l'impression qu'elle aime profondément son travail.

Nous nous asseyons. Je prends une cigarette dans le paquet de Camel Light qui est devant moi, la porte à ma bouche, mais comme d'habitude, je ne l'allume pas.

Elle semble surprise.

"J'ai arrêté de fumer il y a plusieurs années, mais parfois j'en tiens une en main pour me rappeler les gestes de ce moment-là."

"Maintenant, parlons de vous. Voulez-vous me raconter ce qui vous a amenée ici au commissariat?"

"Je suis venue dès que j'ai lu la nouvelle. Pauvre Attilio! Je suis bouleversée! C'est bien le monsieur Righetti, incroyable! Mourir ainsi dans un accident!"

Elle a du mal à parler et retient difficilement ses larmes.

"Donc vous le connaissiez personnellement?"

"Bien sûr! Assez bien même! Il y a quelques années, j'ai organisé un groupe touristique d'une vingtaine de personnes intéressées par l'archéologie et l'art. Je leur ai proposé un calendrier de visites culturelles, avec un engagement de deux matinées par mois à Rome! La première année a été un succès, puis malheureusement nous avons dû nous arrêter à cause de la pandémie. J'espérais pouvoir reprendre bientôt, avec la fin de cette terrible période."

"Et il faisait partie de ce groupe?"

"Oui! Je le connaissais depuis quelques années. Il était très intéressé par l'archéologie et passionné par l'histoire antique. Et puis il avait beaucoup de temps libre. Et bien sûr, il ne manquait jamais une visite! Il était veuf, sa femme était décédée récemment d'une maladie incurable, il était à la retraite depuis des années, son fils vivait de son côté... Donc il était seul, sans aucun lien et avec très peu de choses à faire à la maison."

J'acquiesce et la laisse poursuivre son récit.

"Je suis très attristée. Je n'arrive pas encore à y croire. C'était un accident grave?"

"Malheureusement oui, il a été renversé à la sortie du métro. Les responsables ne se sont pas arrêtés pour lui porter secours, malheureusement, donc nous recherchons d'éventuels témoins. À quoi ressemblait M. Righetti?"

"Il avait une soixantaine d'années, mais il les portait très bien. C'était une personne active, enjouée, encore jeune. Il était un homme très distingué, droit et fier dans son imperméable clair! Une personne inflexible à bien des égards. Il avait travaillé au cadastre de Rome et connaissait très bien la ville! Vous savez, il me fournissait toujours les plans des lieux, avant chaque visite programmée. Ils étaient très détaillés. Je les utilisais toujours, même avec les autres groupes!"

"Pourquoi *inflexible*? Avait-il un mauvais caractère?", l'interrompis-je, car ce mot m'a intrigué.

"Eh bien... parfois, il me semblait un peu intransigeant... il en voulait à son fils, qu'il considérait comme faible et à lui-même, de ne pas avoir réussi à le rendre fort... du moins c'est ce qu'il disait. Je ne l'ai jamais rencontré."

"Vous souvenez-vous d'autre chose?"

"Oui, c'était un homme attentif, participatif, il posait des questions, discutait... il s'était même fait des amis dans le groupe, en particulier M. Liverani, un autre monsieur de son âge. Du moins jusqu'à l'arrivée de la pandémie. Ensuite, tout a été fermé, les musées, les sites archéologiques, les expositions et je n'ai plus pu continuer mon activité. On m'a dit qu'il était devenu terriblement phobique et ne sortait plus de chez lui. Malheureusement, il a été infecté quand même et a même été hospitalisé."

À votre connaissance était-il dans un état grave?"

"Je le pense, du moins au début, mais il a réussi à survivre et est rentré chez lui après quelques mois. Je garderai toujours un bon souvenir de lui, ses questions me manqueront lors des prochaines visites. Ce matin, j'ai reçu de nombreux appels pour me demander des nouvelles de lui."

Je perçois une légère fissure dans sa voix et un voile de tristesse qui obscurcit une fois de plus son regard. Enfin, quelqu'un est désolé de la mort de cet homme. Mais jusqu'à présent, rien de nouveau, je ne comprends pas pourquoi elle est venue au commissariat.

"Vous souvenez-vous de quand vous l'avez entendu pour la dernière fois?"

Elle me regarde avec ses yeux noirs et profonds. C'est une femme intéressante, dégageant une énergie vitale et contagieuse. Elle remet une mèche de cheveux roux qui lui tombe sur le front, puis commence son récit.

"Tout a commencé autour de Noël dernier. Pour l'occasion, j'avais organisé un appel vidéo avec mon groupe. J'avais ouvert une bouteille de *prosecco* devant la caméra, coupé le *panettone*, juste pour faire un peu la fête ensemble, car il n'était pas possible de se voir en personne. J'avais dit à tout le monde de se tenir prêt car en 2021, nous allions reprendre les visites culturelles. Ensuite, quelques jours plus tard, j'avais reçu son appel. Il ne l'avait jamais fait auparavant, donc j'avais trouvé cela un peu étrange. Il voulait que je l'accompagne sur un site archéologique inaccessible au public. Bien sûr, je lui ai dit que ce n'était pas possible. Les musées étaient fermés à cause du Covid, alors les sites visitables seulement sur réservation et accompagnés d'un guide, encore moins! Mais cette fois, il était très insistant et il m'avait semblé agité et confus pour la première fois. Peut-être ne s'était-il pas complètement remis de l'infection."

Je commence à m'intéresser. Peut-être que M. Righetti s'était épris de cette belle dame en secret et avait cherché une excuse pour la revoir. Après tout, une vingtaine d'années de différence entre les deux pourraient ne pas être si importantes.

Mais il y a une chose que je ne comprends toujours pas. Pourquoi est-elle venue ici, quelques heures après l'accident? Il ne semble pas y avoir de nouvel élément significatif jusqu'à présent. Alors je la laisse poursuivre son récit, l'interrompant le moins possible.

"Vous devez savoir, commissaire, que M. Righetti m'a

appelée hier après-midi."

Ah, voilà! Nous y voilà enfin.

"Et que vous a-t-il dit précisément?"

Soudain, la porte de mon bureau s'ouvre en grand et l'inspecteur Banfi apparaît, un peu essoufflé.

"Me voilà, commissaire!"

Il arrive au moment le plus intéressant, alors que je commençais enfin à m'intéresser à cette affaire.

"Je te présente Mme Giulia Conforti, historienne de l'art et guide touristique à Rome. Elle est venue spontanément ce matin parce qu'elle connaissait la victime."

L'inspecteur s'assoit et se met à écouter.

"Je vous en prie, continuez. Donc, M. Righetti vous a appelée hier, peu avant l'accident. Que vous a-t-il dit exactement?"

La dame a maintenant une expression sérieuse et préoccupée.

"Vous devez savoir que ces derniers temps, il s'était beaucoup intéressé à une ancienne histoire, peut-être peu connue, concernant un culte mystérieux qui était très répandu à Rome jusqu'au IVe siècle après Jésus-Christ."

Giulia Conforti fait une pause dramatique et nous devenons plus attentifs.

"Avez-vous déjà entendu parler de l'ancien dieu Mithra? En ce qui concerne l'histoire ancienne, commissaire?"

Mon Dieu! Est-ce que cette belle dame va maintenant me questionner sur l'histoire de l'ancienne Rome? J'étais nul en classe! Ce sujet m'aurait peut-être même intéressé, mais j'avais un professeur qui préférait parler de la *Lazio* et nous faisait apprendre par cœur la composition de l'équipe du dimanche!

Je regarde Banfi à côté de moi et je vois une expression interrogative similaire. Il en sait sûrement encore moins que moi, du moins à en juger par son regard perdu dans le vide!

"Malheureusement, je me souviens de peu de choses... je

crains que vous ne deviez recommencer depuis le début."

Giulia Conforti évolue sur un terrain qui lui est familier et facile. Avec une grande assurance et fierté, elle commence à raconter.

"Le mithraïsme est une ancienne religion mystérique, originaire d'Asie Mineure, qui s'est également répandue à Rome jusqu'au IVe siècle, avant d'être supplantée par le christianisme."

"Une religion mystérique?", s'exclame Banfi avec une expression interrogative.

"Cela signifie simplement que les secrets et les rituels étaient révélés exclusivement à certaines personnes, appelées adeptes, qui étaient initiées à la religion lors d'une cérémonie d'initiation. Le culte s'est répandu dans tout l'Empire, y compris dans la ville de Rome et a été pratiqué pendant environ cinq siècles, jusqu'à ce qu'il soit définitivement interdit par l'empereur Théodose en faveur du christianisme."

Nous l'écoutons captivés par sa connaissance. J'aurais certainement été passionné par cette matière si seulement j'avais eu une professeure d'histoire comme elle! Intéressante, fascinante et même un peu séduisante.

"C'était une religion hénothéiste, c'est-à-dire qu'elle prévoyait l'existence d'un seul dieu principal, appelé Mithra, ou le dieu Soleil et une série de dieux secondaires. Le culte était pratiqué dans des lieux spéciaux, appelés mithraeums, semblables aux églises d'aujourd'hui. Au IIe siècle, Rome en comptait des centaines."

"Madame, ne nous éloignons pas du sujet. Que vous a exactement dit M. Righetti lorsqu'il vous a appelée le jour même de sa mort?"

"Quelque chose d'étrange, très étrange. Il m'a appelée pour me dire qu'il avait enfin trouvé des réponses à toutes ses questions. Mais il n'a pas voulu m'en dire plus car il avait besoin de confirmations."

"Mais qu'est-ce que cela signifie?"

"Je ne le sais pas exactement, c'est ce qu'il a dit. Puis il a ajouté une phrase qui m'a donné des frissons. Giulia, j'espère vraiment qu'il ne m'arrivera rien ce soir! Attilio avait un ton préoccupé que je n'avais jamais entendu auparavant."

Nous la regardons tous les deux, stupéfaits. Elle continue.

"J'ai essayé de lui demander de s'expliquer, mais il n'a pas voulu me dire plus. Vous devez savoir qu'en février dernier, juste avant la pandémie, j'avais organisé une visite guidée à l'intérieur du Mithraeum du Cirque Maxime, l'un des rares sites encore existants à Rome et ayant survécu à la destruction survenue au cours du quatrième siècle après Jésus-Christ. Il était très impressionné par ce culte ancien et m'a posé de nombreuses questions sur Mithra, les rituels, ses fidèles et les ruines encore présentes dans la ville. Je lui avais recommandé quelques ouvrages. Peut-être les a-t-il achetés et les a-t-il lus pendant ces mois d'isolement forcé à la maison!"

Je la regarde encore plus surpris. Un homme inquiet qui meurt dans un étrange accident, à l'ombre d'une ancienne religion?

"Que voulez-vous dire? Ce culte est-il toujours pratiqué aujourd'hui? Et quelles étaient, selon vous, ses préoccupations?"

"Je ne sais pas, il ne me l'a pas dit, mais c'est pour cela que je suis venue tout de suite vous voir. Cette religion est morte et enterrée, du moins autant que je sache. Il m'a dit qu'il m'appellerait le lendemain pour me raconter tout ce qu'il avait découvert, mais malheureusement, il est mort! N'est-ce pas étrange? Mais il est vrai que M. Attilio m'a appelée plusieurs fois après son retour à la maison depuis l'hôpital et il semblait différent, moins brillant que d'habitude, plus sombre et tourmenté. Selon moi, il avait vu la mort en face. Mais il m'a aussi semblé confus, peu lucide, incapable de suivre un fil logique dans ses discours. Il avait été hospitalisé pendant une vingtaine de jours et peut-être que le virus avait troublé son esprit. Malheureusement, cela semble être un effet secondaire de l'infection, peut-être transitoire, mais présent pendant quelques mois, surtout dans les cas les plus graves. Après Noël dernier, il m'avait dit qu'il menait même des recherches... mais cela me semblait plus la folie d'une personne âgée que quelque chose de réel. Alors, finalement, hier après-midi, je n'ai pas insisté davantage et je n'ai pas donné d'importance à son récit. Je suis vraiment désolée. J'aurais mieux fait de lui prêter attention, pour une fois! Si j'avais également pris le métro, si j'étais allée à l'endroit de son rendez-vous, peut-être aurais-je pu faire quelque chose pour lui!"

Je me lève et commence à marcher dans mon bureau. Ce ne pouvait pas être un simple accident! Non! Maintenant, voilà un dieu mystérieux qui entre en jeu! Mais bon sang! Pourquoi toutes ces choses me arrivent à moi!

Mais je me calme immédiatement. Non, cela ne peut pas être, je ne dois pas me laisser influencer.

Lundi, avec l'aide des vidéos, nous trouverons la voiture qui l'a renversé et nous découvrirons que l'ancien dieu n'a rien à voir là-dedans et que l'accident a été causé par un jeune ivre qui s'est enfui par peur de se retrouver confronté à une situation trop grande pour lui.

Soudain, mon estomac gronde: il est déjà deux heures passées et je n'ai encore rien mangé.

"Merci beaucoup pour votre témoignage, madame. Maintenant, je dois partir, mais je vous laisse en compagnie de l'inspecteur."

Puis je me tourne vers Banfi et l'emmène à l'écart, de sorte qu'elle ne puisse pas entendre.

"Je ne sais pas dans quelle mesure cette histoire peut être liée à la mort de Righetti, en fait, pour l'instant, j'aurais tendance à l'exclure. Il n'y a pas de preuves pouvant faire penser à autre chose. Mais bien sûr, ce qu'elle nous a raconté aujourd'hui est assez singulier. Terminez ici avec elle et surtout, rassurez-la. Ne parlons pas de tout ça, je préférerais éviter que ça parvienne à la presse. Molinari ne nous le pardonnerait pas! Sommes-nous d'accord? M. Righetti a simplement été renversé par une voiture qui a pris la fuite sans s'arrêter pour porter secours. C'est tout. Vous verrez que lundi, en regardant les vidéos, nous identifierons la plaque d'immatriculation de la voiture et nous arrêterons rapidement le criminel qui la conduisait et d'ici une semaine, on n'en parlera plus."

Je serre la main de Mme Conforti. Elle me salue et me remet sa carte de visite.

"Commissaire, voici mes coordonnées au cas où vous en auriez besoin."

Je la remercie et quitte le commissariat. Je dois manger quelque chose et prendre un peu d'air frais. Bientôt, je devrai affronter l'épreuve la plus difficile et je dois être vigilant et concentré, je ne peux pas perdre de temps avec les histoires fantastiques d'un ancien dieu romain.

La triste réalité de ma vie m'appelle. À peine ai-je fait quelques pas que je reçois un message.

C'est Anna.

Est-ce que je te dérange ou es-tu occupé avec une femme? Je voulais juste te dire qu'Alice sortira ce soir pour dîner. Je l'ai forcée à me dire où elle ira. Piazza Campo de' Fiori. Je pense qu'elle sera là. Trouve une solution!

Maudits soient-ils! Le moment de vérité est arrivé. Maintenant, je sais qu'Alice sortira et je connais aussi l'endroit où elle se rendra. Et alors? Que puis-je faire?

Je m'arrête un instant pour réfléchir et la chose la plus intelligente qui me vient à l'esprit est d'aller là-bas pour vérifier. Mais je ne veux pas le faire seul, je dois trouver de l'aide.

Et alors, une idée me vient.

6

Je suis rentré chez moi pour prendre une douche, me changer et suis ressorti une fois de plus, cette fois-ci avec une tâche peut-être encore plus lourde. Ce soir, j'ai choisi lui, mon fidèle agent Antonio Costa. J'ai essayé de lui expliquer la situation et comme toujours, il s'est montré disponible. Il ne m'a posé qu'une seule question.

"Commissaire, que dois-je dire à ma femme? Elle est un peu anxieuse et elle m'attend toujours éveillée. Si elle ne me voit pas rentrer à temps, elle s'inquiète!"

"Dis-lui que ce soir tu dois faire des heures supplémentaires et que tu es occupé avec moi. Et ne la laisse pas s'inquiéter, car je t'assure qu'il n'y aura aucun danger."

Maintenant, je suis en train de foncer sur la rue Cristoforo Colombo et je lui explique les détails tout en le voyant jouer avec la radio de la voiture.

"Cette voiture est magnifique, félicitations, commissaire!" s'exclame-t-il dès qu'il monte dans ma toute nouvelle Giulia.

"Je l'ai récupérée hier chez le concessionnaire et je la fais déjà travailler dur la nuit, à courir de long en large à travers Rome!"

"Commissaire, que devons-nous faire exactement?" me demande-t-il soudain, se concentrant un instant sur la mission de ce soir.

"Je ne le sais pas encore précisément. Allons-y sans que ma fille ne nous remarque, quelque chose nous viendra à l'esprit, tu verras!"

L'agent porte un pantalon bleu délavé, une chemise à rayures et un horrible pull en laine bleu clair avec des losanges. Non, ça ne va pas du tout.

"Antonio, essaie de mettre ça, ça semble plus anonyme", lui dis-je en lui prêtant un t-shirt vert militaire et un sweat à capuche gris foncé que je porte toujours avec moi, pour toute éventualité.

Il se change dans la voiture pendant que je conduis. C'est une personne pratique et il exécute toujours mes ordres.

"Voilà, c'est nettement mieux comme ça. Maintenant, nous sommes prêts, nous pouvons y aller!"

Il est huit heures et demie, je veux faire vite et terminer cette longue journée le plus tôt possible.

J'ai brièvement raconté l'affaire de la drogue à mon fidèle agent et je lui ai aussi demandé conseil, en tant que père. Malheureusement, il n'a pas réussi à me rassurer.

"Que puis-je vous dire, commissaire. Les jeunes sont imprévisibles à cet âge, peut-être que c'est une bêtise qu'ils font pour se sentir libres et émancipés, ou peut-être pas..."

Il a deux grands enfants qui ont déjà passé sans trop de problèmes le moment critique de l'adolescence, du moins c'est ce qu'il croit.

Nous passons sous le *Mur Aurélien* et nous nous dirigeons vers le *Lungotevere*: la rivière est haute en raison des pluies de ces derniers jours et cela fait maintenant deux mois que ses eaux ont recouvert les pistes cyclables le long de ses rives, comme c'est souvent le cas pendant l'hiver.

Nous empruntons la *via del Plebiscito*, puis le *Corso Vittorio*; je gare ma voiture et nous nous dirigeons à pied vers notre destination.

L'air est froid et le ciel est couvert de nuages; de temps en temps, la lune fait une apparition et éclaire la ville déserte de sa lumière réfléchie.

C'est une Rome complètement différente de celle à laquelle nous sommes habitués. La ville éternelle semble sombre et triste, les magasins sont fermés, les enseignes sont éteintes et les touristes ont disparu. Je me demande si elle retrouvera jamais son aspect d'autrefois.

"Où diable va Alice la nuit, en cette période de pandémie?" je m'exclame et je vois Costa à côté de moi acquiescer.

"Il n'y a personne dans les parages! Il ne pleut pas et aujourd'hui c'est samedi!"

Nous regardons autour de nous à la recherche de signes de vie. Nous passons devant l'église *Sant'Andrea della Valle* avec sa grande façade baroque et nous tournons dans la *via dei Baullari*.

Ici, la situation est différente et on commence à voir plusieurs petits groupes de jeunes qui discutent le long de la rue, une bière à la main et un masque porté sous le menton.

Je ne peux m'empêcher de sourire, mais ensuite la tristesse remplit à nouveau mon cœur alors que je réalise que la ville est toujours marquée par la pandémie.

"Commissaire, les jeunes en ont marre de rester à la maison pour suivre des cours sur l'ordinateur. Ils ont besoin de sortir, de jouer, de s'amuser, de voir des gens de leur âge..."

Nous avançons le long de la rue en essayant de passer inaperçus et nous arrivons sur la place Campo de' Fiori.

Nous remarquons immédiatement une agitation remarquable parmi les jeunes, après tout, nous sommes au cœur de la vie nocturne romaine et c'est l'un des rares endroits où il est encore possible de se rencontrer en plein air et de prendre quelque chose malgré les restrictions, en fait, on perçoit même une ambiance festive malgré la période.

Les bars, les pubs et les restaurants sont tous ouverts. Plusieurs tables ont été disposées à l'extérieur comme le permet le nouveau décret, qui a élargi la possibilité pour les gérants d'étendre leur activité commerciale en plein air.

Diable, j'aimerais tellement avoir une bière bien fraîche!

Mais je ne veux pas me laisser distraire. Nous sommes là

pour chercher Alice et je ne dois penser à rien d'autre.

Nous traversons la place et regardons autour de nous.

Je jette un coup d'œil à la statue de *Giordano Bruno* et il me semble qu'il me regarde sévèrement, presque en me reprochant mon comportement. Je sens mon cœur battre plus fort que d'habitude et je ressens une anxiété croissante.

Je cherche ma fille parmi la foule, mais ce n'est pas du tout facile.

"Comment ça va, Costa? Tu vois quelque chose? Comme je te l'ai dit plus tôt, c'est une fille avec des cheveux roux, la peau claire et des taches de rousseur, à peu près un mètre soixante-dix de hauteur. Elle ne passe pas inaperçue. Mais mets la capuche sur ta tête, essayons de ne pas être reconnus!"

"Commissaire, il y a tellement de monde ici! Je regarde autour de moi, mais ce n'est pas facile... beaucoup de filles portent un chapeau ou une grosse veste et elles sont toutes couvertes et difficiles à reconnaître..."

"Je le sais... Allons-y, avec un peu de chance, nous la trouverons."

Ou peut-être pas. Peut-être qu'elle a changé d'avis et au lieu de venir ici, elle a décidé d'aller flirter avec son petit ami et s'est isolée avec lui dans sa voiture de fils à papa...

Une rafale de vent me fait frissonner, ce n'est pas le froid, mais plutôt la pensée qui vient de me traverser l'esprit.

Maudit soit-il! Quelle idée stupide j'ai eue! Je ne la trouverai jamais au milieu de tout ce chaos!

Nous avançons lentement, essayant de passer inaperçus, marchant à quelques pas l'un de l'autre pour donner l'impression de ne pas être ensemble.

Un observateur attentif n'aurait aucun mal à reconnaître que nous sommes deux policiers en civil, mais la plupart d'entre eux sont des jeunes et je doute qu'ils aient déjà l'expérience pour le remarquer.

Soudain, je la vois à environ cent mètres de nous. C'est

bien elle, Alice, toute seule sur un trottoir de l'autre côté de la place.

Elle se tient la tête entre les mains, comme si elle souffrait.

"Merde! C'est elle, là-bas!" m'exclamé-je, prêt à courir vers elle, lorsque la main de mon fidèle agent me saisit le bras pour me retenir.

"Pas comme ça, commissaire! Vous devez être moins impulsif. Attendez ici et observons la scène sans nous faire remarquer."

"Ne vois-tu pas qu'elle est seule là-bas? Peut-être qu'elle ne se sent pas bien! Nous devons lui porter secours!"

"Ce n'est pas sûr, attendez un instant, il faut être patient. Et puis, calmez-vous, vous ne pourrez pas la contrôler toute sa vie, elle a déjà dix-sept ans!"

Je suis à bout de nerfs et anxieux. Mais je l'écoute et je m'arrête pour observer. Il s'assoit sur le rebord de la statue au centre de la place, à quelques mètres de distance, tout en gardant une bonne vue d'observation. Mais moi, je reste debout, prêt à agir. J'ai le cœur qui bat à toute vitesse.

Après quelques instants, nous voyons Alice bouger.

Elle se lève, passe une main sur son pantalon et regarde autour d'elle.

"Vous voyez, commissaire! Pour le moment, votre fille ne semble pas avoir besoin d'aide. Restez ici et voyons ce qu'elle fait."

Nous la voyons manipuler quelque chose dans sa main, mais il fait sombre et nous sommes trop loin pour voir exactement ce que c'est.

Puis nous voyons une petite flamme s'allumer et une volute de fumée se disperser dans l'air, au-dessus de sa tête.

"Mais que fait-elle? Elle fume? Elle m'avait juré qu'elle ne commencerait jamais! Qu'est-ce que c'est que cette histoire? Tout est faux!"

"Mais non, commissaire, ne désespérez pas. Ce ne doit

être que du tabac, rien de plus! Les enfants ne sont jamais ce qu'ils semblent être... Ils traversent tous des moments sombres, tout comme nous! Savez-vous combien de jeunes se mettent à fumer à cet âge!"

"Maintenant, je vais là-bas et je m'énerve! Cette fois, elle a vraiment dépassé les limites!"

"Non, restez ici!"

Soudain, nous l'entendons être appelée par un couple de garçons.

"Alice, Alice... nous avons trouvé une place assise! Viens!"

Nous la voyons aller avec eux et rejoindre lentement la table d'un café en plein air.

Ils sont quatre, deux garçons et deux filles, je dirais deux couples, du moins à en juger par les gestes d'affection qu'ils s'échangent. Ils sont assis à quelques mètres de nous, rient, plaisantent, boivent de la bière et fument, pas vraiment l'idéal pour leur jeune âge!

Alice est de dos et ne peut pas me voir, d'ailleurs je pense être la dernière personne à laquelle elle s'attendrait à rencontrer ce soir.

À côté d'elle, il y a un garçon brun, à peu près de ma taille.

Il la serre par la taille, lui donne un baiser affectueux et elle lui rend avec passion.

"Le voilà, celui-là doit être Andrea, son petit ami. Je vais lui pourrir son week-end!"

Une profonde colère commence à monter en moi, pourtant je dois réussir à me calmer pour ne pas aggraver la situation.

Où avons-nous fait erreur, Anna et moi? Aurions-nous pu remarquer plus tôt le changement soudain de notre fille? Ou est-ce qu'elle est ainsi depuis des années et qu'elle réussit à nous tromper avec ses manigances?

Tout à coup, je vois les quatre jeunes se lever et se

regrouper autour du comptoir du bar, décidés à prendre quelque chose à boire.

En un instant, une idée folle me traverse l'esprit. Je sais que c'est risqué et je réalise que je fais quelque chose de mal et même illégal en impliquant un agent en service dans une affaire personnelle. Mais la pensée de ce que ma fille est en train de faire me fait trembler et fait disparaître tous mes scrupules.

Et puis mon plan pourrait réellement fonctionner.

"Costa, maintenant je sais ce que nous allons faire, toi et moi!" m'exclamé-je, informant l'agent de mon idée.

"Commissaire, cela me semble être une folie! Nous ne pouvons pas le faire!"

Mais je ne l'écoute pas, je ne le laisse pas finir et je coupe court.

"On se retrouve à la voiture dans une demi-heure."

Je connais mon fidèle agent et je sais qu'il me donnera un coup de main et fera ce que je lui ai demandé. Le sort en est jeté.

J'arrive au comptoir du bar et me mets en file derrière les quatre jeunes pour prendre une bière. Alice est en train de payer et de récupérer sa deuxième chope.

Elle se retourne, me voit et reste bouche bée.

"Papa", s'exclame-t-elle gênée, "qu'est-ce que tu fais ici?"

Je vois les trois autres à côté d'elle qui me scrutent, curieux.

"Salut ma chérie! C'est incroyable de te trouver ici! Je ne savais pas que tu sortirais ce soir. Attends-moi un instant, je vais prendre une bière moi aussi."

Je lui souris comme si de rien n'était, sans prêter attention au fait qu'elle en a une à la main également.

Je m'approche lentement du comptoir.

"Une *Corona* bien fraîche avec une tranche de citron!"

"Papa... Je ne pensais pas que tu viendrais ici le soir... c'est un endroit pour..."

"Tu veux dire pour les jeunes?! Attention, tu risques de m'offenser!" m'exclamé-je en souriant. "Tu sais depuis combien d'années je viens ici à Campo de' Fiori, exactement à cet endroit, pour prendre une bonne bière fraîche? C'est avant ta naissance, Alice!"

Elle me regarde gênée de m'avoir trouvé ici et je parie qu'elle est aussi surprise que je ne lui ai rien dit, malgré le fait que je la vois consommer de l'alcool. Je l'ai prise la main dans le sac, mais étrangement, je ne la réprimande pas, au contraire, je la traite comme une adulte devant ses amis.

"Mais maintenant je dois y aller... ils m'attendent... on se parle demain... peut-être qu'on se voit pour le déjeuner la semaine prochaine..."

Elle me salue et retourne à sa table. Je savoure ma bière et m'arrête pour observer la scène. Puis je me dirige lentement et passe près de leur table. Comme prévu, j'entends une forte exclamation.

"Putain! On m'a volé mon sac à dos!" crie le garçon qui avait embrassé ma fille peu de temps auparavant.

Je me retourne et je le vois penché sous la table, en train de chercher quelque chose.

"Il n'est plus là... merde! Il n'est plus là... je te jure, il était ici!"

Je les vois tous les deux bouleversés et effrayés.

"Il y avait aussi mon sac à main! Ils l'ont aussi pris!" s'exclame Alice.

"Que s'est-il passé les gars? On vous a volé quelque chose?" demandé-je d'une voix forte, celle d'un policier, qui me réussit plutôt bien dans certaines occasions.

Les jeunes me regardent sans savoir quoi dire. L'un d'entre eux, qui peut-être n'a pas compris qui je suis, confirme ce qui s'est passé.

"Oui, oui, à eux deux! On leur a volé le sac à dos et un sac à main."

Alice et le garçon ne peuvent plus nier l'évidence.

"Qu'est-ce qu'il y avait dedans? Le portefeuille? Ou autre chose?" demandé-je, essayant de dissimuler mon ton curieux et enquêteur habituel.

Je vois leur embarras grandir.

"Mon père est commissaire de police", réaffirme Alice, comme pour mettre les autres en garde; les garçons pâlissent et je me sens mourir à l'intérieur.

"Non, rien d'important, heureusement j'ai mon portefeuille sur moi, j'étais allée chercher à boire!" s'exclame ma fille et le garçon essaie également de minimiser, même s'il est visiblement troublé.

"Ne vous inquiétez pas... j'ai un ami ici au commissariat du centre de Rome. Je vais les retrouver pour vous!" m'exclamé-je et sans leur laisser la possibilité de répondre, je saisis mon téléphone portable et fais semblant de passer un appel. Puis je les regarde en face, un par un, fixant bien leurs visages dans ma mémoire.

"Ce soir, ne rentrez pas trop tard, car il est presque onze heures et vous ne pourrez plus circuler. Et toi, Alice, rentre tôt à la maison, ne fais pas inquiéter ta mère. Salut les gars, je vous tiens au courant si j'ai des nouvelles. Venez me voir au commissariat demain matin pour porter plainte."

Je m'éloigne rapidement sans leur donner l'occasion de répliquer. Il est dix heures et demie et j'arrive rapidement à ma voiture, avec la crainte de découvrir la vérité.

Je vois mon fidèle agent qui m'attend déjà, appuyé contre la portière de ma Giulia avec deux paquets à la main. J'ouvre la voiture avec la télécommande et nous montons.

"Merci, Costa!"

"Mais qu'est-ce que vous me faites faire, commissaire! Bon, ce n'étaient que des jeunes, mais j'ai pris un sacré risque!"

"Antonio, ne t'en fais pas: si ce que je crains est à l'intérieur, ce sont eux qui devraient avoir peur de nous!"

Je démarre ma voiture et me dirige rapidement vers le

Lungotevere, je parcours un kilomètre et me gare sur le côté droit. Puis je saisis le sac à dos bleu du garçon, l'ouvre et le vide.

Un sachet tombe et malheureusement c'est exactement ce que je craignais. Ce sont des comprimés, identiques à ceux que m'a montrés Anna hier soir. Aucun doute à ce sujet. Et il y en a aussi une quantité considérable, au moins un demi-kilo.

Il y a aussi un petit portefeuille en toile avec quarante euros et une carte d'identité, celle d'Andrea Ferrari, le petit ami de ma fille.

"Celui-ci n'est pas seulement un dealer, mais aussi un idiot! Mais franchement: peut-on laisser une chose de ce genre sans surveillance avec ses propres documents à l'intérieur?"

Puis je me rappelle son âge: peut-être est-il encore novice.

Je dois agir rapidement, avant que la situation ne s'aggrave davantage.

Dans quelle mesure ma fille est-elle impliquée? Que sait-elle de cette histoire? Et comment considère-t-elle son petit ami?

Je passe ensuite à son sac à main. À l'intérieur, pas de documents, seulement les clés de la maison et une petite pochette féminine.

Je me sens comme un voleur et un espion, mais je dois savoir. Avait-elle aussi les comprimés avec elle cette nuit?

J'ouvre la fermeture éclair, commence à fouiller et je soupire de soulagement: je ne trouve rien, seulement des serviettes hygiéniques, des lentilles de contact et... deux préservatifs!

"Eh non! Ça, non!"

Costa me regarde avec compassion.

"Courage, commissaire, tôt ou tard, ça devait arriver, prenez-vous en main!"

"C'est facile pour toi, qui as deux fils!"

J'engage la vitesse et je m'envole dans les rues désertes de la capitale.

Aujourd'hui, mon monde s'est effondré. Ma fille, ma douce enfant, est avec un drogué et dealer d'ecstasy. Elle a également commencé à fumer et a même des préservatifs dans son sac à main! Putain, elle en qui je croyais qu'elle était la meilleure au monde, la fille idéale! Une larme coule sur ma joue, mais je ne peux pas pleurnicher comme un enfant. Mes certitudes se sont effondrées. Je me souviens encore d'il y a à peine un an, pendant les vacances à la montagne, quand elle mangeait ces croissants délicieux et semblait n'avoir d'yeux que pour moi, son père, son héros! Et maintenant, qu'est-ce que c'est devenu? Qu'avons-nous fait de travers?

La journée d'aujourd'hui doit s'arrêter ici. Trop d'émotions! J'ai besoin de penser à autre chose et de me reposer. Mais même si je suis épuisé, je sais que je ne peux pas abandonner.

Je dois trouver un moyen de sauver Alice. Que faire? Et comment éviter que cet épisode ne la marque à jamais?

Ce sont des questions auxquelles malheureusement je ne parviens pas à répondre pour le moment. Alors je file avec ma nouvelle Giulia, tandis qu'une forte tempête hivernale s'abat sur la ville déserte.

7

"Alice, Alice!"

J'appelle ma fille mais elle ne peut pas m'entendre. Elle est dans ce pub, en compagnie de son petit ami. Ils s'embrassent passionnément.

Je la vois prendre quelque chose dans son sac à main. C'est un petit comprimé jaune. Elle le dissout dans un cocktail et boit d'un trait.

"Alice, ne fais pas ça! Ne te fais pas de mal!"

Mais elle ne peut pas m'entendre.

Soudain, elle se lève. Je la vois venir vers moi, avec un sourire artificiel.

Elle ferme les yeux, vacille, semble perdre l'équilibre, mais parvient à rester debout.

"Papa, je ne peux plus m'en passer, essaye toi aussi, tu vas aimer!"

Ma vision se brouille et le monde devient noir et blanc. Je voudrais l'arrêter, mais je n'y arrive pas.

Je me réveille en sursaut, trempé de sueur.

C'est dimanche matin, la journée s'annonce sombre et pluvieuse, ce qui n'améliore pas mon humeur.

Je ne sais pas quoi faire.

Alors je prends le téléphone et j'appelle mon ex-femme.

Elle répond presque immédiatement.

"Anna, hier soir je suis allé à Piazza Campo de' Fiori et j'ai rencontré Alice. Je ne sais pas si elle t'a raconté ce qui s'est passé."

"Non, elle est rentrée tard, j'étais déjà endormie. Et là, elle dort."

"D'accord. Tu dois savoir que nous avons récupéré son sac à main et le sac à dos de son petit ami. Et malheureusement, tout est confirmé. Ce salaud en avait une énorme quantité sur lui! Je crains qu'il ne les lui revende!"

"Oh mon Dieu! Donc ce Andrea est aussi un dealer! Si jeune! Il n'a même pas dix-huit ans! Il avait un visage si propre et une expression si naïve quand je l'ai vu, cette seule fois où Alice l'a ramené à la maison! C'est incroyable, Claudio!"

"Arrête de dire des conneries! Je vais te dire ce que je pense: c'est un salaud qui s'amuse avec notre fille. Mais je peux t'assurer que lui m'importe peu. Je suis plus inquiet pour Alice, je pense qu'elle est au courant de la situation."

"Que faisons-nous, Claudio?"

Je fais une pause pour réfléchir un instant.

"Je n'en ai aucune idée. Nous devons lui parler!"

"Ce ne sera pas facile! Je crains qu'elle nie toutes les preuves! Et peut-être qu'elle deviendra encore plus méfiante envers nous."

"Quand elle se réveille, fais-lui appeler."

"D'accord."

Vers midi, j'entends le téléphone sonner. C'est Alice.

Je n'ai aucune envie de répondre car j'aimerais bien enfouir ma tête dans le sable et penser à autre chose. Mais je dois aider ma fille. Alors je lance la conversation.

"Salut papa..."

"Salut Alice, comment ça va aujourd'hui? Le choc d'hier soir est passé?"

Je sens de l'embarras dans sa voix, du moins c'est ce qu'il me semble.

"Eh bien, je suis encore un peu fatiguée et agitée. Maman m'a dit que tu voulais me parler."

"Oui, ce matin j'ai reçu un appel d'un collègue. Ils ont retrouvé vos affaires dans une ruelle derrière Piazza Campo de' Fiori."

Je perçois un silence irréel à l'autre bout du fil.

"Hé, tu n'es pas contente? Elles me seront livrées demain matin au commissariat. Tu peux rassurer ton... ton ami. Viens me voir demain après l'école, avec ta mère et nous réglerons cette affaire."

Ma fille n'a pas le courage de répondre et je mets fin à la conversation. Puis j'envoie un message à mon ex-femme.

Demain, amène Alice au commissariat, essayons de faire face à la situation tous ensemble.

Voilà, c'est fait. Et maintenant, j'aimerais vraiment ne penser à rien, me reposer et laisser passer ce dimanche maussade.

Je n'ai pas envie de rester à la maison, mais pas non plus de sortir. Je suis découragé et paresseux. Alors je décide de m'allonger sur le canapé et d'allumer la télévision.

Soudain, je reçois un message sur mon téléphone.

Luna: Ce soir à cinq heures et demie à Piazza di Spagna, en bas des escaliers. Ça te dit? Je porterai une écharpe violette.

Que faire? Aller rencontrer cette inconnue?

Mon humeur n'est pas au beau fixe aujourd'hui et j'aimerais décliner l'invitation, mais cela fait presque un an que je n'ai pas vu une femme.

Je suis tenté d'accepter.

J'observe son profil social. D'après la photo, elle a l'air d'être une belle blonde, cheveux longs, yeux clairs, quarante-six ans.

Peut-être que je pourrais enfin passer une soirée différente et ne pas penser à mes problèmes.

Je saisis mon téléphone et je lui écris.

D'accord. Je serai là. Je porterai une veste en cuir sombre.

Le destin est scellé. Qui sait dans quel autre pétrin je me fourrerai ce soir.

Me voici devant la *Barcaccia*, la fontaine historique du XVIIe siècle, au pied de l'escalier de la *Trinité-des-Monts.*

Je crois que c'est une œuvre de Bernin; c'est l'une des rares choses que je me rappelle de l'histoire de l'art.

J'entends l'eau qui coule.

Je regarde autour de moi, il fait presque noir et un peu froid, après tout, nous sommes encore en février.

Les rares personnes qui se promènent semblent se dépêcher de rentrer chez elles.

Aujourd'hui, ils ont confirmé que les stations de ski ne rouvriront pas ce mois-ci non plus. Mais la saison est presque finie de toute façon, donc je crains qu'elles ne fonctionnent plus cette année.

Cela fait presque un an que je n'ai pas eu de rendez-vous avec une femme et même si j'ai tenu ma promesse initiale, je sens qu'il me manque quelque chose.

Et soudain, une marche de *De André* me vient à l'esprit, celle de *Roi Charles* qui rentrait de la guerre et se trouvait à peu près dans la même situation.

...
Ma più che del corpo le ferite (Mais plus que du corps, les blessures)
Da Carlo son sentite (De Charles sont ressenties)
Le bramosie d'amor (Les désirs d'amour)
...
Ma più dell'onor poté il digiuno (Mais plus que l'honneur, le jeûne a prévalu)
Fremente l'elmo bruno (Frissonnant sous le casque brun)
Il sire si levò (Le seigneur se leva)
...

Je suis là à attendre cette Luna, qui en réalité devrait s'appeler Deborah.

Qui sait à quoi elle ressemble. Pour l'instant, je sais seulement qu'elle a vingt minutes de retard... peut-être que je recevrai bientôt un message pour annuler le rendez-vous, ou peut-être qu'il n'y aura personne.

Et soudain, j'entends une voix derrière moi.

"Tu dois être Lupin!"

Je me retourne brusquement et je me retrouve face à la femme qui devrait être Luna.

"Salut, je suis Deborah et tu dois être Claudio... C'est

ça?"

Je la regarde de haut en bas, avec un air ébahi, car je réalise qu'elle ne ressemble même pas de près à la photo que j'ai vue sur le site.

Cette Luna est un faux!

Le site de rencontres montrait une jolie blonde élancée et souriante. Cette femme est petite, brune et semble même un peu en surpoids.

Mais je n'ai pas envie d'être impoli et je ne dis rien.

"Surpris de me voir, hein?" dit-elle, "mais en fin de compte, tu as raison, je l'admets, ce n'est pas moi sur la photo. Mais bon, au fond, je lui ressemble beaucoup, non?"

Je la regarde et tout à coup, je me mets à rire.

Hilarant.

Un rire hystérique.

Putain, pourquoi tout ça m'arrive-t-il à moi!

Encore ce soir! Maudit Banfi avec son programme de rencontres! C'est censé être la nouvelle frontière du flirt! C'est juste une arnaque!

Au lieu d'être déçue, elle se met à rire aussi.

Naturellement.

Un rire sympathique et pas du tout gêné.

Puis, sans me laisser le temps de réfléchir, elle s'approche de moi, prend mon bras et chuchote à mon oreille.

"Tu ne le regretteras pas!"

Que faire? Fuir? Et pour quoi faire? Rentrer chez moi, engloutir des hamburgers et des frites et penser à ma vie désastreuse, devant la télévision, comme un loser de la quarantaine?

Elle n'est pas belle, pas grande, mais elle est bavarde et semble aussi sympathique.

Et puis... plus que l'honneur, le jeûne a prévalu...

Alors je la suis et je me laisse emporter par cette folie.

"Il y a un endroit à Rome que j'aime beaucoup. C'est le *Panthéon*, pour toute l'histoire que ses pierres pourraient raconter. Ça te dit d'y aller?"

Je fais signe de la tête et je pense que j'adore aussi cette zone du centre-ville. Au moins, nous avons les mêmes goûts, après tout ça aurait pu être pire.

Nous parcourons la *Via del Corso* et marchons côte à côte, serrés comme si nous étions un couple.

Nous parlons de tout et de rien, des endroits que nous aimons fréquenter, de nos goûts musicaux, de nos passions.

Elle semble très intéressée par mon métier.

"Donc tu combats les méchants! Ça doit être un métier très dangereux!"

Je sens qu'elle me donne de l'importance et j'aime ça. Elle a immédiatement compris mon point faible.

Nous arrivons sur la *Piazza Colonna* et après quelques centaines de mètres, nous arrivons sur la *Piazza della Rotonda.* Et le voilà devant nous. Le temple le plus ancien de Rome, encore intact!

Nous nous arrêtons tous les deux, stupéfaits de le regarder. Soudain, elle me serre dans ses bras et m'embrasse. Elle fait tout et je ne m'y oppose pas.

Je ne connais rien de cette fille, à peine son nom et son âge, mais je me laisse emporter par la nouveauté de la situation.

"Il y a un endroit pas loin d'ici, qui sait s'il est encore ouvert par ce temps maudit. Viens, allons voir!" s'exclame-t-elle soudainement, en me prenant par la main.

Le lieu existe, même s'il n'est pas possible de s'asseoir à l'intérieur.

On nous fait asseoir dehors, sur une petite table, à côté d'un chauffage à gaz, spécialement disposé pour rendre notre séjour plus confortable.

Deborah se révèle être une fille intéressante. Séparée de son mari il y a quelques années, sans enfants, mais avec beaucoup d'envie de vivre.

Elle est photographe professionnelle pour les magazines

de mode, même si elle ne travaille plus depuis un an à cause de la pandémie.

"Nous avons reçu des aides basées sur le chiffre d'affaires de l'année dernière... déjà que ce n'était pas grand-chose étant donné que je suis une travailleuse indépendante, mais c'est toujours mieux que rien. Heureusement, je n'ai pas de prêt à rembourser, sinon je ne sais pas comment j'aurais fait."

"Et toi, Claudio? Es-tu marié?"

Je lui raconte brièvement ma situation. Anna, Alice, le chaos de ma vie amoureuse. Mais je ne m'attarde pas sur mes problèmes récents, après tout, elle est encore une étrangère et ce soir, je n'ai aucune envie d'en parler.

Cependant, j'ai l'occasion de l'observer plus attentivement. Elle n'est pas belle, a des traits irréguliers, une couleur de cheveux un peu fade, quelques kilos en trop. Je ne me serais jamais retourné pour la regarder si elle était passée à côté de moi, en fait, je ne l'aurais même pas remarquée.

Pourtant, elle est sympathique. Elle me fait rire avec ses anecdotes, elle me fascine avec ses récits de voyages exotiques et lointains et de son travail qui l'a conduite partout dans le monde.

Elle décrit l'environnement qu'elle fréquentait, les plateaux de mode, le caractère insupportable des mannequins et de ses collègues photographes qui ne font que flirter avec tout le monde. Un autre monde par rapport au mien.

Cette fille a une personnalité intrigante et ce soir, elle semble aussi très ouverte.

Je me sens impliqué comme cela ne m'était pas arrivé depuis des mois, alors je décide de lui parler un peu de mes préoccupations. Après tout, elle est une étrangère que je ne reverrai peut-être jamais.

Elle m'écoute, la conversation approfondit et la soirée

devient plus sombre.

"Claudio, nous avons tous fait des folies à dix-sept ans! C'est physiologique! Ce sont les premiers pas d'une fille qui devient adulte! Tu verras, elle grandira, se rendra compte de ses erreurs et en sortira."

Puis, elle prend son sac et se lève.

"Je dois aller aux toilettes un instant. Attends-moi ici."

Il y a un souffle froid et humide, ce n'est pas le moment de continuer à se promener, autant terminer la soirée ainsi. Mais je ne voudrais pas la décevoir.

La voilà qui revient après quelques minutes.

"Allons-y, Claudio! J'ai froid maintenant, il vaut mieux rentrer."

Parfait, elle est d'accord avec moi.

Je remarque qu'elle a déjà payé l'addition et je me sens stupide de ne pas y avoir pensé.

Nous nous dirigeons vers ma voiture. C'est dimanche soir et la ville est déserte.

Soudain, Deborah s'arrête, me prend par la main et m'embrasse. Encore une fois.

"Tu es la première personne avec qui je sors depuis un an. Tu m'as rendue heureuse ce soir, merci!"

Nous rejoignons rapidement ma Giulia et montons à bord. Elle se déshabille et se met sur moi, avec une approche presque adolescente, là, à l'intérieur de ma voiture, en plus sur une route déserte.

Nous nous mouvons ensemble, assoiffés de passion, nous regardant dans les yeux comme si nous nous connaissions depuis toujours, mais je ne sais en réalité rien d'elle.

C'est peut-être dû à cette longue abstinence, ou à la position inconfortable, mais nous ne tenons pas longtemps, si serrés sur mon siège conducteur. Autrefois, j'étais un champion en voiture et je pouvais manœuvrer avec légèreté, mais plus de trente ans se sont écoulés. Je me sens un peu embarrassé!

Nous nous rhabillons rapidement et je la raccompagne chez elle.

"Alors, au revoir Claudio... c'était amusant, merci pour la soirée."

Elle me donne un dernier baiser, puis descend sans se retourner.

Dans l'ensemble, ce fut une soirée agréable, mais je ne sais pas si j'aurai envie de la répéter.

8

C'est lundi matin, le soleil brille et aujourd'hui je me sens tiraillé entre deux sentiments opposés.

D'un côté, la satisfaction de la soirée écoulée, de l'autre, l'angoisse pour ma fille.

C'était étrange, par moments paradoxal, de sortir avec une femme inconnue et de découvrir qu'elle n'était même pas celle que je pensais rencontrer. Pourtant, s'amuser, se sentir bien, faire l'amour dans une voiture comme des adolescents et reculer ainsi de trente ans.

Ça m'a fait me sentir jeune à nouveau.

Et puis il y a Alice et le gros problème dans lequel elle s'est retrouvée, encore pire que ce que j'aurais pu imaginer.

Et enfin cette enquête à mener à bien.

Un homme avec cinq mille euros dans sa poche, à l'ombre d'un ancien culte religieux, renversé par une voiture qui n'a pas freiné et n'a pas pris la peine de s'arrêter pour porter secours.

Aujourd'hui, c'est lundi, ce matin les enregistrements arriveront et nous trouverons le coupable. J'en suis sûr, peut-être même trop.

Ma situation n'a pas changé et pourtant, pour la première fois depuis des mois, je souris et je ne tiens pas une Camel Light éteinte dans ma main.

J'ai pris le sac d'Alice et le sac à dos du garçon avec son contenu. J'ai tout rangé dans l'armoire de mon bureau et je l'ai fermée à clé. Je ne peux pas permettre à quelqu'un, peut-être par accident, de fouiller là-dedans et de découvrir que le commissaire Innocenti conserve un demi-kilo d'ecstasy dans son armoire! Quand cette histoire sera terminée, je devrai trouver un moyen de me débarrasser de la drogue.

Je prends le téléphone et j'appelle Banfi.

"Nous devons faire le point sur l'affaire Righetti. Les enregistrements sont-ils arrivés? Y a-t-il d'autres nouvelles?"

L'inspecteur arrive après cinq minutes, une tasse de café à la main, la voix un peu rauque.

"Le rapport sur l'état patrimonial est arrivé. Pour le reste, j'ai insisté: nous aurons les enregistrements des caméras de surveillance d'ici deux heures."

"Très bien."

"Commissaire, vous avez l'air plus gai que d'habitude aujourd'hui et je ne vois même pas le paquet de cigarettes sur votre bureau. En fait! Vous n'en avez même pas une en main. Qu'est-ce qui s'est passé?"

"Non... rien... rien d'important... allez, montrez-moi ce que vous avez découvert en attendant."

L'inspecteur me montre deux feuilles imprimées.

"Les voici. Aucune propriété à son nom. Il a récemment vendu la maison dans laquelle il vivait en nue-propriété, tout en conservant l'usufruit. Pas de voiture: Righetti ne conduisait plus depuis quelques années. Il reste un compte en banque bien garni, sur lequel sont versés les revenus de la vente, soit environ cent mille euros. De plus, il touchait une pension d'employé municipal, d'environ mille quatre cents euros par mois, ce n'est pas énorme, mais c'est suffisant pour faire vivre une personne seule sans trop de problèmes."

Je prends le rapport et le relis.

"C'est vrai que vendre la maison de cette manière a été un beau coup bas. Et puis, tout bien considéré, M. Righetti était encore jeune, la vente ne lui a rapporté que très peu. Il a dû en discuter longuement avec son fils, qu'en penses-tu? Mais il pourrait aussi ne pas l'avoir su."

"Oui, j'ai bien peur que oui, peut-être que ça a été une autre raison de s'éloigner. Ou peut-être qu'au début il a vendu pour l'aider et ensuite il a changé d'avis."

"Nous devons éclaircir cela. Regarde ces mouvements bancaires, Banfi, depuis Noël, il a retiré plus de dix mille euros. À quoi pouvaient-ils bien lui servir?"

Soudain, j'entends le son d'une notification.

Luna: J'ai passé un bon moment hier soir, commissaire! Mais ne t'y habitue pas!

Je lis, je souris, puis j'ai un peu méchante idée de tourner le téléphone pour montrer le message à l'inspecteur, comme un chasseur tenant un trophée.

"Ah! Voilà pourquoi vous êtes si satisfait ce matin! Comment ça s'est passé?"

"Je dois admettre que tu as été bon, avec ce programme que tu as installé sur mon téléphone! Je l'ai utilisé hier soir pour la première fois et j'ai tout de suite réussi!"

"Et comment était-ce?"

"Une femme magnifique! Elle était encore meilleure en personne que sur les photos! Une blonde époustouflante s'est présentée à moi, grande, tonique et mince... et aussi sympathique! Et je te laisse imaginer au lit! Une bombe, Banfi! Et tout cela grâce à ton application! Mais inutile de te le dire, toi tu dois être habitué à en changer une après l'autre!"

Je prends une expression de contentement et de satisfaction tandis qu'il me regarde d'un air étrange, semblant presque envieux!

"Si seulement! Ça ne m'est jamais arrivé! Celles que j'ai rencontrées étaient très différentes de leur photo de profil! Il m'est même arrivé qu'elles utilisent des images retouchées ou fausses. Une fois, une fille avait même mis la photo d'une de ses amies. Tu sais ce que j'ai fait? Je l'ai laissée là et je suis parti dès que je l'ai vue en face!"

Cette fois-ci, je me suis fait envier et pas qu'un peu, avec un plaisir un peu pervers. Mais c'était précisément ce que je voulais, si je ne profite pas de ces occasions pour rire un peu...

Soudain, une notification arrive sur mon ordinateur. *Rome Capitale - Service de mobilité routière.*

L'inspecteur jette un coup d'œil à l'écran et s'illumine.

"Ils sont arrivés!"

"Parfait. Regardons-les, puis analysons tout de manière méthodique pour obtenir un rapport complet."

Nous ouvrons ensemble l'e-mail et téléchargeons le contenu joint.

Il s'agit de plusieurs extraits de vidéos à l'heure demandée. Malheureusement, sur les huit caméras sélectionnées, trois sont actuellement en maintenance et n'ont donc rien enregistré.

"Maudite soit cette ville où rien ne fonctionne jamais!"

J'ouvre une carte en ligne de la zone.

"Regarde ici. Il y a deux voies de sortie possibles pour le véhicule et à la fin des deux se trouve un feu de signalisation avec une caméra en état de marche. Quelle chance!"

"Regardons la première, celle au bout de la rue, en ligne droite. C'est la plus probable. La voiture aurait dû passer juste en dessous."

Nous commençons à visionner. On y voit la route déserte. Soudain, une grosse voiture sombre passe, avance lentement, s'arrête au feu rouge, puis traverse la route. La vidéo a capturé la plaque d'immatriculation et l'heure. 19h35.

"Cela ne peut pas être celle-ci", s'exclame Banfi. "C'est trop tôt: selon la reconstitution faite par les agents, le témoignage de la dame et le rapport du médecin légiste, l'accident s'est produit entre 19h45 et 20h15. Faisons avancer la vidéo."

Je sens que nous sommes sur le point de découvrir la vérité.

L'heure indique 20h10, la vidéo continue, le temps passe, mais l'image ne change pas et rien ne se passe. La route reste déserte, personne ne passe.

20h30, l'heure à laquelle les agents sont déjà sur place: on voit trois petites voitures, toutes sombres, avancer lentement, arriver au feu de signalisation et passer au vert.

"Je pense que ce sont les curieux dont parlait la dame qui a d'abord secouru Righetti cette nuit-là, ceux qui ont vu la scène et se sont ensuite dispersés à l'arrivée de la police. Je doute que l'une d'entre elles soit la voiture qui l'a percuté."

"D'accord, cela signifie que la voiture a tourné au premier carrefour, sur l'avenue Beethoven et a traversé cette intersection."

Je montre le point exact sur la carte.

Jetons rapidement un coup d'œil au deuxième extrait, mais sans aucun résultat. Personne n'est passé à cette heure-là.

"Comment est-ce possible?" m'exclamé-je contrarié.

"En réalité, commissaire, il y a un petit détour, mais à contresens. Il aurait pu prendre cette route et sortir sur la voie latérale."

"Oui, c'est possible, mais je le trouve moins probable. Il aurait été plus naturel d'accélérer et de partir en suivant la même route ou de tourner au premier carrefour dans le sens correct. Mais d'accord, si la voiture n'est pas passée à ces deux endroits, la seule possibilité est qu'elle ait tourné sur la petite route à contresens. Y a-t-il une caméra également au bout de cette rue à sens unique?"

Nous vérifions sur la carte.

"Nous avons de la chance. Il y en a une aussi sur un poteau à cette intersection!"

"Dieu merci. Allez, visionnons cette dernière vidéo."

Banfi l'ouvre. Nous la parcourons entièrement, mais il n'y a aucune trace de la voiture.

"Comment diable est-ce possible? Où est-elle passée?"

"Revenons en arrière pour les trois vidéos, peut-être que quelque chose nous a échappé. Comment a-t-elle pu disparaître?"

Malheureusement, rien ne change. Je commence à penser que cette affaire n'est pas aussi simple que je l'avais cru au départ. Maudite soit-elle.

"D'accord, Giacomo, confions tout au service technique et faisons-les examiner par eux. La voiture ne pourra pas échapper à une analyse complète des vidéos. Elle doit bien être passée quelque part."

Je me montre optimiste, mais maintenant un peu moins. J'espérais trouver aujourd'hui même la réponse à notre affaire et découvrir au moins un numéro de plaque d'immatriculation. Si c'était juste un accident, nous aurions vu la voiture passer sous le feu de signalisation le plus proche, comme il était naturel qu'elle le fasse. Alors pourquoi n'est-elle pas là?

"Revenons à nous, Banfi. Es-tu allé jeter un coup d'œil chez Righetti?"

"Non, je n'ai pas eu le temps samedi après-midi."

"D'accord, allons-y ensemble. C'est assez proche, nous y serons en vingt minutes."

J'appelle le procureur adjoint et je le mets à jour sur l'analyse préliminaire des vidéos et sur l'entretien que j'ai eu vendredi avec Mme Conforti.

"Je pensais que c'était un cas plus simple et l'absence d'images ne me rend pas tranquille. Aujourd'hui même, nous irons chez la victime."

***

Garbatella est un quartier historique de Rome, situé dans le quadrant sud, connu pour son architecture caractéristique et son atmosphère populaire et détendue.

Ici, on a l'impression d'être dans un village: les ruelles étroites bordées de buissons sauvages, les bâtiments historiques en briques rouges et colorées, les vastes cours intérieures autrefois idéales pour les jeux d'enfants, aujourd'hui transformées en parkings pour voitures et motos.

Au fil des ans, ce quartier de Rome a progressivement évolué, passant d'une zone populaire et mal famée à un haut lieu de la culture et de la mode, sans perdre pour autant le charme d'autrefois.

À bord de la voiture de patrouille, nous passons devant l'ancien Palladium, autrefois un lieu branché, maintenant le siège de l'université, puis nous nous enfonçons dans les petites ruelles du quartier pour atteindre notre destination.

"Gare ici, Banfi! C'est l'endroit!"

Nous nous retrouvons devant un immeuble de quatre étages qui semble un peu délabré: l'enduit rouge écaillé, une cour spacieuse pleine de mauvaises herbes, des arbres fruitiers, des murs de séparation en blocs de tuf.

"Nous sommes dans l'un des endroits les plus caractéristiques de Rome! C'est beau ici!"

"Eh oui, commissaire! Dans ces quartiers, les maisons ont atteint des prix stratosphériques!"

Nous nous garons sur la petite place adjacente à l'immeuble où vivait M. Righetti. Elle jouxte le parc central du quartier.

Arena Garbatella, je lis sur le panneau.

"Ils projetaient des films en plein air ici, pendant l'été. Puis le Covid est arrivé et tout a été fermé."

"Qui sait si des endroits comme celui-ci rouvriront."

"Nous mettrons des années à revenir à la normale... à moins qu'il ne se passe autre chose... la guerre... l'invasion des sauterelles... l'arrivée des zombies!"

Je souris à cette plaisanterie.

"Allez, allons-y!"

Je cherche le nom *Righetti* sur l'interphone et je comprends que son appartement se trouve au troisième étage.

L'inspecteur sort les clés et déverrouille la serrure d'une grille verte extérieure. Je vois une pancarte rouge indiquant *À vendre*, fixée avec deux attaches en plastique.

L'intérieur de l'immeuble est sombre et étroit, mais c'est normal pour les constructions populaires des années trente.

Nous montons trois volées d'escaliers et arrivons devant l'appartement de la victime: nous entrons et allumons la lumière.

Nous nous trouvons dans un petit vestibule: un lustre en cristal à gouttes, deux appliques sur le mur en face de nous, deux portes en bois sombre avec un verre dépoli qui mènent aux autres pièces de l'appartement.

D'emblée, une odeur de renfermé et de vieux, typique des endroits peu aérés, nous enveloppe.

Les murs sont d'un vert clair indistinct. J'en touche un et je remarque que c'est un vieux papier peint, décoloré par endroits.

Nous entrons par la première porte vitrée devant nous et nous nous retrouvons dans le petit salon: un tapis décoloré au sol, une vieille table en bois avec six chaises en velours vert, un canapé usé par le temps et sur le côté, une chaise longue.

C'est l'appartement typique d'une personne âgée. Une tristesse infinie m'envahit.

Mais dans un coin de cette pièce, je remarque un meuble qui attire mon attention.

C'est une table à dessin professionnelle, du genre qui trône fièrement dans les bureaux des architectes ou des ingénieurs; un modèle très moderne, avec un plateau en verre au lieu du bois blanc caractéristique.

Deux règles mobiles sont disposées à angle droit, permettant de réaliser des dessins techniques.

Sur la table, il y a plusieurs feuilles et quelques crayons de couleur, signe que Righetti travaillait sur cette table avant de trouver la mort dans cet étrange accident de la route.

Ce sont des notes et des cartes de certaines zones de Rome, agrandies en noir et blanc. Une série de feuilles A4 disposées côte à côte pour s'emboîter parfaitement.

Je ne suis pas expert, mais cela ressemble à des plans cadastraux représentant la géométrie et l'emplacement exact des rues, des places et des bâtiments.

"Est-ce que ce sont ces plans dont parlait Mme Conforti? Qu'en penses-tu, Banfi?"

"C'est possible! Regardez cette feuille, commissaire. Il y a une série de notes au crayon."

J'allume la lampe LED placée au-dessus de la table.

C'est une petite écriture soignée.

"Diable! Je n'arrive plus à lire de près!"

J'entends Banfi ricaner.

"Tenez, commissaire. Ce doivent être ceux de M. Righetti", dit-il en me tendant une paire de lunettes de vue.

Cela me fait presque bizarre de porter celles d'un mort, mais je n'ai pas le choix, car je m'obstine à lire sans lunettes, même si lors de ma dernière visite chez l'ophtalmologiste, le médecin m'a recommandé de les porter. *Mais je suis encore jeune, zut pour ces verres de vieux, je ne les porterai jamais!,* me suis-je dit.

Je prends les lunettes de Righetti et je les mets. Eh bien, c'est bien vrai! Maintenant, je peux lire!

"Banfi, regardez ces notes! Elles semblent être des vers en latin! Non, en fait, c'est une prière! Regardez sur la feuille!"

Mithrae pater, solis invicte,
Quis tu es, qui lucem in caelis premit,
Ignis divinus, gloriae aeternae,
Sacrorum custos, qui laetus omnia vides?

Sub aethereo tecto sidereum,
Sublimis aeterna sede residens,

Solis et lunae geminorum creator,
Orbis lux tuae virtutis est.

Te enim veneramur, numen augustum,
Munera sacra tibi placanda ferimus,
Agnoscimus te, salutem hominum,
Et vitam eternam, quae tua est dona.

Ergo te laudamus, Mithrae pater,
Tua virtus, tua potentia,
Semper nobis sit gratissima,
Tua aeterna gloria cum gaudio canamus.

"Donc, il y a une part de vérité dans ce que nous a raconté Mme Conforti! C'est une véritable prière! Un ancien culte mystérieux. Incroyable!"

Je continue à examiner la carte et je remarque deux cercles tracés au crayon rouge. Le premier indique une église. "C'est là que se trouve la *Bocca della Verità*!"

Je vois une petite inscription sous le point indiqué: c'est une date, le 22/02.

"Banfi, c'est aujourd'hui!"

Puis un autre cercle rouge et une flèche.

"Il semble y avoir d'autres églises à Rome. Nous devons demander de l'aide à quelqu'un" et je pense déjà à l'historienne de l'art que j'ai rencontrée samedi. Elle pourrait nous être utile, mais nous devons rechercher d'autres indices.

Nous commençons à inspecter le reste de la maison à la recherche de nouvelles pistes.

Pendant notre exploration, nous remarquons des étagères remplies de livres. Histoire des religions, occultisme, anciens rituels mystérieux. J'en prends un et je lis la couverture. *Rituel mithriaque du Grand Papyrus Magique de Paris - IIIe siècle après J.-C.*

Intrigué par ce texte ancien, je l'ouvre et commence à le feuilleter et à lire. Il contient des images et des descriptions détaillées: ce sont les instructions pour le rituel d'initiation des adeptes. Je vois la représentation de ce dieu Mithra, un petit bonhomme avec un chapeau de schtroumpf. Puis un taureau mortellement frappé, le sang qui jaillit, un serpent sur le côté.

Tout cela semble si ridicule et surréaliste.

"Banfi, qu'en penses-tu? Ne trouves-tu pas étrange qu'un homme de plus de soixante-dix ans puisse encore croire à de telles choses?"

Lui aussi est perplexe et un peu incrédule.

"Eh bien, je ne sais pas, peut-être qu'il était un peu sénile. Mme Conforti l'a dit aussi... *après le Covid, il n'était plus le même...* elle l'a répété plusieurs fois. Qui sait, peut-être qu'à l'hôpital il s'est mis à prier ce dieu antique et en est sorti sain et sauf! Ou peut-être a-t-il été approché par quelqu'un... Que pouvons-nous savoir?"

Il n'y a rien d'autre dans le salon. Nous inspectons le reste de la maison, la cuisine, la chambre à coucher, la salle de bains. Nous cherchons sommairement dans les poches de ses vêtements, mais ce n'est pas une fouille officielle. Il n'y aurait pas de raison pour le moment, car pour l'instant M. Righetti est une victime d'un accident, rien de plus. Je veux juste me faire une idée.

Sur sa table de nuit, je remarque des coupures de journaux.

"Regarde, Banfi, il achetait encore des journaux papier!"

Je les prends et les observe. Ce sont des nécrologies. Toutes des personnes âgées qui vivaient dans ce quartier. Je lis les dates de naissance: elles ont entre soixante-dix et quatre-vingts ans.

"Le Covid fait beaucoup de victimes parmi les personnes de son âge. Il détruit une génération. Pauvres gens!"

La maison n'est pas grande et nous terminons

rapidement notre inspection. Nous ne trouvons pas d'argent supplémentaire et je ne saurais même pas quoi chercher d'autre.

Soudain, j'entends la porte de la maison s'ouvrir.

"Qui est là? Y a-t-il quelqu'un?"

C'est une vieille dame en robe de chambre.

Banfi se précipite vers elle et lui montre sa carte d'identification.

"Ne vous inquiétez pas, nous sommes de la police."

Elle se calme un instant et met immédiatement un masque sur son visage pour se protéger. Nous faisons de même, en signe de respect.

"Oh, j'ai entendu du bruit et j'ai vu la lumière allumée. Alors je suis entrée."

"Je vois que vous avez les clés. Est-ce que c'est M. Righetti qui vous les a données?"

"Oui, l'année dernière, après la mort de sa pauvre femme, il me les a données. En fait, nous les avons échangées. Il avait les miennes, j'avais les siennes. Nous nous connaissions depuis de nombreuses années, depuis que nous étions jeunes. Pauvre Attilio, quelle fin terrible! Je n'arrive toujours pas à y croire!"

Elle s'affaisse sur le canapé et continue de parler d'une voix faible. Elle doit avoir une soixantaine d'années, à peu près du même âge que M. Righetti. Une autre personne véritablement attristée par sa mort.

"Excusez-moi, je suis encore bouleversée par ce qui s'est passé. D'abord sa femme, puis ma chère Adelina, puis M. Attilio. C'est une grande perte pour moi. Maintenant, il ne reste presque plus personne dans cet immeuble. Je suis seule. Et j'ai peur!"

"Adelina?"

"Oui, c'était la dame à l'étage au-dessus. Nous nous entendions très bien toutes les deux, nous avons grandi ensemble ici. Et vieilli aussi, malheureusement."

"Qu'est-il arrivé?"

"L'année dernière, elle a eu un terrible accident, les journaux en ont parlé. Ici, depuis son balcon! Elle étendait du linge, soudain elle a perdu l'équilibre et est tombée! M. Attilio n'était pas à la maison, je l'ai rencontré le matin et quand je suis rentrée, il était à l'intérieur de l'ambulance. Et maintenant lui aussi. Il y a déjà trois mois, il m'a fait une terrible frayeur!"

"Pourquoi, madame?"

"Comment ça, vous ne savez pas? Il a attrapé ce maudit virus. Je ne savais même pas qu'il était positif, c'est arrivé comme un coup de tonnerre. Attilio était quelqu'un de très prudent, presque phobique! Toujours avec son masque bien ajusté sur le nez et même des gants. Vous savez, il ne sortait même plus faire les courses, il les faisait livrer à domicile. Et il commandait des plats préparés. Comment s'appellent ceux qui les livrent? Ah oui, les *riders*. Pour éviter de sortir, il les faisait livrer. Comment a-t-il pu attraper le Covid, c'est un mystère! Ce jour-là, je l'ai croisé le matin. Il sortait pour acheter le journal, le seul vice qui lui restait. Il allait très bien! Mais le soir même, il a commencé à ressentir de fortes douleurs au ventre. J'ai entendu une sirène en bas, je me suis penchée de mon petit balcon et j'ai vu l'ambulance. Deux infirmiers sont descendus, complètement équipés, avec leur combinaison blanche et leur masque en plastique, ils ressemblaient à des extraterrestres. Et voilà, ils l'ont emmené lui aussi, je me suis dit! Ils sont montés, l'ont chargé et l'ont emporté!"

"Mais ensuite, je sais qu'il s'est rétabli!"

"Oui, il a été hospitalisé pendant de nombreux jours et c'était même grave, je pensais ne plus jamais le revoir. Mais heureusement, il a commencé à se sentir mieux et s'est rapidement rétabli. Un miracle! J'ai prié pour lui, vous ne pouvez pas savoir! C'était une surprise inattendue de le revoir ici... bien sûr, il était faible au début, mais il est revenu en pleine forme!"

"Il a eu de la malchance! Survivre au Covid pour ensuite mourir quelques mois plus tard dans un stupide accident de voiture!" ajoute Banfi pour essayer de participer à la conversation. "Depuis combien de temps ne l'avez-vous pas vu?"

"Je l'ai croisé la veille."

"Ah! Avez-vous remarqué quelque chose d'étrange? Était-il de bonne humeur comme d'habitude?"

"Maintenant que j'y pense, non, il était différent. Mais il l'était déjà depuis un certain temps, depuis son retour de l'hôpital. J'ai remarqué un changement: parfois il était absorbé, préoccupé, comme s'il avait quelque chose en tête."

Soudain, une illumination me traverse l'esprit.

"Madame, savez-vous si M. Righetti était croyant? Par exemple, allait-il à l'église le dimanche? Fréquentait-il la paroisse? Ou pratiquait-il un autre culte?"

"Mais non! Il a toujours été un athée convaincu, sa femme en était tellement désolée, toujours maison et église! Mais regardez, selon moi, il s'était converti récemment. Il n'allait pas à l'église, mais il avait commencé à s'intéresser à la religion. Il étudiait, lisait, il était toujours absorbé par ses pensées. Il ne semblait plus le même."

"Et son fils? Se voyaient-ils souvent?"

"Oublions ça! Celui-là est un peu perdu! Mais selon moi, c'est de la faute de sa mère. Un enfant unique et aussi gâté. Je le disais toujours... laisse-le grandir et faire ses propres erreurs... Mais rien à faire, il était toujours accroché à la jupe de sa mère. Quand ils ont découvert sa maladie, il s'est complètement consacré à elle, puis il est tombé en dépression et a perdu son emploi. Il n'était plus le même et a décidé de partir de chez lui."

"Et avec son père? Quelle était leur relation?"

"Mauvaise. Ils se disputaient souvent, surtout après la

mort de sa mère. Vous savez, il y a quelques mois, je les ai entendus de chez moi tellement ils hurlaient. Le fils semblait devenir fou."

La dame se touche le front du doigt, comme pour souligner son propos.

"Il s'est retrouvé à faire des petits boulots, il n'a jamais réussi à se remettre sur pied."

"Que s'est-il passé exactement, madame?"

"Attilio avait vendu la maison et avait donc beaucoup d'argent disponible. Je devrais en faire autant, pour profiter de la vie! Lui, en revanche, l'avait fait pour aider son fils, j'en suis sûre. Mais Alfredo l'a insulté ce soir-là, l'accusant de n'avoir rien fait pour sa mère et il l'a profondément offensé. Il aimait sa femme, je peux vous l'assurer, commissaire!"

"Et donc il a décidé de ne plus l'aider, c'est ça?"

"Exactement... je ne devrais peut-être pas le dire, mais quand Attilio s'y mettait, il n'était pas tendre. Il était offensé et ne comptait pas passer l'éponge. Il voulait des excuses! Mais je doute qu'il les ait jamais reçues. À partir de ce jour-là, je n'ai plus revu le fils, jusqu'à il y a quelques semaines."

"Ah oui? Leur relation s'était améliorée?"

"Non, je ne pense pas. Attilio a attrapé le Covid et son fils ne l'a jamais appelé."

"Alors pourquoi est-il revenu à la maison?"

"Je pense qu'il avait besoin d'aide, plus que jamais auparavant. À un moment donné, je l'ai entendu pleurer... et je vous assure, commissaire, entendre un homme de plus de trente ans dans cet état, ce n'est pas agréable! Mais mon voisin avait déjà changé d'avis. Je te déteste! C'est ce qu'Alfredo lui a dit, en claquant la porte. En plus d'être toujours intransigeant, il était peut-être devenu un peu avare aussi! Voilà, je l'ai dit! Que Dieu me pardonne et que son âme repose en paix!"

Je réfléchis encore à ses dernières paroles lorsque soudain la dame se lève et sort sur le palier.

"Oh mon Dieu! J'ai oublié d'avoir fermé la porte de ma maison! Roméo, Roméo, où es-tu? Tu ne t'es pas échappé encore une fois?"

Nous la regardons surpris.

"Ne restez pas plantés là, aidez-moi à chercher mon chat! Il est sûrement sorti dans la rue."

Maintenant, elle ne semble plus si âgée, elle descend même les escaliers deux par deux pour aller plus vite.

"Roméo, Roméo, rentre à la maison!"

Nous la suivons jusqu'au rez-de-chaussée. La porte de l'immeuble est ouverte.

"Tu l'as laissé comme ça, n'est-ce pas?"

Banfi se tourne vers moi d'un air de reproche.

C'est vrai que je suis entré le dernier et peut-être que je ne l'ai pas fermée. Et alors? Regardez, est-ce que je suis censé me sentir coupable maintenant?

Je hausse les épaules et je suis la dame qui s'est précipitée dehors dans le petit jardin en pointant un arbre fruitier.

"Le voilà, c'est là! Roméo, descends de là, tu pourrais te faire mal!"

Je le vois: c'est un gros chat syrien un peu déplumé qui nous regarde d'une hauteur de trois mètres, mais il ne semble pas du tout effrayé.

"Madame, que faites-vous? Vous ne voulez pas monter dans l'arbre, n'est-ce pas?"

Elle me regarde avec un air combatif.

"Bien sûr. Je ne peux pas le laisser là-haut."

Quelle situation de merde! Je suis un commissaire de police très respecté, occupé à enquêter sur une affaire compliquée et je me retrouve à m'occuper de cette vieille dame en robe de chambre et de son chat!

"Laissez-nous faire!" m'écrié-je alors.

Je saisis une branche en hauteur et commence à grimper, quand j'étais jeune, j'étais un champion pour ce genre de choses.

"Êtes-vous sûr, commissaire? Ne vous faites pas mal, je vous en prie!"

J'aimerais lui faire un geste impoli avec un doigt, mais je ne peux pas lâcher prise.

Le maudit félin me regarde d'en haut avec un air narquois. Selon moi, il constate à quel point nous, les humains, pouvons parfois être ridicules.

Je monte branche après branche. Je me sens sûr de moi et je souris: je suis encore jeune, je peux le faire comme un vingtaine!

Je l'atteins, j'arrive à l'attraper d'une main, mais il refuse de descendre. Il commence à grogner et me donne une petite morsure d'avertissement comme pour dire *Je descends d'ici quand je veux, pas quand tu le décides!*

Soudain, j'entends un bruit sinistre.

Crack.

Merde!

Je n'ai pas le temps de saisir une nouvelle prise que la branche se casse.

Banfi est en dessous de moi et fait ce qu'il peut pour me retenir, mais il n'y arrive pas.

Je tombe et je roule par terre. Quelle douleur!

J'ai déchiré le pantalon de mon uniforme et j'ai aussi pris un coup incroyable au genou.

Heureusement, j'avais enlevé mon téléphone portable de ma poche avant de monter, sinon il serait réduit en bouillie.

Je me lève en boitant et j'essaie de dépoussiérer mon pantalon avec une main. L'inspecteur me regarde et commence à sourire.

"Ne ris pas! Je jure que cette fois-ci je vais faire un rapport sur toi!"

"Et pourquoi?"

Le maudit félin est descendu entre-temps, il s'est enroulé dans l'herbe sauvage et nous regarde avec un air narquois. Puis il rentre dans le bâtiment.

"Nous avons fini ici, n'est-ce pas, Banfi?"

"Je dirais que oui pour le moment. Retournons-y."

"La dame est déjà rentrée chez elle avec son chat et elle ne nous a même pas remerciés! C'est à elle de fermer la porte. Je ne veux plus mettre les pieds ici!"

***

Je me suis changé, puis je suis sorti pour manger quelque chose. C'est lundi, les magasins sont ouverts et c'est agréable de se promener dans le quartier, même s'il n'y a pas beaucoup de gens en ce moment.

Ensuite, je suis retourné à mon bureau pour attendre Anna et Alice.

Le moment est arrivé et je n'ai pas réussi à penser à quelque chose de définitif. Alors j'improviserai, après tout, je suis un spécialiste dans ce domaine.

Je viens de recevoir un message de mon ex-femme.

Nous arrivons.

Maintenant, je suis assis à mon bureau et je fais tourner ma Camel Light habituelle entre mes doigts. Elle est éteinte comme toujours, mais au moins je peux la tenir, sentir l'odeur du tabac et essayer de calmer mon anxiété.

Je suis déçu et blessé. Voir ma fille impliquée dans ces choses me fait penser que j'ai tout fait de travers. J'ai consacré ma vie à résoudre des affaires et à traquer les criminels et je n'ai pas remarqué le bordel dans lequel elle s'engageait! En fait, jusqu'à hier, je me vantais de notre merveilleuse relation! Et maintenant?

L'agent de garde me prévient qu'elles sont arrivées; je me lève et vais à leur rencontre.

Alice entre la première, elle a le visage sombre, le regard baissé, elle n'a pas le courage de croiser mon regard.

Je les vois venir vers moi ensemble et ma colère s'évanouit. Je ressens seulement une douleur muette qui m'envahit.

J'essaie de esquisser un sourire timide, comme pour essayer de ne pas laisser transparaître mon véritable état d'esprit.

"Alice, comment ça va? Tu es toujours perturbée par samedi soir? Pourquoi cette mine?"

J'essaie de la regarder dans les yeux, mais elle ne parvient pas à soutenir mon regard. Elle n'a que dix-sept ans, après tout. Et c'est finalement une bonne chose.

Je l'emmène dans mon bureau. Sur le table, j'ai posé son sac à main et le sac à dos bleu, duquel j'ai effacé toute trace de pilules.

"Voici Alice, nous les avons retrouvés tous les deux, le tien et celui de ton ami."

Elle s'approche de mon bureau, ouvre son sac à main et vérifie le contenu.

"Papa, tout est là, il ne semble rien manquer!" s'exclame-t-elle, puis elle saisit le sac à dos bleu de son copain.

"En revanche, celui-ci est vide!"

Elle prononce cette phrase avec un soulagement inattendu et je la vois reprendre des couleurs et de l'espoir.

"Effectivement, nous l'avons trouvé comme ça, je ne sais pas ce qu'il contenait... désolé", dis-je.

Je suis en train d'improviser et mal en plus, en cachant la vérité à ma fille. Pourquoi ai-je décidé de faire ça?

Anna me regarde perplexe, mais ne dit rien.

"Alice, je pense que pour aujourd'hui, ça s'arrête là... est-ce que tu as quelque chose à me dire?"

Elle me regarde peut-être effrayée.

"Non... enfin... oui... merci papa!"

"Ce n'est pas ce que je voulais dire. Est-ce que tu as des problèmes? Y a-t-il quelque chose que tu voudrais nous dire, mais que tu n'oses pas?"

Elle me fait signe que non de la tête. Elle fait semblant et ment malheureusement, comme le font beaucoup d'adolescents avec leurs parents.

"Non papa, je n'ai rien... il n'y a rien dont vous devez vous inquiéter, toi et maman."

"D'accord, Alice... mais s'il y avait le moindre problème, je ne sais pas... avec ton copain... avec tes amies... avec l'école... sache que nous sommes là pour t'aider... Ne te mets pas en difficulté, peut-être pour protéger d'autres personnes..."

Elle me saute au cou. Elle est presque émue, ou alors elle fait semblant?

"Ne t'inquiète pas papa, je suis adulte maintenant!"

Je n'arrive pas à la serrer affectueusement dans mes bras. Elle me ment et j'ai l'atroce crainte de continuer à me tromper avec elle, même en ce moment.

Mais je ne lui dis rien d'autre, j'ai trop peur de créer une fracture entre nous deux, à un moment si délicat de sa vie.

En réalité, c'est ma personnalité, j'ai parfois tendance à enfouir ma tête dans le sable et à repousser toute décision inconfortable.

J'ai toujours craint l'instabilité qu'un conflit peut provoquer dans une relation affective et je ne sais toujours pas comment aborder une conversation qui pourrait entraîner son éloignement. Je ne pourrais pas le supporter.

Alors je ne dis rien, même si je sais que j'ai tort.

"Alice, je dois parler un instant avec ta mère, peux-tu nous attendre dans la salle d'attente?"

Anna me regarde avec un air interrogatif pendant qu'elle s'éloigne. Je me lève et ferme la porte de mon bureau.

"C'est tout, Claudio? Tu m'as fait venir ici juste pour ça? Mais nous ne devions pas parler de quelque chose de différent avec elle?"

Je la regarde avec une expression accablée et je sors l'enveloppe de pilules.

"Voici ce qui était contenu dans le sac à dos de son copain, cet Andrea Ferrari. Je parie que c'est la même merde que tu as trouvée dans le jean d'Alice. Il doit sûrement lui en revendre, ce salaud!"

Mon ex-femme ne parle plus, elle a perdu sa voix et a une expression triste et désemparée. Je lui avais parlé de la drogue, mais voir une demi-livre d'ecstasy est autre chose.

Au bout d'un moment, elle reprend ses esprits.

"Maintenant que faisons-nous, Claudio?"

"Baisse la voix, les murs sont fins ici et on entend tout! Je ne sais pas... je te jure que je ne sais pas comment nous devons réagir... Alice était certainement au courant. Tu as vu son expression, ce matin, dès votre arrivée? Elle était très agitée, elle ne pouvait même pas me regarder dans les yeux. Et puis, dès qu'elle a découvert que le sac à dos de son copain était vide, son humeur a changé soudainement et elle m'a même embrassé!"

"Mais nous devons lui dire quelque chose! Nous ne pouvons pas faire comme si de rien n'était!"

"Nous devons la surveiller, vérifier si elle a des changements d'humeur ou si elle perd de l'intérêt pour les activités quotidiennes. Est-ce qu'elle continue à aller au volley avec ses coéquipières?"

"Oui... il me semble que oui."

"Et à l'école? Elle étudie avec succès l'après-midi?"

"Oui, Claudio, tout semble normal..."

"Peut-être qu'elle en a essayé une... ou peut-être même pas. Mais une chose est sûre: son copain ne s'en tirera pas à si bon compte, je le ferai convoquer ici au commissariat dès que possible pour lui rendre ses documents et je te jure que je vais le cuisiner!"

"Donc, on ne lui dit rien, Claudio?"

Je secoue la tête. "Pour l'instant, je dirais que non, mais gardons un œil sur elle. Si son humeur change brusquement, si elle a plus faim que d'habitude, si elle est fatiguée, si elle commence à avoir de mauvais résultats à l'école... tu es la seule qui puisse le faire, Anna...!"

Ensuite, je me lève, j'ouvre la porte et nous rejoignons notre fille.

"Salut ma chérie, je suis là pour n'importe quoi. On se voit dans la semaine? On va déjeuner ensemble comme d'habitude?"

"D'accord papa. Et pour le sac à dos d'Andrea?"

"Ne t'inquiète pas, je m'en occupe... d'ailleurs, donne-moi son numéro de téléphone."

Alice m'envoie le contact et s'en va. Peut-être n'a-t-elle pas réalisé que nous savons et que désormais nous la surveillerons. Ou bien a-t-elle remarqué quelque chose?

Je la vois sortir du commissariat et partir avec sa mère. Elle semble aussi joyeuse et insouciante qu'avant.

Et j'ai la triste sensation d'avoir encore une fois fait une erreur.

C'est tout de ma maudite peur du conflit et de mon incapacité à gérer une relation de manière efficace.

La journée est enfin terminée. Je n'ai qu'un désir: rentrer chez moi, m'asseoir devant la télévision et m'étourdir avec un thriller plein d'adrénaline, accompagné d'une bonne bière, d'un hamburger et de frites.

Mais je sais déjà que ma soirée sera différente.

9

Il est huit heures en ce drôle de lundi et je me trouve devant chez Giulia Conforti avec ma fidèle Alfa Romeo.

Je l'ai appelée dans l'après-midi pour lui demander de l'aide. Après tout, qui d'autre que elle aurait pu nous aider à décrypter les cartes de M. Righetti?

Elle s'est tout de suite rendue disponible, même pour ce soir-même.

Je la vois arriver avec ses longs cheveux roux qui descendent en cascade sur ses épaules, ses yeux sombres et profonds et un sourire lumineux qui exprime confiance et détermination. Elle porte un jean bleu, une chemise blanche et une veste noire à la mode.

"Merci de votre aide!", dis-je agréablement surpris par son élégance discrète.

"Mais je vous en prie, commissaire. En cette période de pandémie, je suis immobilisée, sans travail et cela fait des jours, voire des mois, que je ne sors pratiquement pas de chez moi. En plus, je n'ai pas de voiture. Je l'ai emmenée chez le mécanicien samedi, donc je ne peux me déplacer qu'en métro... ou en taxi! Être ici ne peut que me faire plaisir. Et puis, ce que vous m'avez raconté cet après-midi m'a terriblement intriguée! Une carte! Qui l'aurait cru!"

"Oui, je suis le premier à être sceptique..."

"Commissaire, je vous en prie, tutoie-moi... sinon, je vais être gênée. Je m'appelle Giulia."

"Et moi, je suis Claudio. Allons manger quelque chose de rapide, puis tu me montreras cet endroit!"

"Oui, mais tu sais déjà que nous ne pourrons pas y

entrer, malheureusement. Ces sites archéologiques ne sont ouverts que sur réservation et comme tous les musées, ils sont fermés depuis des mois maintenant."

"Je le sais, il me suffira de jeter un coup d'œil depuis l'extérieur pour voir si tout est en ordre."

Je conduis prudemment et nous nous dirigeons vers mon pub préféré du centre, dans la zone du Panthéon. Ils sont ouverts même le lundi, comme j'ai pu le constater cet après-midi.

Nous nous installons à une table à l'extérieur car le décret interdit toujours de dîner à l'intérieur des établissements. Nous commandons quelque chose de rapide et commençons à discuter.

Giulia Conforti se révèle être une femme très cultivée et passionnée, mais aussi sympathique et intéressante.

Elle me parle de son amour pour l'art et l'histoire ancienne.

"Nous sommes dans la plus belle ville du monde, le meilleur pour des personnes comme moi. J'adore mon travail! Et comme il me manque en ce moment!"

La conversation devient agréable et légère, malgré la situation. J'essaie de profiter de la complicité qui se crée entre nous deux. Je lui parle de mon expérience en tant que commissaire de police et des étranges affaires que j'ai résolues au fil des ans.

Elle semble vraiment intéressée et me pose de nombreuses questions sur ma profession, les méthodes d'investigation et mon expérience dans la police.

"Cela doit être risqué, Claudio. Avoir affaire tous les jours à de vrais criminels! Comment fais-tu pour dormir la nuit?"

"En effet, je ne dors pas beaucoup, Giulia. Mais quelqu'un doit bien faire ce sale boulot!"

Rien à faire, je suis toujours le même! J'adore me mettre en valeur devant une femme, surtout lorsqu'elle a les cheveux roux et s'appelle Giulia.

Mais il y a un sujet dont nous ne parlons pas. Notre vie amoureuse. Je ne raconte rien sur Anna, Alice et le bordel dans lequel je me trouve en ce moment. Elle fait de même et je n'ose pas en demander plus. Mais je suis curieux: une femme aussi fascinante a-t-elle un compagnon, des enfants, une famille?

Avant que je puisse aborder cette question, nous sommes interrompus par la serveuse qui arrive avec un plateau à la main. Elle dépose devant nous deux bières, les hamburgers garnis et les accompagnements que nous avons commandés.

Nous commençons à manger rapidement, à la fois parce que le froid de la soirée nous a ouvert l'appétit et parce que nous savons tous les deux que nous devons revenir à la raison de notre rencontre. Nous avons une mission à accomplir.

"Tu aimes la bière? Ils ont une sélection du monde entier ici!"

Nous mangeons, buvons et rions de bon cœur. Ensuite, je sors quatre feuilles soigneusement pliées et les dispose sur la table.

"Voici ce que j'ai pris cet après-midi chez M. Righetti."

"Claudio, ce sont les mêmes cartes cadastrales qu'il me donnait avant les visites guidées! Incroyable!"

"Mais qu'est-ce qu'il cherchait, à ton avis?"

"Je ne sais pas exactement. Tout a peut-être commencé lors de notre dernière visite, dans le *mithraeum du Cirque Maxime*. Pour rendre la matinée plus intéressante, j'ai parlé de cette religion et de la possibilité de gravir des échelons de plus en plus élevés et de devenir ensuite un avec le dieu. Mais on en sait peu de choses car le christianisme a tout détruit et persécuté les prêtres et les adeptes. Ce culte a été oublié jusqu'au milieu du XIXe siècle. C'est seulement à ce moment-là que certains archéologues ont commencé à étudier et à rechercher ses traces. Malheureusement, ils n'ont trouvé que très peu de sources écrites."

"Et M. Righetti s'est intéressé à cette histoire?"

"Oui, beaucoup, particulièrement au culte de ce dieu. Je l'ai trouvé étrange et comme je te l'ai dit au commissariat, il m'a même demandé des livres sur lesquels étudier cette religion. Il m'a aussi appelé quelques fois. Mais selon moi, il était un peu perturbé, surtout après avoir contracté le Covid. Il n'était plus le même."

"Oui, je crains que tu aies raison, Giulia. Cet après-midi, nous avons fait une rapide inspection de sa maison et nous y avons trouvé de nombreux documents sur ce dieu, des livres, des représentations, peut-être même d'autres cartes. J'ai même lu une prière en latin! Mais je ne sais pas quoi chercher, je ne suis pas un expert en la matière. C'est la première fois que j'en entends parler."

"Il était obsédé par ces anciennes histoires. J'ai essayé de le dissuader, mais rien n'y faisait! Quoi qu'il en soit, ce serait intéressant de jeter un œil à ce matériel. Il pourrait y avoir d'autres éléments utiles pour éclaircir cette affaire!"

Giulia a raison, mais je ne peux pas t'emmener chez M. Righetti à la recherche d'indices. C'est impossible! Elle est une civile et nous sommes en pleine enquête judiciaire.

Je souris à cette idée d'un septuagénaire intéressé par une ancienne religion. Serait-il tombé amoureux de Mme Conforti et aurait trouvé un sujet pour avoir quelque chose en commun avec elle? Mais tout ce matériel trouvé chez lui me laisse penser à un réel intérêt... Enfin bon! Je ne sais plus quoi penser.

"Ça te fait sourire, hein?"

"Oui, je réfléchissais. Un septuagénaire soudainement intéressé par un ancien culte... ça ne te semble pas étrange, Giulia?"

"Je ne sais pas quoi dire, Claudio."

Maintenant, elle me sourit aussi. J'aime la regarder, c'est une femme fascinante. Oui, je pense que M. Righetti était vraiment tombé amoureux d'elle.

"Mais revenons à nos moutons. Regarde cette carte!"

Je lui montre les deux cercles rouges et les annotations que j'ai remarquées.

"D'accord, Claudio, laisse-moi vérifier. Ils indiquent l'emplacement des mithraeums les plus importants de Rome. Le premier est celui appelé *Circo Massimo*, qui se trouve derrière la *Bocca della Verità*, ou plutôt derrière l'église de *Santa Maria in Cosmedin*. C'est le site de notre dernière visite guidée en février de l'année dernière. C'est là-dedans qu'il m'a posé toutes ces questions."

"Le deuxième cercle indique le *mithraeum de San Clemente* et cette flèche rouge l'église de *Santa Prisca*."

"Mais seulement sous l'un de ces endroits, la date d'aujourd'hui est marquée. Pourquoi?"

"Je me posais la même question et je n'en ai aucune idée. La seule différence entre ces sites, c'est que le premier se trouve dans un bâtiment contrôlé par la surintendance, tandis que les deux autres sont à l'intérieur d'églises gérées par la Curie et non par la municipalité de Rome."

"Nous devons aller voir. La date d'aujourd'hui est écrite. Pour quelle raison? Selon toi, quelque chose pourrait-il se passer ce soir?"

"Je doute que ce soit possible. Le site est fermé en raison de la pandémie et personne n'a pu y accéder depuis mars dernier."

Je regarde l'heure, il est neuf heures et demie, il est temps d'y aller. Je me lève, me dirige vers la caisse et paie pour nous deux.

"Mais que fais-tu? On partage l'addition! Chacun pour soi! Allez, Claudio, tu me mets mal à l'aise..."

"Il n'en est pas question. Tu m'apportes une grande aide ce soir!"

Nous montons dans la voiture et nous nous dirigeons vers le *Foro Boario*.

C'est lundi et la ville est pratiquement déserte, à la fois parce que c'est le premier jour de la semaine et parce qu'en cette période, les gens préfèrent rester chez eux et ne pas prendre de risques. On dit que les infections sont en forte augmentation et on craint une nouvelle vague pandémique.

Mais surtout, le couvre-feu est fixé à onze heures: mieux vaut ne pas être dehors à cette heure-là.

Je me gare sur les places bleues sur la petite place à côté de la *Via dei Cerchi.*

"Tu es prête, Giulia?"

"Plus que prête!"

Nous descendons rapidement de la voiture et nous dirigeons vers le point marqué en rouge sur la carte. Nous passons devant l'église de Santa Maria in Cosmedin et jetons un coup d'œil rapide à la célèbre Bocca della Verità, où tous les touristes aiment mettre la main.

"Sais-tu, Claudio, que cette magnifique tête en marbre n'est rien d'autre qu'une ancienne plaque d'égout? Les historiens pensent qu'elle remonte même à l'époque de Tarquin le Superbe, l'un des rois de Rome! Elle a plus de deux mille ans!"

"On dirait qu'elle nous regarde et nous avertisse avec ses grands yeux spectraux."

Nous passons devant l'église et arrivons devant l'entrée du site archéologique.

Mithraeum du Cirque Maximus, lis-je sur une plaque en laiton. J'essaie de forcer la grande grille en fer, mais elle est indéniablement fermée avec un cadenas jaune.

"Tu vois, Claudio, je te l'avais dit. La porte est verrouillée."

"C'est vrai et il n'y a personne ici. Notre M. Righetti s'est sûrement trompé! Tout ça n'était que des fantaisies d'un vieux monsieur. Allez, rentrons chez nous, Giulia!"

Je dois dire que d'un côté je suis soulagé de ne pas avoir affaire à des messes noires, des sacrifices humains et des anciens rites mystérieux, mais d'un autre côté je suis presque désolé de cette issue. Je ne voudrais pas que la soirée se termine ici, car la compagnie de Giulia est très agréable.

"Sais-tu ce qu'on va faire, Claudio? Avant de rentrer, allons voir si la pâtisserie derrière est encore ouverte. Tu veux un beignet à la crème? Celui-là, je te l'offre!", s'exclame-t-elle en souriant, me donnant l'impression qu'elle apprécie aussi ma compagnie et n'a pas du tout envie de rentrer tout de suite chez elle.

J'acquiesce et la suis, après tout, c'est elle l'experte de Rome. Nous longeons le *mont Caprino*, les forums impériaux et nous nous engouffrons dans une ruelle étroite.

"Voici. Jusqu'à l'année dernière, il y avait une pâtisserie et la nuit ils servaient des croissants chauds. Mais maintenant, même ça est fermé. Quel dommage! Pas de petite douceur ce soir... qui sait quand et si nous aurons encore l'occasion de les manger ensemble!"

"Je ne me souviens pas d'une période plus compliquée et triste que celle-ci. Allez, Giulia, rentrons."

Elle me prend sous le bras, avec un geste presque intime et je la laisse faire, fasciné par cette femme cultivée et brillante.

"Viens, je vais te montrer de près le Temple d'Hercule."

Nous nous arrêtons au feu piéton, attendons le vert et traversons la rue.

"Autrefois, il s'appelait le *Temple de Vesta,* mais c'était une attribution erronée. Il date du IIe siècle avant Jésus-Christ et c'est le plus ancien bâtiment en marbre encore intact de la Rome antique!"

J'aimerais que cette soirée ne se termine jamais. Je pourrais l'écouter pendant des heures alors qu'elle illustre les chefs-d'œuvre de cette ville.

Nous nous arrêtons un instant devant le temple, puis faisons demi-tour. Nous traversons à nouveau la rue et passons près de l'entrée du mithraeum.

Mais maintenant, le cadenas est ouvert et la grille est entrouverte.

Giulia s'apprête à s'arrêter et à dire quelque chose, mais je la serre plus fort et accélère presque en la traînant avec moi.

Elle comprend immédiatement et me suit, elle est vraiment une femme intelligente.

"Fais comme si de rien n'était et continue de marcher comme avant!" je lui murmure une fois que nous avons dépassé l'entrée du site archéologique.

Nous arrivons rapidement à ma voiture.

"Claudio, as-tu vu ça? C'est incroyable! Le mithraeum est ouvert et il doit y avoir quelqu'un à l'intérieur!"

"Arrêtons-nous pour voir ce qui se passe!"

Nous entrons rapidement dans la voiture: nous sommes à cent mètres de distance et heureusement nous avons une bonne vue. Nous gardons les lumières éteintes et les yeux fixés sur la grille, la rue est déserte et personne n'arrive.

"Si la porte a été ouverte, cela signifie que quelqu'un doit entrer ou est déjà à l'intérieur. Attendons encore un peu, puis nous bougerons."

C'est une douce attente car cette femme me fascine. Dans l'obscurité de ma voiture, proches comme jamais auparavant, je perçois son parfum frais et léger.

"Giulia, je ne voudrais pas te faire rentrer tard ce soir. On t'attendra à la maison," je murmure avec une pointe de curiosité et de malice.

"En fait, il n'y a personne. Je suis célibataire, ou comme le dit ma mère depuis des années, je suis une vieille fille."

Elle me sourit, me donnant à entendre qu'elle a parfaitement compris le but de ma question. Vouloir sonder le terrain, comme le ferait tout homme respectable dans une telle situation, est tout à fait plausible.

J'apprends la nouvelle avec grand plaisir, me promettant d'approfondir le sujet plus tard. Je crains que cette femme ne soit dangereuse et j'ai juré de me tenir à l'écart de situations compromettantes.

Pourtant, j'aime me mettre en danger, franchir cette frontière subtile entre amitié et intimité qui se crée entre un homme et une femme dans certaines situations.

J'aimerais en faire plus, mais malheureusement maintenant une enquête complexe m'attend.

"Que se trouve-t-il là-dedans, Giulia?" je lui demande pour détourner mon esprit de pensées dangereuses et essayer de me concentrer sur la mission de ce soir.

"Je connais l'endroit comme ma poche, tu ne peux pas imaginer combien de touristes j'ai guidés là-bas! Une fois que tu as franchi la grille, une ruelle monte en pente raide entre deux murs de clôture et aboutit à une petite place qui sert généralement de parking. Devant, il y a un immeuble de cinq ou six étages avec une petite porte en métal. Celle-ci mène au sous-sol où le mithraeum a été découvert. On y accède depuis là, on traverse un couloir sombre et étroit et on se retrouve à l'intérieur du site archéologique."

J'acquiesce rapidement et retiens ces indications. Il est temps d'y aller étant donné que la rue est déserte et personne n'est en vue. Mais je ne peux pas l'impliquer, je dois y entrer seul.

"Je vais y aller, attends ici, ça pourrait être très dangereux."

"Nous y irons ensemble."

"Non, Giulia. Je suis un policier et je ne peux pas t'impliquer dans une enquête qui ne nous concerne que nous. Attends-moi ici."

Je descends de ma voiture sans lui laisser la possibilité de répliquer. Je regarde autour de moi, rejoins rapidement l'entrée du site, ouvre la grille et entre en essayant de faire le moins de bruit possible. Puis je la referme derrière moi.

La description du lieu que Giulia m'a faite est parfaite. Maintenant, je me trouve dans une sombre ruelle entre deux murs de clôture. Je regarde en haut: il n'y a pas de caméra de surveillance.

Je porte ma veste en cuir sombre habituelle et un jean noir et je marche rapidement en longeant le haut du mur latéral, essayant de me fondre dans l'obscurité de la nuit. J'atteins l'ouverture et je vois que la porte en fer du bâtiment en face est également ouverte.

Mes jambes tremblent. Que dois-je faire maintenant? Entrer là-dedans, seul, sans arme à feu, sans mandat et en dehors de mes heures de service? Ou faire demi-tour et faire semblant de rien?

J'entends un grincement derrière moi. Je me retourne brusquement et je vois le portail en métal s'ouvrir; maintenant, je n'ai pas le choix, je suis piégé, je ne peux faire autrement que d'avancer et de me cacher quelque part.

J'atteins rapidement la porte et entre dans le bâtiment, espérant que personne ne m'a vu.

L'obscurité me prend au dépourvu. Il devrait y avoir des escaliers, mais je dois faire attention à ne pas faire de bruit et surtout à ne pas tomber. Je m'arrête un instant, cherchant une rampe. Je ne la trouve pas tout de suite, mais peu à peu mes yeux s'habituent et je commence à distinguer une faible lueur venant d'en bas.

Voici les escaliers: maintenant je les vois devant moi. Une série de marches étroites en marbre qui mènent au sous-sol. Je descends rapidement car j'entends des pas se rapprocher.

J'arrive dans un couloir faiblement éclairé par une lampe torche accrochée au mur. Je suis piégé, je dois absolument trouver un endroit où me cacher.

D'un côté, je vois un petit espace avec quelques outils de fouille, peut-être laissés là par la direction des antiquités. Il y a une grille en fer, elle n'est pas fermée, je la pousse et je me faufile à l'intérieur.

Juste à temps!

Deux hommes arrivent. Ils marchent côte à côte sans se dire un mot, ils portent un manteau sombre et je ne peux pas voir leur visage.

Mon cœur bat la chamade. J'attends un moment pour me calmer et vérifier s'il y a quelqu'un d'autre. Mais le couloir reste désert. Je dois aller voir. Je m'apprête à sortir de ma cachette lorsque j'aperçois une ombre descendre les escaliers. C'est Giulia!

Elle est folle! Qu'est-ce qu'elle fait!

Je la vois parcourir le couloir. Juste au moment où elle passe devant moi, je lui attrape le bras et elle retient à peine un cri.

"Tu es fou! Tu veux me donner une crise cardiaque!"

"Mais que fais-tu ici! Je t'avais dit de rester dans la voiture!"

"J'ai vu deux hommes entrer et je ne t'ai plus vu sortir. J'ai eu peur et je me suis dit que tu pourrais avoir besoin d'aide. Je connais très bien cet endroit, à l'intérieur je pourrais me repérer les yeux fermés."

"D'accord! Alors dis-moi: qu'y a-t-il au bout du couloir?"

"Il y a cinq salles rectangulaires, deux d'entrée, puis sur la gauche, il y a une petite porte qui mène au sanctuaire. Si quelque chose doit se passer cette nuit, il y a de fortes chances que ce soit là-dedans, dans la petite salle où le sacrifice était répété et le sang était versé, en souvenir du meurtre du taureau par le dieu Mithra."

"Sacrifice? Sang?"

"Oui, lorsque les adeptes se réunissaient pour célébrer le dieu, il était courant de reconstituer l'ancien rituel en sacrifiant quelques animaux de petite taille... peut-être des poulets, des lapins... Le sang est le symbole de la fécondité: avec celui-ci, le dieu avait arrosé la terre pour la rendre fertile et permettre la vie sur cette planète."

Je frissonne à cette idée.

"Suis-moi, Claudio, voyons ce qui se passe à l'intérieur."

"Cela peut être dangereux! Partons d'ici!"

Giulia me regarde comme pour me donner du courage, puis elle me prend par la main et me guide à l'intérieur du mithraeum.

Bon dieu! J'ai dû lui donner l'impression de flancher dès la première difficulté! Bon, je me rattraperai plus tard, il n'y a aucun doute là-dessus.

Nous parcourons le dernier tronçon du couloir et entrons par une petite porte: les deux pièces d'entrée sont éclairées par des torches accrochées au mur. Je perçois une forte odeur d'encens et j'entends des voix au loin.

"Ils ont fait les choses en grand! Comment diable ont-ils réussi à pénétrer dans ce site?"

"Chut, Claudio! Ne nous faisons pas repérer! Viens, cachons-nous ici!" me murmure-t-elle à l'oreille.

Je vois une porte sur la droite. Elle mène à une petite pièce aveugle. Giulia me montre une ouverture en hauteur qui donne sur la salle principale.

"Si nous pouvions monter là-haut, nous pourrions jeter un coup d'œil à ce qui se passe!"

"Mais ils pourraient nous voir!"

"Non, parce que nous serions dans l'ombre. Allez, soulève-moi, vite!"

Maintenant, Giulia et moi sommes complices. Sans perdre de temps, je m'approche du mur et je porte Giulia sur mes épaules. Elle est d'un poids agréable même si mon genou me fait encore mal.

"Tu vois quelque chose?", m'exclamé-je avec espoir.

"Mon Dieu! C'est une célébration mithriaque! Je n'aurais jamais pensé assister à une scène pareille de ma vie!"

Je ne peux rien voir, je sens seulement un fort parfum d'encens, un chant léger et quelques bruits étouffés.

"Ils sont huit, tous en cercle, devant la bas-relief du Dieu. Ils portent une cape blanche et une capuche. L'un d'eux a une petite épée dans la main. Ils sacrifient un animal au centre de la pièce. C'est un lapin! Pauvre bête! Ils l'ont tué!"

Voilà à quoi servaient ces gémissements.

"Un homme à visage découvert se baigne dans le sang de l'animal. Ils récitent quelque chose en latin."

Je suis terrifié. Alors c'est vrai: M. Righetti a découvert tout ça! Un rituel mystérieux! Je commence à penser que mon intuition n'était pas complètement fausse. Un accident la nuit, une voiture qui ne s'est pas arrêtée, qui n'a pas freiné et qui a même changé de voie pour le percuter! Peut-être que ce n'était pas un accident! Peut-être que Righetti a été assassiné.

"C'est un rituel d'initiation de premier degré!" chuchote-t-elle.

"La tradition voulait que le candidat soit placé devant la statue de Mithra et qu'il soit aspergé d'eau pour se purifier. Au lieu de cela, dans ce cas, ils utilisent le sang du lapin."

Soudain, le candidat se jette par terre, le visage déformé par la douleur, comme en transe. Les autres s'arrêtent brusquement et l'entourent.

"Et maintenant, que font-ils? Ils veulent le tuer?" s'exclame-t-elle bouleversée.

Un homme encapuchonné se penche sur lui et incise un signe avec la même épée avec laquelle il a tué le lapin.

"Non, il ne le tue pas! Il lui fait quelque chose sur l'épaule. Je dirais une incision, un tatouage... non, c'est un sceau. Il a pris une torche et il la chauffe. Oui, il l'applique sur son épaule nue!"

J'entends un gémissement étouffé, peut-être celui du garçon.

Je suis en dessous d'elle, dans l'obscurité et je ne peux rien voir. Mais je commence à sentir un picotement croissant dans mes jambes.

"Je ne pourrai pas te porter longtemps, Giulia!"

"Essaie de tenir encore un moment!"

Soudain, le silence s'abat.

"Que se passe-t-il? Tu vois quelque chose?"

"Une fille est arrivée. Elle porte seulement un voile blanc. Maintenant, elle l'a enlevé aussi. Elle est nue. Elle se penche sur le candidat. Voilà... elle le fait jouir, Claudio!"

Tout à coup, un chant bas se fait entendre.

"Je ne peux plus te porter sur mes épaules! Tu dois descendre! Fais-le doucement, tout doucement, ils pourraient nous entendre!"

Je me mets à genoux avec un dernier effort et elle descend d'un petit bond.

Pendant un instant, il me vient à l'esprit que je pourrais intervenir et jouer les héros. Je suis quand même un policier. Mais je me rappelle aussitôt que je suis seul, sans arme et même hors service. Une civile est avec moi, sans défense et ils sont huit, en fait dix: huit encapuchonnés et deux garçons, certainement complices. Et si ces gars sont d'une manière ou d'une autre responsables de la mort de M. Righetti... je n'ose pas imaginer ce qu'ils nous feraient si ils nous trouvaient ici.

"C'est une pensée fugace et déjà je comprends qu'il vaut mieux partir et le faire rapidement. "Sortons avant que le rituel ne se termine et qu'ils ne nous découvrent ou nous enferment ici."

Je prends la main de Giulia et sans faire de bruit, je la guide dans le hall du sanctuaire.

Nous parcourons rapidement le couloir étroit, montons les escaliers et arrivons à la porte en métal pour enfin sortir.

L'air froid et humide de la nuit nous revigore et nous donne du courage.

"Nous y sommes presque! Allons-y!"

Nous courons le long du chemin jusqu'à la grille en métal, l'ouvrons et nous nous retrouvons dehors, sur la route près de l'église de Santa Maria in Cosmedin.

"Nous sommes en vie! Giulia, nous sommes en vie!"

Je la regarde droit dans les yeux. Je suis bouleversé et elle aussi. Nous ne pouvons même pas parler. Je n'ai rien vu, mais j'ai ressenti un sentiment de danger incroyable là-dedans.

"Claudio, nous avons assisté à une cérémonie d'initiation mithriaque en plein 2021! Et c'était aussi très réaliste!"

"Ils ont d'abord tué un animal et utilisé son sang pour purifier le candidat, puis ils l'ont probablement marqué d'un signe religieux et enfin ils ont répandu son sperme, symbole de fertilité. C'est la reconstitution de la tauroctonie du dieu Mithra! Jamais je n'aurais pensé pouvoir assister à quelque chose comme ça! C'est incroyable!"

Nous nous dirigeons rapidement vers ma voiture. Nous presque courons sans nous en rendre compte.

"Que veux-tu dire par taurocto...?"

"La légende raconte que le dieu, après être né d'un rocher, a tué un taureau et avec son sang et son sperme a fécondé la terre pour permettre à l'homme de pratiquer l'agriculture. Cette nuit, le rite a été reconstitué!"

"As-tu vu le visage de l'un des participants? Pourrais-tu les reconnaître?"

"Non, ils avaient tous des capuchons blancs, sauf l'initié et la fille. Mais ils étaient loin et dans l'obscurité, je ne pense pas que je pourrais jamais les identifier."

"Mais Claudio... l'un des hommes encapuchonnés filmait la cérémonie."

"Vraiment? C'est un détail intéressant. Cela signifie qu'il y a une preuve de ce qui s'est passé. Il utilisait un téléphone portable?"

"Je ne suis pas sûr, mais ça ressemblait plus à une vieille caméra."

Nous arrivons à ma voiture, je déverrouille les portes et nous nous glissons à l'intérieur, comme si nous avions vu le diable en personne.

"Attendons ici. Quelqu'un sortira tôt ou tard de la grille et si nous avons de la chance, nous pourrons le voir en face."

Je sens la tension de cette longue journée se relâcher. Je suis épuisé. J'aimerais partir, faire semblant que tout cela ne s'est jamais produit. Mais je ne peux pas le faire.

"Giulia, raconte-moi un peu quelque chose sur le rite auquel nous avons assisté."

"Claudio, je pourrais t'en parler pendant des heures, mais je ne veux pas t'ennuyer. En résumé, c'était une pratique religieuse qui a pris naissance dans l'ancienne Perse et s'est ensuite répandue dans tout l'Empire romain. Contrairement au christianisme, c'était une religion de mystères, réservée à un groupe restreint de fidèles. Et puis il y avait l'initiation des adeptes!"

"Celle que nous avons vue ce soir."

"Exactement, bien que je pense qu'elle ait été un peu réinventée. À l'origine, elle comportait plusieurs degrés d'appartenance, chacun nécessitant une série d'épreuves et de rituels initiatiques. C'était un processus graduel avec différentes phases de formation, au cours desquelles le candidat devait prouver qu'il était digne d'appartenir à la confrérie de Mithra."

"Le premier degré impliquait le lavage, qui était une purification. Le candidat était placé devant la statue du dieu et on lui donnait un casque, une épée et un bouclier, symbolisant son entrée dans la communauté. Cette nuit, ils ont utilisé le sang d'un lapin à la place."

"Le deuxième degré impliquait l'épreuve du feu, où il devait marcher sur des charbons ardents pour symboliser la mort et la renaissance."

"Le troisième degré était le plus important et nécessitait une série d'épreuves de courage et de force physique. À cette étape, le candidat était couronné de laurier et recevait une épée, symbole de son entrée dans la communauté de Mithra."

J'écoute attentivement. Giulia devient magnétique

lorsqu'elle raconte ces détails historiques. Je l'observe à la lumière douce d'un réverbère et elle semble bouleversée. Elle est très fascinante, avec ses yeux sombres et profonds qui me regardent excités par l'expérience que nous venons de vivre.

Il est passé onze heures et nous devrions rentrer pour éviter de violer le couvre-feu toujours en vigueur en cette période de pandémie. Bien que je sois policier, je ne suis pas en service.

Nous attendons encore, la rue reste déserte.

"Nous sommes là depuis une demi-heure et personne n'est encore sorti de cette grille. Est-ce possible?"

J'ai un mauvais pressentiment. Je sors alors de ma voiture.

"Claudio, que fais-tu?"

"Je vais voir, attends-moi ici cette fois-ci!"

Je m'approche à nouveau de la grille. Maintenant, elle est à nouveau fermée avec un cadenas.

"Maudits soient-ils! Quelqu'un est venu de l'intérieur et a fermé l'accès au site! Peut-être qu'ils nous ont remarqués!"

Je retourne à ma voiture.

"Giulia, le mithraeum a-t-il une autre sortie?"

Elle se couvre la bouche de surprise.

"Bien sûr, maintenant que j'y pense. Tu as vu les escaliers qui descendaient? Il suffit de prendre la rampe qui monte et on accède au bâtiment au-dessus. De là, il est possible de sortir par la porte principale qui donne sur une petite rue à deux cents mètres d'ici."

"Ils nous ont peut-être vus et ont jugé plus sûr de partir par une autre entrée plutôt que de prendre des risques."

Je me mords les doigts! À cause de la hâte et de trop de confiance, je n'ai pas pensé à vérifier toutes les sorties.

"Ils nous ont eus, Giulia! Nous ne savons rien de ces personnes. Qui étaient-elles et pourquoi ont-elles accompli ce rite? Et surtout, y a-t-il un lien avec la mort du pauvre M.

Righetti?"

Elle me regarde consternée.

"Je crains maintenant que ça ne serve plus à rien d'attendre ici. Mieux vaut rentrer chez nous."

Je suis bouleversé.

"Non, Giulia, j'ai eu une autre idée."

10

"Je ne pourrais pas le faire, mais ce soir, quelque chose d'inhabituel s'est produit. Nous nous déplaçons rapidement dans ma voiture, nous sommes tous les deux visiblement secoués par ce que nous avons vu.

"Giulia, c'est quelque chose de gros, je vais devoir en parler à mes supérieurs!"

Il est déjà passé onze heures, nous ne devrions pas être dehors à cette heure-ci, heureusement, je suis commissaire de police.

"Comment te sens-tu?"

"Eh bien. Je n'arrive toujours pas à croire ce que j'ai vu ce soir! Pourtant, c'est arrivé! Quand j'étais jeune, il y a maintenant vingt ans, j'ai écrit ma thèse sur les cultes et les rites préchrétiens de la Rome antique, donc assister à une scène semblable a été une expérience incroyable."

"Penses-tu pouvoir jeter un coup d'œil aux documents qui se trouvent chez M. Righetti?"

"Bien sûr! Il pourrait y avoir quelque chose d'intéressant là-bas. Quand veux-tu y aller?"

"Maintenant. Je vais faire une exception à la règle, juste cette fois."

"Mais c'est la nuit! C'est tard! Es-tu sûr que c'est opportun?"

"Tu m'as dit qu'il n'y avait personne qui t'attendait à la maison. Nous devons passer par le commissariat, je dois juste prendre les clés de cette maison."

J'accélère dans la nuit. Les rues sont désertes. En dix minutes, nous sommes devant mon bureau.

"Giulia, attends-moi dans la voiture, je reviens tout de

suite."

L'agent de service me voit entrer.

"Bonjour, commissaire, que faites-vous ici ce soir? Est-ce qu'il s'est passé quelque chose?"

"Non, non, ne vous inquiétez pas. Je dois juste prendre quelque chose."

En un instant, je suis de retour dans ma voiture. Cette fois, Giulia n'a pas fait sa tête, elle m'a attendu."

"Il habitait à Garbatella, un quartier historique de Rome. Pauvre Attilio, tout cela me semble incroyable et je te assure, Claudio, que le fait d'aller chez lui me donne une sensation étrange."

"Tu verras, ce ne sera qu'une question de peu de temps. Nous jetterons juste un coup d'œil rapide aux livres et à ses notes et ensuite je te promets de te ramener chez toi."

Nous arrivons en une dizaine de minutes, il est presque minuit, les rues sont vides et peu éclairées.

"Ce quartier est si sombre, ça me donne des frissons, surtout après ce que nous avons vu ce soir. Faisons vite, je t'en prie."

Nous sortons de la voiture et nous dirigeons vers la porte d'entrée. Heureusement, les escaliers de l'immeuble sont éclairés. Nous montons sans faire de bruit et ouvrons la porte de la maison.

J'allume immédiatement la lumière et je m'avance dans le salon.

Nous regardons autour de nous. L'appartement est calme et bien rangé, le vieux canapé dans un coin, le tapis un peu usé, la table à manger avec les chaises autour, la chambre à coucher... tout semble exactement comme nous l'avons laissé ce matin.

Pourtant, les notes de Righetti sont éparpillées par terre. J'aurais juré les avoir toutes laissées bien empilées sur un côté de la table de dessin, après un coup d'œil rapide.

J'allume la lumière du couloir, je le parcours et entre dans la chambre à coucher. Les vêtements ont été sortis de l'armoire et sont entassés sur le lit. Le tiroir de la commode a également été ouvert pour en vérifier le contenu et il n'y a plus rien sur la table de chevet.

Quelqu'un est entré ici, il n'y a aucun doute. Le fils? La voisine qui a les clés de la maison, ou quelqu'un d'autre?

Je retourne dans le salon et je trouve Giulia en train d'examiner les feuilles et les livres.

"Il s'agit de notes d'histoire et de quelques cartes cadastrales et planimétriques, similaires à celles que tu m'as montrées."

"Regarde ici. Il y a une copie du papyrus conservée à la Bibliothèque nationale de Paris avec la description du rituel mithriaque."

Soudain, Giulia commence à lire. Sa voix et son expression changent, comme si elle était captivée par une profonde émotion.

Silence. Silence. Silence. Symbole de Dieu éternel vivant, protège-moi! Chuchote longuement et tu verras le monde supérieur clair et libre, aucun des Dieux et des Anges ne s'élanceront! Attends-toi à entendre un grondement de tonnerre si fort qu'il te rendra étourdi.

Silence. Silence. Je suis une étoile qui accomplit son ascension avec vous et qui brille depuis l'abîme.

Écoute-moi, ô Seigneur, toi qui as fermé aux esprits les portes de feu du Ciel! Toi, au double corps, Créateur de la Lumière, Possesseur des Clés, Âme et Joie du Feu, Souffle et beauté de la Lumière, Toi qui as la Vie dans la Lumière et la Puissance dans le Feu; Toi, créateur de Lumière, Toi qui conduis les astres, je t'invoque! Que tes Noms vivants soient vénérés et éternels: ceux qui ne sont jamais devenus nature mortelle et ne se sont jamais manifestés avec un langage humain et une voix mortelle.

Salut à Toi, Dieu Soleil, Seigneur de Force, Roi d'une influence immense, suprême parmi les Dieux, Seigneur du Ciel et de la Terre, Dieu de tous les dieux; puissante est ta force. Si tu le juges juste, annonce-moi, ô Seigneur, au Dieu suprême qui t'a engendré et façonné. En tant qu'homme, né de l'union d'un ventre mortel et d'une sécrétion spermatique, je demande à t'adorer selon les facultés humaines.

Salut à vous, sept Destinées du Ciel, Vierges augustes, bonnes, sacrées; vous, gardiennes très saintes des quatre Colonnes. Salut, première Chrepsenthaès; salut, deuxième Meneschees; salut, troisième Mechran; salut, quatrième Ararmachès; salut, cinquième Echommiè; salut, sixième Tichnondaès; salut, septième Eroyrombriès!

Salut, Gardiens de l'Axe; vous, jeunes sacrés et forts, qui d'un signe pouvez lancer tonnerres et éclairs, tremblements de terre et foudres contre la race des méchants. Mais à moi, qui aime le Bien et vénère Dieu, ô puissants Dieux, accordez la santé, une bonne vision et la tranquillité d'esprit, aux heures propices de ce jour.

Salut, Dominateur de l'Eau!
Salut, Créateur de la Terre!
Salut, Souverain de l'Esprit!
Reste avec moi, dans mon âme!
Ne t'éloigne pas de moi, je t'en prie!

Giulia termine la lecture et s'effondre sur le canapé.
"Réveille-toi!" m'exclamé-je en m'approchant d'elle.
"Désolée, Claudio. Ce sont des formules très anciennes, elles m'ont ramenée des années en arrière, quand je me consacrais corps et âme à l'étude des anciens rites romains. C'était ma spécialisation. Et voir ici la traduction d'un très ancien papyrus, l'une des rares témoignages de ce culte, a ravivé en moi mille souvenirs."
"Mais que signifie tout cela? Les prières, le rituel,

l'initiation... cela signifie-t-il que M. Righetti était sur le point de devenir un fidèle du dieu Mithra? C'est incroyable: les personnes qui le connaissaient bien ont affirmé qu'il était toujours athée. Est-il possible qu'un homme droit, d'un certain âge, ait changé d'avis et soit fasciné par ce culte ésotérique?"

Je ne sais plus quoi penser. Cependant, cette longue prière ne fait que me donner des frissons aussi.

"Partons! Je doute qu'il y ait autre chose ici."

"Attends un instant, Claudio. Regarde ici. Righetti était obsédé par la mort."

Je lis une note en marge d'une de ses feuilles.

J'ai commis une erreur après l'autre... Est-ce que je pourrai réparer avant que la mort ne me surprenne?

"Cependant, c'est quelque chose de différent. Un sentiment négatif, un jugement sur sa propre vie. Quelles ont été les erreurs dont il parle?"

J'ai survécu jusqu'à présent, mais pour combien de temps encore? Ils arriveront bientôt jusqu'à moi et je n'aurai aucun échappatoire.

Je ne sais plus quoi penser.

"Giulia, je sens que nous tournons en rond. Partons d'ici."

Je saisis cette dernière feuille et l'emporte avec moi.

Effrayés, nous éteignons toutes les lumières, atteignons la porte d'entrée et sortons.

Nous commençons à descendre les escaliers lorsque soudain l'éclairage de l'immeuble s'éteint. Nous nous retrouvons dans l'obscurité totale, il doit y avoir une minuterie qui contrôle l'allumage des lumières.

Giulia ne peut retenir un cri de tension. Alors je la prends par la main et la tire en bas des escaliers. Nous courons en sautant les marches deux par deux, comme si nous avions vu le diable en personne.

Mais en réalité, l'immeuble est désert.

Nous atteignons la porte d'entrée, l'ouvrons en grand et

courons dans la rue.

Nous rejoignons ma voiture, montons rapidement et nous précipitons dans l'obscurité de la nuit.

"Mon Dieu! J'ai failli avoir une crise cardiaque. Me retrouver soudain dans le noir, après tout ce que nous avons vécu aujourd'hui! Je n'ai pas pu me retenir! Désolée, Claudio!"

"Ne t'inquiète pas, ce n'était que suggestion, tu as toi-même vu qu'il n'y avait personne dans l'immeuble. Allez, rentrons maintenant chez nous, il est tard."

Je l'accompagne jusqu'à son domicile, j'attends qu'elle entre et je disparais, mettant ainsi fin à cette journée infernale.

11

Je sais que cette fois-ci ne sera pas facile, mais je ne peux pas faire autrement. J'attends déjà depuis une demi-heure dans la salle d'attente, encore dix minutes et je m'en vais, qu'il se débrouille une fois pour toutes. Mais avant que je mette mon intention à exécution, la secrétaire arrive et me fait entrer.

"Commissaire, le chef de police M. Molinari vous attend."

Le moment est venu de parler avec mon supérieur et de lui raconter cette incroyable histoire. Je le trouve derrière son bureau, peut-être un peu vieilli depuis la dernière fois que je l'ai vu. Il met rapidement un masque sur son visage et me fait signe.

"Innocenti!"

Il est presque surpris de me voir et peut-être même un peu contrarié.

"Asseyez-vous, commissaire. Et dites-moi, qu'est-ce qui vous amène ici?"

Il n'est pas content que je vienne lui parler. Cela se voit dans le ton avec lequel il m'accueille, les bras croisés, mais il reste calme et sa voix est forte mais posée.

Notre dernier affrontement, qui remonte maintenant à plus d'un an, est encore vivant dans la mémoire de nous deux. À l'époque, je protégeais Anna, moi-même et notre famille contre une accusation infamante. Depuis lors, je ne l'ai plus revu, je l'ai seulement entendu sporadiquement au téléphone.

Mais aujourd'hui, je ne pouvais pas faire autrement, ce n'est pas la routine habituelle, c'est une histoire différente et qui sait ce qu'il dira dès qu'il entendra mon récit.

"Vendredi soir, comme vous le savez, un homme a été renversé dans le *Boulevard America*, à deux pas de mon commissariat. Un accident causé par un véhicule qui ne s'est pas arrêté pour porter secours, comme cela arrive malheureusement parfois. Et pourtant..."

Je m'arrête un instant, je ne voudrais pas aller plus loin, car maintenant que je parle à voix haute, mon récit me semble incroyable aussi. Peut-être aurait-il été préférable de me mêler de mes affaires, de ne pas trop m'impliquer, de ne pas chercher le mystère là où il n'existe probablement pas et de laisser couler, comme certains de mes collègues l'auraient peut-être fait.

"Pourtant...?" Molinari me ramène à la réalité en répétant mon dernier mot.

"Pourtant, nous avons rencontré des éléments étranges et controversés qui semblent donner une lumière différente à cet accident."

Un long silence se pose entre nous deux: des regards graves, des mots non-dits, une relation inexistante faite de méfiance réciproque.

"Que voulez-vous dire, commissaire Innocenti? De quoi n'êtes-vous pas sûr? Que ce n'était pas simplement un accident?"

"Exactement, c'est ça. Un homme seul en pleine pandémie, qui prend le métro désert à sept heures et demie du soir avec cinq mille euros en poche et qui est renversé par un véhicule qui ne freine pas, qui ne s'arrête pas pour porter secours, qui le heurte en sens inverse et qui n'est pas capté par les caméras actives sous les feux de signalisation, au bout des rues adjacentes. Oui, ça ne me convainc pas complètement. Et puis..."

Maintenant vient la partie la plus difficile.

"Et puis...?" répète Molinari pour essayer d'accélérer les choses.

"Et puis, une histoire incroyable..."

Je raconte brièvement mon récit. L'inspection chez M. Righetti, sa passion pour l'ésotérisme, la découverte des cartes cadastrales et de ses notes, la date marquée au crayon et enfin ma visite sur un site archéologique interdit.

Évidemment, un élément que je ne peux pas raconter, c'est l'implication de Giulia Conforti. Je ne peux pas admettre qu'hier soir elle était avec moi et surtout qu'elle m'a suivi d'abord à l'intérieur du mithraeum, puis chez M. Righetti. Molinari me dévorerait tout cru s'il savait que j'ai impliqué une civile dans une enquête, la mettant même en danger.

"Oui, je suis entré sur ce site hier soir, docteur et j'ai été témoin d'une scène incroyable."

"Et vous pensez que cela a un lien avec la mort de cet homme?"

"Je ne sais pas vraiment. Mais la coïncidence est singulière. La date et le lieu marqués sur ce plan cadastral correspondent à ce qui s'est réellement passé. Une sorte de messe noire, avec le sacrifice d'un animal et un rituel orgiaque, qui plus est commis à l'intérieur d'un lieu interdit par les autorités. Même hier soir, ils ont commis de nombreux délits."

"Que voulez-vous faire, commissaire Innocenti?"

"Monsieur, j'aimerais effectuer une inspection sur ce site avec mon équipe et rechercher des indices. Nous avons une piste à suivre et je ne sais pas où cela nous mènera cette fois-ci."

Molinari a une expression grave. Nous sommes en pleine urgence pandémique et il ne peut certainement pas être ravi de se lancer dans une enquête de cette nature. Mais maintenant que je lui ai raconté ce que j'ai découvert, il ne peut pas sous-estimer la situation, il ne peut pas faire semblant de ne rien savoir. Il doit agir. Je le vois prendre son téléphone portable et chercher un numéro. Il est irrité et de mauvaise humeur.

"Innocenti! C'est toujours vous derrière les problèmes les plus incroyables! Bon, bon, vous m'avez convaincu. Après tout, que pourrais-je faire d'autre? Je vais faire immédiatement une demande à la surintendance de la Ville de Rome pour accéder au site archéologique, afin que vous puissiez vous y rendre aujourd'hui même ou au plus tard demain matin."

Je le regarde avec satisfaction. J'aimerais tellement sourire, mais je sais qu'il ne me le pardonnerait pas. Cela a été plus facile que je ne le pensais. Je m'apprête à le remercier et à me lever, mais il n'a pas encore terminé.

"Restez ici. Je n'ai pas fini avec vous. Malheureusement, le phénomène de l'occultisme a augmenté au cours de ces deux dernières années de pandémie, même ici à Rome. Les collègues du *Service Opérationnel Antisectes* ont remarqué une augmentation des signalements contre des inconnus pour des prétendues séductions de jeunes en ligne. Connaissez-vous le capitaine Martina Rizzi, la responsable? C'est notre experte en la matière et elle relève directement de moi. Contactez-la immédiatement et demandez son aide pour l'inspection et l'enquête!"

Diable! Je ne m'y attendais vraiment pas. L'implication de la redoutable Rizzi, chef de la SOA, une équipe autrefois célèbre pour l'affaire des *sept sataniques*, puis tombée dans l'oubli pendant des années.

Elle était convaincue qu'elle ferait une carrière importante, mais elle s'est retrouvée piégée dans un rôle de niche, en marge de la police d'investigation. Chef d'une équipe de lutte contre la criminalité, plus semblable à un centre d'appels qu'à une équipe opérationnelle.

"Monsieur, nous en sommes seulement au début de l'enquête, je ne voudrais pas déranger Mme Rizzi..."

"Commissaire, ne faites pas toujours à votre tête. Impliquez-la et tenez-moi au courant! Et je vous le demande: maintenez la plus stricte confidentialité. Je ne veux pas que la presse nous harcèle, maintenant qu'ils cherchent tous des nouvelles différentes des sempiternels rapports sur la pandémie qui ont monopolisé l'actualité de l'année dernière!"

D'après ses paroles, je comprends que notre entretien est terminé. Je me lève, contrarié et m'en vais. À quel prix ai-je obtenu son aide!

***

Ardente et en colère. Toujours. Ces deux mots suffisent à la décrire.

Je suis allé directement la déranger dans son bureau, dans la section spécialisée de l'Unité Mobile.

Elle ne sait pas qui je suis et ne peut pas me reconnaître car nous ne nous sommes jamais parlé. Je ne l'ai vue qu'une fois à l'École de Police, mais je m'en souviens très bien.

Cheveux courts blond cendré, mâchoire carrée, yeux d'un bleu intense. Regard sévère et interrogateur. Corps sec et tonique, sculpté par des heures d'entraînement de kickboxing. Une voix désagréable et une attitude de première de classe qui agacerait même son meilleur ami.

On ne sait rien de sa vie privée. Elle garde le plus strict secret et je doute que même ses collaborateurs en sachent quelque chose.

Elle paraît avoir quarante ans, mais on dit qu'elle a largement dépassé la cinquantaine. Peu de gens connaissent réellement son âge. Elle traite tous ceux qui l'entourent avec condescendance, comme s'ils étaient inférieurs.

Elle me fait attendre une demi-heure dans une petite salle austère, puis me permet d'entrer dans son antre.

Elle me scrute de haut en bas et me salue d'une voix froide et détachée, me tutoyant, comme pour souligner la distance qui nous sépare.

"Commissaire Innocenti? Ce que voulez-vous de moi?"

"J'ai reçu des instructions directement du chef de police pour votre implication dans une affaire que nous gérons."

Je lui raconte brièvement l'incident, l'inspection à la maison de M. Righetti et surtout la scène à laquelle j'ai pu assister la nuit dernière.

Elle me regarde pensivement, sans rien dire. Puis elle jure et tape quelque chose sur le clavier de son ordinateur.

"Il ne manquait plus qu'un culte mystérieux dédié à un dieu de l'ancienne Rome! Nous recevons d'innombrables signalements de rituels magiques, d'occultisme, de satanisme, de coercition psychique. J'ai tout vu ces dernières années, mais je n'avais encore jamais rencontré une chose pareille. Mais il se dit que le paganisme et les dieux préchrétiens reviennent à la mode: c'est peut-être notre premier véritable cas."

"Nous avons demandé l'autorisation à la surintendance de Rome pour effectuer une inspection sur le site dès que possible, peut-être même cet après-midi si cela vous convient."

Je ressens son regard de glace me transpercer. Elle acquiesce.

"D'accord, faites-moi savoir l'heure."

À trois heures, je reçois la communication avec l'autorisation d'accéder au site et les coordonnées d'un gardien avec qui prendre rendez-vous. J'appelle le capitaine Rizzi pour fixer l'heure et nous convenons de six heures cet après-midi.

Il vaut mieux s'habiller en civil pour ne pas attirer trop l'attention.

Je mets Banfi au courant des développements de l'enquête et lui donne des instructions pour la soirée.

"Commissaire, j'avais d'autres plans, mais d'accord, je serai là aussi. Mais j'ai un engagement pour le dîner, je ne peux pas rester après huit heures. D'accord?"

"Une rencontre galante?"

"Un jeu de fantasy football avec mes amis du lycée", admet-il avec un petit sourire. "Mais nous aurons peu de temps. Malheureusement, le couvre-feu commence à onze heures!"

"Mais avant de partir, je dois te mettre à jour sur certains éléments que j'ai pu approfondir."

Il ferme la porte de mon bureau et s'assoit sur la chaise pivotante. Il tient un dossier vert dans sa main et en sort une série de feuilles.

"Nous avons les premières preuves sur le téléphone de cet homme. Les techniciens ont récupéré les données et ont retracé les appels des derniers mois. Devine quoi?"

Je le laisse parler.

"Certaines ont été reçues d'un numéro anonyme non traçable, similaire à ceux des centres d'appels, d'autres sont de Mme Conforti, d'autres encore sont du fils. Ils se sont souvent parlé, ce n'est pas vrai qu'ils avaient des contacts sporadiques. De plus, nous avons trouvé un message sur son smartphone auquel M. Righetti n'a apparemment jamais répondu: *Papa, je t'en prie, aide-moi!*"

Je lis attentivement le rapport et je remarque que le message est daté d'une semaine avant sa mort.

"Le fils nous a menti. Il en sait peut-être plus qu'il ne nous a laissé entendre."

Banfi acquiesce.

"Oui, nous devons le convoquer à nouveau au poste et le presser comme il faut. Qui sait, peut-être qu'une certaine implication de sa part va émerger. Au fait... après le rituel auquel vous avez assisté, comment devons-nous classer l'affaire?"

En réalité, je n'en sais rien non plus. Nous n'avons rien entre les mains pour dire qu'il s'agit d'un meurtre.

"Banfi, je dirais pour le moment de continuer avec la version officielle. Accident. Après tout, il n'y a pas d'autres preuves concrètes."

"Ils ont également trouvé plusieurs appels étranges: des numéros de téléphone mobile anonymes et cryptés, qui ne peuvent pas être retracés. Le plus intéressant est évidemment celui reçu par M. Righetti le jour de sa mort. Quatre minutes en fin d'après-midi. Qui était-ce et que se sont-ils dit?"

"Je crains que cela n'ait un rapport avec le rendez-vous du soir." Avec toutes les preuves qui émergent, l'hypothèse de l'accident est de moins en moins probable, mais je n'ai pas le courage d'exprimer cette pensée à voix haute. Pas encore.

"Au fait, avons-nous des nouvelles de l'analyse des caméras de surveillance des feux de circulation de la zone?"

Cette voiture ne peut pas avoir disparu dans le néant. Elle doit être passée quelque part pour arriver sur le lieu de l'accident et surtout pour s'enfuir de là.

"Pas encore, ils y travaillent. Cependant, certains appareils ne fonctionnaient pas, donc il y a plusieurs intersections qui n'ont pas été enregistrées. Probablement que le véhicule est arrivé de là."

Cet élément me fait penser que ce n'était pas simplement un accident, sinon la voiture aurait foncé sous l'un des deux feux de signalisation, au bout de la route principale ou au premier carrefour et aurait été capturée par l'une des caméras qui, heureusement, fonctionnaient.

"D'accord, continuons."

"D'accord. Je dois aussi vous montrer les images que nous avons trouvées sur son téléphone portable. Il y a plusieurs photos de Rome, datant d'au moins un an. Certaines le représentent avec le groupe de Mme Conforti, probablement lors de leurs sorties archéologiques."

Je jette un coup d'œil. On voit M. Righetti avec d'autres personnes devant différents monuments de Rome. Certaines images montrent Giulia souriante, avec ses magnifiques cheveux roux.

Je m'arrête sur les photos prises au mithraeum où j'étais hier soir: la grille en métal à l'extérieur, l'allée menant au bâtiment sous lequel il a été découvert. Et puis l'intérieur du site, avec la magnifique bas-relief représentant le dieu en train de sacrifier le taureau.

"Banfi, regarde ici. C'est l'endroit d'hier! Et voici les photos de leur dernière sortie, qui a eu lieu précisément dans ce site archéologique."

L'inspecteur acquiesce et reprend immédiatement la parole.

"J'ai également effectué des vérifications sur la maison de M. Righetti. En juin dernier, en plein milieu de la pandémie, il a vendu la nue-propriété par l'intermédiaire d'une agence qui lui a offert un peu plus de la moitié de la valeur marchande."

"Oui, tu me l'avais déjà dit. Nous devons vérifier si le fils était au courant de la vente. Qui a acheté, Banfi?"

"J'ai contacté l'agence immobilière et j'ai obtenu leurs coordonnées. C'est un jeune couple, mari et femme avec deux petits enfants. J'ai ici leurs noms et leur numéro de portable. Ils sont maintenant les propriétaires de la propriété où nous étions. Nous pourrions aller les voir, même si j'ai quelques doutes quant à leur implication."

"Eh bien, rien n'est certain, ils sont les bénéficiaires absolus de sa mort, dans moins d'un an, ils obtiendront une maison qui vaut plus du double de ce qu'ils ont payé, sans attendre des années. Je dirais même qu'ils pourraient être les principaux suspects. Vérifions leur alibi pour vendredi soir, au cas où ils en auraient un. Et peut-être devrions-nous rencontrer le propriétaire de l'agence immobilière, pour approfondir également le motif du choix fait par Righetti."

"D'accord."

Je laisse Banfi partir et lui donne rendez-vous à cinq heures et demie. Maintenant, je dois régler une affaire personnelle et je ne veux personne sur mon chemin. Je prends mon téléphone portable et compose un numéro.

"Allô, je parle à Andrea Ferrari?"

"Oui, c'est moi... qui est à l'appareil?"

"Salut Andrea, je ne sais pas si tu te souviens de moi, je suis le père d'Alice, nous nous sommes rencontrés samedi soir sur la Piazza Campo de' Fiori. Je suis le commissaire de police."

J'essaie de mettre l'accent sur mes derniers mots et j'entends une pause dans la conversation. Apparemment, il ne sait pas quoi me répondre.

"Allô! Allô!" je m'exclame immédiatement pour le presser.

"Oui, je suis là", il me répond d'une voix faible et moins assurée.

"Parfait! Je pensais que la ligne avait été coupée. Je ne sais pas si Alice t'a prévenu, mais nous avons retrouvé ton sac à dos. J'aimerais que tu passes le chercher ici."

"Ah... oui... merci... elle m'a dit qu'il était vide..."

"Pas tout à fait..." je réponds en faisant une pause, puis je continue pour éviter de l'alarmer trop.

"Tes documents étaient dedans, mais pas d'argent, je ne sais pas si tu en avais..."

J'imagine qu'il soupire de soulagement et en effet sa voix me semble maintenant plus détendue.

"Ah oui... oui... les documents... heureusement que vous les avez retrouvés."

"Andrea, quand peux-tu passer? Demain après-midi à la sortie de l'école... cela pourrait te convenir?"

Je le dis d'une voix amicale et conciliante, je ne veux pas laisser transparaître autre chose. Je lui donne l'adresse du commissariat et il confirme le rendez-vous, il semble plus calme; il n'imagine même pas ce que je vais lui faire demain.

***

Nous partons à cinq heures et demie, Banfi et moi, en direction du Mithraeum du Cirque Maxime. Nous sommes en civil, comme convenu avec Rizzi.

"Inspecteur, soyons clairs: l'enquête est la nôtre. Nous avons seulement besoin de leur expertise, rien de plus. Je ne veux pas avoir cette femme ou l'un de ses sbires dans les pattes. Si cela ne tenait qu'à moi, je ne l'aurais même pas impliquée, mais Molinari a insisté et je n'ai pas pu faire autrement."

Banfi acquiesce et je n'insiste pas car je connais ses liens directs avec le préfet. Je ne veux pas me mettre davantage en danger.

En réalité, je suis anxieux. J'espérais y aller seulement avec l'inspecteur et les agents de mon commissariat. Je ne pensais pas devoir impliquer quelqu'un d'autre.

Le problème est que j'ai raconté à Molinari que j'étais entré là-bas seul et que j'avais vu la scène de mes propres yeux.

Mais la vérité est différente car c'est Giulia qui a été témoin du rituel sur mes épaules et je n'ai rien pu voir. Maintenant que la responsable de la SOA arrive, je dois continuer à mentir, je réalise parfaitement que je ne peux pas admettre avoir fait participer une civile à une enquête non autorisée, à l'intérieur d'un site interdit.

Donc je devrai simuler, une fois de plus.

Nous arrivons sur place en une vingtaine de minutes et trouvons Rizzi devant la grille métallique qui mène au site archéologique.

Elle nous voit arriver et ne se décompose pas. Aucun signe de tête, aucun sourire, aucun mouvement du corps. On dirait qu'elle ne cligne même pas des yeux.

Le gardien a déjà ouvert la grande grille métallique et la porte en fer qui mène au mithraeum et il nous attend à l'entrée. Je ne pense pas qu'il soit particulièrement intéressé à nous accompagner et je sais déjà qu'il attendra à l'extérieur du site, pour nous permettre de mener nos recherches de manière autonome et confidentielle.

"Vous devez aller tout droit par ici, jusqu'à une porte en métal. Entrez, descendez un escalier raide et vous vous retrouverez au sous-sol. Au bout du couloir se trouve le Mithraeum. Vous ne pouvez pas vous tromper, le parcours est obligatoire. J'ai déjà allumé toutes les lumières."

J'ai l'impression de revivre la scène d'hier soir. Le chemin qui mène de l'entrée au bâtiment, le bruit des pas derrière moi, la course vers la porte en métal et mon arrivée, en bas du couloir faiblement éclairé par la lueur des torches.

Une voix stridente, dérangeante et impérative me tire de mes pensées et souvenirs. C'est le capitaine Rizzi.

"Commissaire, pouvez-vous me décrire ce que vous avez vu hier soir?"

"La grille en métal était entrouverte, le cadenas ouvert. Cela signifie que quelqu'un avait les clés d'entrée. Je suis entré et j'ai parcouru ce passage dans le noir, un peu comme maintenant."

"Quelqu'un vous a-t-il vu, selon vous?"

"Je ne saurais dire. Je ne pense pas qu'il y ait des caméras, à moins qu'elles ne soient bien camouflées."

Nous arrivons à mi-chemin et je m'arrête.

"Voilà. À ce stade, j'ai entendu le grincement de la grille derrière moi qui s'ouvrait. Je me suis retourné et j'ai entendu les pas de deux personnes qui me suivaient."

"Comment pouvez-vous être sûr qu'ils étaient deux?"

Je ne pensais pas être interrogé. Je dois faire attention car le capitaine Rizzi est rusée et je ne dois pas lui faire comprendre que je n'étais pas seul.

"J'ai entendu des pas distincts et je les ai comptés. Ils me semblaient être deux personnes et ensuite j'en ai eu la certitude."

"Êtes-vous sûr de n'avoir été vu par personne?"

Encore la même question. Cette femme est tenace.

"La nuit était noire, j'étais habillé en sombre. Je me suis dépêché, j'ai atteint la porte en métal et je suis entré. Je me suis retourné et j'ai constaté que l'obscurité ne me permettait rien de voir. Je suppose qu'ils ne m'ont pas vu non plus."

"Donc vous n'en êtes pas sûr."

Mon Dieu, quelle contrariété!

"Non, je ne peux pas l'être."

Nous continuons à avancer et entrons dans la porte en métal.

"Voilà. Je suis arrivé ici et j'ai descendu rapidement les escaliers. J'avais des bottes avec semelles en caoutchouc et je n'ai fait aucun bruit."

Nous parcourons le couloir. À environ mi-chemin, je m'arrête devant une petite grille en fer qui mène à une pièce latérale de service, probablement utilisée pour les fouilles archéologiques.

"Voyez-vous qu'elle est ouverte? Hier soir, je me suis caché ici et j'ai attendu. Moins d'une minute plus tard, deux hommes sont passés en marchant le long du couloir pour rejoindre le mithraeum. Ils sont passés à côté de moi, j'aurais pu les toucher si j'avais simplement tendu le bras. Malheureusement, je n'ai pas pu voir leur visage."

"Donc nous ne savons rien d'eux. Leur âge? Des signes distinctifs?"

"Non, rien, il faisait presque complètement noir, seulement une lueur venant de l'intérieur, mais rien de plus. Mais j'ai remarqué qu'ils portaient des manteaux et ils semblaient être à peu près de ma taille. Je suis convaincu que, dans ce cas également, ils ne m'ont pas remarqué."

"Ensuite, que s'est-il passé?"

"J'ai attendu encore un peu, puis voyant que personne d'autre n'arrivait, j'ai parcouru le couloir et je me suis retrouvé à l'entrée du site. L'endroit était éclairé par des torches et il y avait une forte odeur d'encens. J'ai entendu des voix en latin, du moins selon mes connaissances classiques."

Nous entrons par la petite porte qui mène à l'atrium du Mithraeum. Je m'apprête à montrer l'endroit où je me suis caché, mais je réalise soudain que j'ai commis une grave erreur. Parce que je n'ai en réalité rien vu de cette position, j'ai seulement entendu le récit de Giulia qui était derrière moi.

Mais en niant sa présence, je ne peux pas prétendre avoir vu la scène de là-bas car je n'aurais pas pu atteindre l'ouverture sans que quelqu'un ne me ait soulevé. Je dois donc trouver un autre point d'observation et rapidement.

Alors je commence à inspecter les lieux. Je rentre dans le sanctuaire avec Banfi et cherche des preuves de ce qui s'est passé. Je vérifie d'abord les murs. Maintenant, l'éclairage électrique illumine toutes les pièces, mais hier les lieux étaient éclairés par des torches, probablement accrochées aux murs.

Je cherche des signes récents, mais je ne trouve rien. Ensuite, je me concentre sur le sol. Je vérifie s'il y a des traces ou des empreintes de chaussures, mais tout a été soigneusement nettoyé.

Je me souviens ensuite que Giulia m'avait raconté que le sang des animaux était recueilli dans une amphore en terre cuite au centre du sanctuaire. J'en vois une disposée dans une niche dans le mur. J'y insère ma main pour vérifier son contenu, mais je ne trouve que du sable. Il n'y a aucune trace de sang ou de restes d'animaux.

"Commissaire!" s'exclame Rizzi, "où vous êtes-vous posté hier soir?"

Voilà, la question redoutée est arrivée. Heureusement, j'ai eu l'occasion d'inspecter les lieux et de trouver une solution. En effet, il existe une niche cachée où il est possible d'observer le centre de la salle.

"Je me suis caché ici et j'ai commencé à voir le rituel", raconté précisément ce que m'a rapporté Giulia.

Je suis parcouru par un frisson: je mens à la responsable de l'unité anti-sectes avec des années d'expérience, une émanation directe du chef de police. J'espère que la vérité ne sera jamais révélée. Peut-être ai-je commis une erreur en ne mentionnant pas Giulia dans mon récit initial, mais malheureusement je ne peux plus faire marche arrière.

Nous inspectons tous les quatre le site avec minutie à la recherche du moindre indice mais tout a été nettoyé à la perfection. Même une fine couche de poussière semble recouvrir les lieux, comme si personne n'était entré ici depuis des mois.

Nous ne trouvons rien.

"Innocenti, il n'y a aucune preuve de ce que vous avez raconté. J'aurais du mal à croire votre version des faits si vous n'étiez pas un commissaire de police respecté! Excusez-moi, mais j'ai autre chose à faire."

Je vois le capitaine Rizzi se diriger vers la sortie, impatiente et irritée.

Je la laisse partir, mais je ne me rends pas. Je vérifie les murs, les niches, je cherche par terre. Il n'y a rien, aucun indice. Est-ce possible? Je ne l'ai pas rêvé!

Soudain, je vois un reflet, un petit rayon de lumière qui attire mon attention. Je suis sur un côté de la salle principale, près du bas-relief du dieu Mithra.

Je me baisse et ramasse un petit objet, une pièce de métal. C'est comme un bouton de manchette en or. Je le tourne entre mes doigts et m'approche d'une ampoule. Quelque chose est gravé dessus, peut-être un symbole ou un blason. Je le penche vers la lumière et plisse les yeux pour distinguer les détails. Mais rien à faire, je ne vois plus bien de près. J'aurais besoin de lunettes... non! Hors de question. Je suis jeune, je peux encore m'en passer. J'approche l'objet, puis je l'éloigne, puis je ferme l'œil droit, puis le gauche.

Maudits soient-ils! Je n'arrive tout simplement pas à mettre au point les détails pour mieux voir la gravure.

Ai-je enfin trouvé un indice?

En réalité, avec tous les touristes qui sont entrés ici au fil des ans, cet objet aurait pu appartenir à n'importe qui.

Je m'approche de Banfi.

"Je te jure qu'un rituel mystérieux s'est déroulé ici hier soir. Maintenant, il n'y a plus rien. Tout a été nettoyé."

Il me regarde avec une expression étrange et j'ai l'impression qu'il ne me croit pas du tout. Mais il ne s'attarde pas à commenter car il est pressé de partir.

Nous sortons à l'extérieur et je ressens à nouveau le même soulagement que j'ai éprouvé hier soir en respirant l'air frais. Cet endroit me donne des frissons.

Aux côtés du gardien, j'attends la fin de notre inspection. Je décide d'avoir une petite conversation avec lui.

"Combien de personnes ont les clés de cet endroit?"

"La coopérative compte une dizaine de personnes... Nous faisons un peu de tout, nous ouvrons les grilles, nous veillons à ce que personne ne vole quoi que ce soit, nous vendons les billets, nous répondons au téléphone. À Rome, il y a une cinquantaine de sites comme celui-ci. De temps en temps, les gens changent, nous avons des contrats temporaires renouvelés tous les six mois."

"Et où gardez-vous les clés?"

Il me regarde étonné par cette question. Est-il effrayé?

"Dans le bureau, mais vous savez quoi d'étrange? Cet après-midi, je n'ai pas trouvé le trousseau principal. J'ai cherché un peu et j'ai finalement dû prendre le double de secours."

"Intéressant! Depuis combien de temps cette grille n'a-t-elle pas été ouverte?"

"Depuis plus d'un an. Tous les sites archéologiques sur réservation ont été fermés en mars dernier, avec le début de la pandémie."

"Écoutez, voici mon numéro. Pourriez-vous demander aux autres gardiens s'ils se souviennent d'un cas étrange lors des dernières visites? Je vous en serais très reconnaissant."

Je lui donne ma carte de visite et je me dirige vers la voiture de patrouille avec mon inspecteur.

"Banfi, demain matin, identifie leur responsable et demande s'il est possible d'obtenir le planning des visites de l'année dernière, avec le détail du nom du gardien chargé de les ouvrir."

12

Me voici de retour au point de départ. Un homme est mort lors d'un événement qui ressemble tout sauf à un accident. La voiture a réussi à éviter presque miraculeusement les caméras de surveillance de la zone et a disparu sans laisser de trace.

Et puis, il y a un dieu de l'ancienne Rome et une reconstitution d'un culte mystérieux auquel j'ai assisté hier, mais dont il n'existe aucune preuve aujourd'hui!

Chaque élément semble disparaître dans le néant. C'est à rendre fou.

Mais maintenant, j'ai enfin un petit indice en main et il ne disparaîtra pas si facilement. Mais je dois pouvoir le voir clairement.

Alors je me décide. Je m'arrête devant un magasin chinois et j'essaie trois ou quatre paires de lunettes de différentes corrections. Finalement, je les achète. Mes premières lunettes de vue. Mince alors! C'est la fin, je ne pourrai plus jamais voir de près correctement, sans ces verres épais!

Maudits cinquante ans qui approchent!

Mais maintenant, je peux enfin distinguer tous les détails de cet étrange petit objet.

C'est un bouton de manchette en or avec une gravure, un blason avec une couronne à cinq pointes et deux serpents croisés en dessous.

Est-ce qu'il a été perdu par l'un des huit capuchonnés, ou bien était-il là par terre depuis des temps immémoriaux?

Je suis dans ma Giulia et je rentre chez moi. Je prends une Camel light dans le tiroir de la voiture et la mets dans ma bouche éteinte.

Tôt ou tard, je crains que je la rallumerai et reprendrai l'ancienne habitude jamais éteinte.

Je voudrais me distraire et profiter de cette soirée étoilée, mais je suis tourmenté par mille pensées.

Soudain, Mme Conforti me vient à l'esprit. Je saisis mon téléphone portable et l'appelle.

"Giulia, c'est Claudio. Tu te souviens encore de moi?"

"Et qui pourrait oublier une reconstitution de l'ancien dieu Mithra, en plein 2021?"

Je l'entends joyeuse et je l'imagine en train de sourire, avec ses yeux noirs et profonds.

"Exactement. Tu dois savoir qu'aujourd'hui nous sommes retournés là-bas pour chercher des indices et nous n'avons rien trouvé. Je t'assure: tout était parfaitement propre! C'est absurde! En fait, j'ai même eu l'impression qu'ils avaient pris soin de saupoudrer de la poussière partout, comme pour donner l'impression que le site archéologique était fermé depuis des mois!"

"Que voulez-vous faire maintenant?"

Je réfléchis un instant, elle est quand même une inconnue, je ne peux rien révéler, peut-être que j'en ai déjà trop dit. Je ne peux rien faire d'autre que de feindre et de maintenir la version officielle.

"Rien du tout, absolument. C'était un accident, rien de plus. Et peut-être que celle d'hier soir était simplement une représentation théâtrale sans aucun lien avec la mort de M. Righetti. Oublions cette affaire et passons à autre chose."

"Eh bien, alors nous n'aurons plus l'occasion de nous voir, commissaire. À moins que..."

Très astucieuse. Elle lance l'hameçon. Devrais-je peut-être le saisir?

"Ou bien tu pourrais venir dîner chez moi ce soir", ajoute-t-elle, sans attendre ma réponse.

***

Martina Rizzi a quitté l'endroit nerveuse et déçue, suivie par l'agent qu'elle avait emmené avec elle. Elle n'a trouvé aucune preuve corroborant le récit du Innocenti, ce qui l'a contrariée d'avoir perdu son temps.

Elle a cherché des informations sur ce commissaire et elle ne les a pas du tout appréciées. Un an et demi plus tôt, une enquête informelle avait été lancée à son encontre pour un comportement peu professionnel et il avait failli être suspendu de ses fonctions.

C'était une tête brûlée, précisément le genre de personnes qu'elle aimait le moins: ceux qui pensent pouvoir fléchir toutes les règles à leur avantage, simplement parce qu'ils portent un uniforme.

Et puis, inutile de le nier, il lui avait semblé dès le premier instant être un salaud sexiste. Celui qui s'étonne qu'une femme soit à la tête d'une unité d'enquête spéciale et non pas un homme de son genre.

Elle avait réfléchi à la version des faits qu'il avait rapportée et au comportement qu'il avait adopté à l'intérieur du mithraeum. Il avait été évasif, indécis, peu concluant, comme s'il mentait. Est-ce possible?

"La défense de la loi doit être exercée avec force, courage et intransigeance. C'est ce que nous devons garantir chaque jour, sans condition ni exception!" se répète-t-elle encore une fois. Le mantra de sa vie.

Elle est rentrée dans son bureau et est maintenant assise devant l'ordinateur. Elle roule du tabac dans une feuille, la lèche sur un côté et la met dans sa bouche.

Puis elle l'allume.

Une épaisse volute de fumée s'élève dans l'obscurité de sa pièce, éclairée seulement par la lampe de bureau à LED et son ordinateur. Elle ne devrait pas fumer. Elle le sait bien et c'est la seule exception à la loi qu'elle peut tolérer.

Elle ouvre sa messagerie et commence à rédiger son rapport à son supérieur.

Inspection effectuée. Nous avons fouillé les lieux pendant deux heures sans trouver aucune preuve visible. Le site était désert et propre, comme s'il n'avait pas été utilisé depuis des mois. Éventuellement, nous pourrions demander une analyse à nos collègues du laboratoire scientifique, mais je ne vois pas de raison de le faire.

Il n'y a aucune preuve de crime, donc je clôturerais l'affaire ici.

Une note brève et concise, à l'image de son style de femme fière et résolue. Elle s'apprête à l'envoyer à son supérieur, mais s'arrête un instant pour relire. Non, cela ne la satisfait pas, il manque quelque chose.

Elle reprend le courriel et ajoute une petite phrase.

Je ne connaissais pas le commissaire Innocenti. Son récit m'a semblé étrange, peut-être devrait-il être approfondi avant de clore complètement l'affaire.

Elle relit et s'attarde sur la dernière phrase.

Oui, ça ira comme ça, ce n'est pas explicite, mais elle sait déjà que son supérieur comprendra.

***

J'ai accepté. On ne refuse jamais un dîner. Et peut-être que j'aurai ainsi la possibilité de lui demander quelques détails supplémentaires.

Elle connaissait bien la victime.

Ce sera juste une rencontre professionnelle, une enquête approfondie, avant de laisser tomber le tout et de passer à autre chose.

Je me regarde dans le rétroviseur de ma Giulia pendant que je rentre chez moi et un léger sourire se dessine sur mes lèvres.

J'entends une petite voix en moi qui me met en garde.

Claudio, qui essaies-tu de tromper? Le fait est que tu ressens une attraction pour cette femme.

Mais je ne lui prête pas attention et je continue mon chemin. J'ai réussi à esquiver habilement les questions de la redoutable Rizzi et tout bien considéré, je m'en suis bien sorti dans cet endroit maudit.

Elle est partie déçue, tant mieux; au moins je me suis débarrassé d'elle et du contrôle direct de le chef de police.

Et maintenant, une agréable soirée m'attend.

Parfois, mon travail peut réserver des surprises intéressantes, loin des rencontres virtuelles.

Et pour l'enquête? Est-ce que je veux vraiment tout abandonner ici et faire comme si de rien n'était?

Je suis arrêté à un feu rouge et soudain j'entends ce que je ne voulais jamais entendre. Maudite radio, qui me rappelle à mon devoir.

La verità arriva quando vuole (vérité arrive quand elle le veut)

La verità non ha bisogno mai di scuse (La vérité, la vérité n'a jamais besoin d'excuses)

La verità, la verità fatale (La vérité, la vérité est fatale)

La verità è che tutti possono sbagliare (La vérité, la vérité est que tout le monde peut se tromper)

Devi sapere da che parte stare (Tu dois savoir de quel côté te placer)

La verità fa male (La vérité fait mal)

Pourquoi diffusent-ils cette chanson de *Vasco Rossi* maintenant? Je sais que je dois avancer, il est inutile que je me répète que ce n'était qu'un accident. Je refuse d'accepter cette conclusion. Alors que faire? Que sais-je de cette affaire hypothétique?

Je n'ai aucun indice et peut-être que le procureur va l'archiver faute d'éléments.

Ce n'était qu'un simple accident et le seul délit reproché à des inconnus est le délit de non-assistance à personne en

danger. C'est fini, ça s'arrête là.
Pourtant...

***

"Capitaine Rizzi, c'est Molinari."
"Bonsoir monsieur."
"Donc vous n'avez rien trouvé!"
"Non! Cet endroit est propre comme je ne l'aurais jamais imaginé!"
"J'ai lu votre e-mail. Qu'est-ce qui ne vous convainc pas?"
Martina Rizzi ne répond pas tout de suite. Elle essaie de réfléchir aux meilleurs mots à utiliser. Innocenti est tout de même un collègue.
"Il a été évasif, vague, approximatif dans sa description. Il est évident qu'il n'a pas apprécié mon intrusion."
"Que comptez-vous faire?"
"En sortant de cet endroit, j'ai remarqué une caméra de surveillance, positionnée sur le feu de circulation à l'entrée de la zone à circulation restreinte. Elle filme toutes les voitures qui passent pour vérifier qu'elles ont l'autorisation d'accéder au centre historique. Elle est très proche de l'entrée du site archéologique et pourrait avoir enregistré certains éléments hier soir."
C'est maintenant au chef de police de faire une pause. Pourquoi ne pas faire vérifier cela par elle aussi? Le capitaine Rizzi est une battante, mise de côté pendant trop longtemps.
"D'accord, continuez-vous et informez-moi de tout développement éventuel. Je vous enverrai le dossier complet de l'enquête."

***

Pourtant...

Pourtant, Righetti s'était intéressé à cette religion et hier soir j'ai assisté à une initiation mithriaque!

Et puis la date et l'endroit correspondent exactement à ce qui est indiqué sur le cadastre!

Pourrait-il s'agir d'un culte pratiqué encore de nos jours, peut-être en secret?

Je commence presque à douter que le rituel d'initiation d'hier soir lui était destiné!

Oui, plus j'y pense et plus je crois que c'est la vérité: M. Righetti serait devenu un adepte de ce culte s'il n'avait pas été victime d'un accident de la route. Peut-être que c'était même l'argent qu'il avait sur lui, une offrande pour son initiation.

Et puis il y a ce bouton de manchette en or. Est-ce un indice? Aurait-il pu le perdre pendant le rituel?

Quelle histoire incroyable!

Une nouvelle soirée m'attend avec Giulia, cela m'aidera sûrement à y voir plus clair.

Je suis rentré chez moi pour me rafraîchir et me changer.

Ensuite, je me suis arrêté dans une pâtisserie et j'ai pris deux beignets frits saupoudrés de sucre. C'est les bonbons qu'elle désirait tant hier soir.

Enfin, j'ai entré l'adresse dans le navigateur de ma Giulia et je suis allé chez elle.

Maintenant, je suis devant la porte de l'immeuble.

Je porte mon habituel jean moulant, mes bottes et ma veste en cuir, presque comme Donald Duck avec ses uniformes marins, tous identiques.

Ce ne sera qu'un dîner et une enquête supplémentaire. Je laisse apparaître un sourire en coin et j'entends cette petite voix qui voudrait s'exprimer. Mais je la fais taire et je continue.

C'est un complexe résidentiel charmant de l'extérieur: une allée d'entrée, une haie bien entretenue, un hall élégant et éclairé.

Voici l'interphone. Mme Conforti.

J'entends sa voix suave qui m'invite à entrer.

Et je m'avance.

Giulia est déjà à la porte en train de m'attendre.

Elle me sourit comme s'il y avait une grande complicité entre nous, alors que nous ne nous connaissons que depuis deux jours.

"Claudio, c'est la première fois que j'invite un homme que je viens de rencontrer chez moi. Après tout, nous ne savons rien l'un de l'autre."

Elle a raison, peut-être ai-je fait une erreur en acceptant. Pourtant, cette femme peut encore m'aider.

"C'est beau ici, félicitations."

Je suis absorbé par mes pensées. Elle s'en rend compte.

"Qu'est-ce qui se passe?"

"Je réfléchissais à l'affaire. Nous n'avons reçu aucun signalement autre que le vôtre. Aucun témoin de l'accident. Les six mois d'enquête habituels passeront, puis le procureur décidera de classer l'affaire faute de preuves suffisantes. Ce sera un crime non résolu parmi tant d'autres. À moins que..."

"À moins que?"

"...à moins que je ne trouve des preuves indiquant qu'il ne s'agissait pas simplement d'un accident."

Nous avons commencé à discuter dans le hall de sa maison.

"Désolé Giulia, je t'ai agressée, je ne t'ai même pas saluée. Allons-y, peut-être nous en occuperons-nous plus tard."

Je retire ma veste en cuir et entre dans son salon.

***

Attilio Righetti, retraité, soixante-quinze ans. Veuf depuis octobre 2019. Résidant à Via Massaia, quartier Garbatella. Hospitalisé pour le Covid en septembre dernier, puis libéré de l'hôpital après deux mois. Ancien employé du cadastre de Rome, père d'un fils au chômage nommé Alfredo.

Martina Rizzi lit le dossier deux fois. Elle saisit le nom dans la base de données de la police et consulte les maigres informations disponibles.

Ensuite, elle vérifie sur les réseaux sociaux.

Le nom de famille est très courant, mais pas le prénom. Elle le trouve. Heureusement, c'est l'un de ces messieurs d'un certain âge qui se sont informatisés, mais pas au point d'imposer des restrictions à leur vie privée. Le profil a été ouvert il y a un peu plus de trois ans.

Les premières images qui apparaissent sont des photos de famille, père, mère et fils. Ils sont ensemble lors d'un Noël. Elle lit la date: 2018. Une famille heureuse, du moins en apparence.

Il y a beaucoup de photos et quelques publications. Le capitaine Rizzi les parcourt toutes et s'arrête sur celles des visites culturelles à Rome: les Forums impériaux, le Colisée. L'Ara Pacis.

Que cherche-t-elle exactement? Elle ne le sait même pas. Mais elle continue.

Une photo de lui mettant la main droite dans la Bocca della Verità. Il sourit. Il ne semble même pas avoir son âge, il paraît plus jeune.

D'autres photos. L'intérieur de l'église Santa Maria in Cosmedin, le Forum Boarium.

Enfin, le Mithraeum du Cirque Maxime. Février 2020, peu avant le début de la pandémie. Ce sont les dernières images disponibles.

Il pose devant la grille en métal. Il y a un monsieur avec lui.

Puis un tag. *Merci Attilio pour les cartes! - Giulia Conforti.*

***

"Tu comprends, Giulia? Nous y étions, à l'intérieur, nous avons assisté à cette étrange représentation. Enfin... tu as assisté, moi je n'ai rien vu. Est-il possible que tu ne te souviennes de rien d'autre?"

"Claudio, que veux-tu que je te dise... il faisait sombre, on ne voyait pas grand-chose."

"Mais par exemple, saurais-tu reconnaître l'homme à visage découvert?"

"Non. Il était loin, mais il ne me semblait pas être un homme. Il était jeune, tout comme la femme devant lui. C'étaient deux jeunes. J'en suis presque sûre. Mais bon, finissons de parler de ton affaire. Viens ici, tout est prêt. J'ai préparé des cannellonis farcis. Tu aimes ça?"

Pendant un instant, j'oublie l'enquête et je la suis dans la cuisine.

C'est un espace grand et moderne avec un îlot central et deux tabourets pour manger.

"Il y a une bonne odeur ici!"

"Espérons qu'ils soient réussis!"

L'atmosphère devient légère. Nous discutons de tout et de rien et nous racontons nos vies.

"Je suis séparé. Mon ex ne supportait pas mon travail. Nous n'avons pas parlé pendant longtemps, puis un jour j'ai décidé de prendre du recul. Je suis parti et je ne suis jamais revenu. Mais peut-être que c'était une erreur."

"Pourquoi? Il faut faire ce que l'on ressent à l'intérieur."

"Sais-tu, Giulia, peut-être que ce n'est pas juste. Quand on a des enfants, tout change. Les responsabilités sont plus grandes. Je ne sais pas si je referais le même choix aujourd'hui."

Nous avons brisé la glace et nous nous sommes engagés dans une conversation plus personnelle et intime, alors que nous nous connaissons à peine depuis deux jours.

Nous mangeons tout, puis Giulia met les deux beignets

que j'ai apportés sur la table.

"Je les adore! Avec tout ce sucre qui colle aux lèvres!"

Je la vois manger avec plaisir et élégance: Giulia est une femme raffinée.

"Viens, je veux te montrer des photos de M. Righetti."

Nous quittons la cuisine et nous asseyons sur le canapé du salon. Elle prend sa tablette et l'allume.

***

Mme Giulia Conforti.

Martina Rizzi tape ces deux mots sur le portail de la police pour rechercher des informations. Mais elle ne trouve rien.

Elle recherche ensuite sur Internet. Une ancienne thèse de doctorat.

Université La Sapienza - L'influence du culte mithriaque sur la religion chrétienne. Mme Giulia Conforti.

Puis les actes d'une conférence récente. *Mythes et légendes de l'ancienne Rome. Conférencière: Mme Conforti.*

"C'est vraiment vrai que le Web ne pardonne pas. Il conserve tout, même des décennies plus tard!"

Que cherche-t-elle exactement? Elle n'est plus habituée à ce type d'enquêtes; cela fait des années qu'elle se confronte à d'autres crimes, avec des éléments distinctifs tels qu'un événement qui témoigne de la recherche d'un individu, une faiblesse psychologique et enfin un contact.

"Martina, viens te coucher?"

Soudain, le capitaine est tirée de son état d'investigation extatique.

"Aller, viens, pourquoi tu es encore réveillée?"

C'est Chiara, sa compagne, qui l'attend comme tous les soirs avant de se coucher pour lui raconter quelque chose de sa journée.

Mais aujourd'hui, Martina est différente de d'habitude.

"Le chef m'a confié une nouvelle enquête, enfin. Je dois rester éveillée encore un peu, désolée."

Elle se lève et lui donne un léger baiser de bonne nuit. Elle la congédie ainsi, puis se remet devant l'ordinateur à la recherche d'une piste.

***

"Le voici, Claudio! C'est Monsieur Attilio. C'était notre dernière excursion à Rome. Février de l'année dernière. On entendait déjà parler du virus, avec ces deux Chinois hospitalisés à l'hôpital Spallanzani! Qui aurait pu croire que cela aurait de telles conséquences!"

"Oui, ça a été une année difficile."

Je jette un œil aux images que Giulia fait défiler sur sa tablette.

"Attends, reviens un instant. Où étiez-vous ici?"

"Foro Boario, exactement là où nous étions hier soir. Nous venions de terminer la visite du temple d'Hercule et nous allions entrer dans le Mithraeum du Cirque Maxime!"

Giulia me montre la photo de M. Righetti posant devant la grille métallique que nous avons traversée pour entrer sur le site archéologique. Il est avec un autre monsieur, à peu près du même âge... en fait non, il semble plus vieux.

"Et celui-ci, qui est-ce?"

"M. Liverani, un de ses bons amis, peut-être celui avec qui il s'entendait le mieux dans le groupe. Inséparables, je sais qu'ils se voyaient aussi en dehors. Attilio ne conduisait plus depuis quelques années, tandis que lui a toujours son permis et parfois il venait le chercher pour ne pas qu'il prenne le métro."

"Donc il pourrait connaître des choses de sa vie que nous ignorons. S'il avait quelqu'un qui... enfin... ne lui voulait pas du bien, ou quelque chose d'autre lié à ce Dieu. Peut-être qu'il lui avait récemment fait des confidences ou peut-être lui avait-il raconté certaines de ses inquiétudes."

"C'est possible, si tu veux je l'appellerai demain et je lui dirai de se présenter au commissariat. Maintenant il me semble tard."

En effet. Il est plus de dix heures et je vais devoir sortir d'ici et rentrer chez moi dans un instant. Maudit couvre-feu! Bien sûr, je peux toujours dire que je suis de la police, après tout je n'ai pas d'horaires fixes, je mène une enquête.

Soudain, je sors de ma poche le bouton de manchette que j'ai trouvé par terre lors de l'inspection sur le site archéologique.

"Giulia, regarde ça. Est-ce que ça te dit quelque chose?"

Elle semble changer d'expression, plus sérieuse maintenant. Mais ce n'est qu'une sensation d'un instant.

Elle le prend en main et commence à l'observer.

"Non, ça ne me dit rien. Je ne me souviens pas avoir déjà vu ce symbole. Tiens, range-le."

Elle me le rend immédiatement, puis elle saisit à nouveau sa tablette, fait défiler quelques photos et commence à bâiller visiblement.

***

Le *maillon faible*. Elle répète ces deux mots encore et encore. "Dans chaque connexion, il y a un leader et un soumis. Si le commissaire Innocenti dit vrai, s'il s'agit du nouveau rituel ésotérique d'une secte et si la mort de M. Righetti est liée à cette histoire, il doit bien y avoir une figure faible!"

Martina Rizzi se le répète comme un mantra.

Elle retourne en arrière et relit méticuleusement le rapport succinct que Molinari lui a fourni.

Puis elle se fixe sur un détail qui lui avait échappé auparavant.

Elle tape le nom de son fils, Alfredo Righetti, dans la

base de données de la police. Trente-quatre ans, sans emploi, sans antécédents.

Puis elle fouille les réseaux sociaux. Il a un profil. Quelques photos. Quelques publications. Quelques vacances. Trop peu de tout. Elle fait marche arrière. Seuls quelques tags.

Soudain, elle lit un message.

Alfredo, tiens bon. Tu vas y arriver cette fois aussi. Signé Mary.

Une fille, peut-être une de ses amies. C'est daté d'avril 2019.

Soudain, elle repère un commentaire. Ce n'est qu'un stupide *like*, le symbole d'appréciation représenté par un pouce levé, mis en réaction à une publication que l'on apprécie.

Méditation - Changez votre vie grâce à la conscience de vous-même.

05/2019 - Cours intensif, inscriptions ouvertes - Propriété Compte de la Rocher.

C'est la publicité d'un cours d'amélioration personnelle qui s'est tenu à Rome à différentes dates avant la pandémie.

Martina Rizzi lit le programme, prend des notes et note l'adresse sur son bloc-notes.

Un petit élément. Ça ne veut rien dire, mais si ce drôle de commissaire a dit vrai, cela peut être le début d'une enquête.

Elle éteint alors l'ordinateur, plus satisfaite qu'avant et se couche. Chiara, à côté d'elle, dort déjà.

***

"Claudio, il est vraiment tard. Je dois te dire que cette nuit je n'ai pas réussi à dormir. Les images d'hier soir m'ont bouleversé."

Je regarde l'heure et je réalise qu'il est presque onze heures, il est temps de rentrer chez moi.

La soirée a été agréable, cette femme a quelque chose que les autres n'ont pas. Je devrais m'en souvenir pour l'avenir.

Giulia m'accompagne à la porte et me dit au revoir d'un baiser sur la joue et j'apprécie ce contact.

"Merci pour ce soir, Claudio. J'ai passé un très bon moment."

Je lui fais mes adieux et je pars. C'est mieux comme ça: elle peut être dangereuse.

Je prends les clés de la voiture dans la poche de mon jean et je me retrouve avec une petite note froissée dans la main.

Je l'ouvre et je lis.

J'ai survécu jusqu'à présent, mais pour combien de temps encore? Ils vont bientôt venir me chercher et je n'aurai pas d'issue.

Maintenant je me souviens. C'est la note que j'ai saisie en partant de la maison de M. Righetti. Dans l'agitation du moment, j'avais complètement oublié.

C'est la confirmation que cet homme se sentait menacé par quelqu'un. Je la retourne et je remarque un petit mot écrit au crayon, un nom. *Giovanni Bruni?*

Que peut-il bien signifier? C'est un élément auquel je n'avais pas fait attention et qui mérite certainement une enquête approfondie.

13

Chaque flic qui se respecte a une alliée toujours fidèle. C'est la nuit. Pendant les heures de repos, l'esprit ne dort pas, il pense librement établit des connexions et théorise les hypothèses les plus absurdes, loin des conventions sociales qui entravent et schématisent sa façon habituelle de réorganiser les pensées.

En général, au réveil, l'esprit ne se souvient d'aucune image précise, seulement de fragments estompés d'idées farfelues et de connexions artificielles. Pourtant, parfois, une nouvelle idée émerge ainsi, à laquelle la pensée consciente n'était pas parvenue.

Tout policier le sait bien et chaque matin, il interroge son esprit à la recherche du fragment d'une possible nouvelle vérité.

Mais malheureusement, cela n'arrive pas toujours.

Ce matin, je me réveille plein d'espoir et j'essaie de retrouver une intuition nocturne, mais aussi intensément que je fouille mon esprit, je ne trouve rien. Aucune étincelle pour une nouvelle idée, pour une piste, pour un indice que je n'avais pas encore envisagé. Maudits soient-ils.

Je me suis endormi en pensant à Giulia et ce matin, je me réveille avec la même image fixe devant moi.

Cette étrange expression sur son visage lorsqu'elle a vu le bouton de manchette en or que je lui montrais, capturée à un moment précis de la soirée.

Nous deux qui regardons amicalement les photos, moi lui montrant le petit objet que j'ai trouvé sur le site archéologique, puis soudain, une ombre inexplicable passe sur son visage.

Mis à part cela, j'ai passé une très agréable soirée en compagnie de Giulia. Dommage d'être parti si tôt, sans pouvoir approfondir notre connaissance.

J'arrive tôt au commissariat. Le matin a de l'or dans la bouche, comme disait mon grand-père quand j'étais enfant.

Je manipule et retourne le morceau de papier que j'ai trouvé dans la poche de ma veste hier soir. Peut-être que c'est un indice concret. Ou peut-être pas.

Giovanni Bruni. Malheureusement, c'est un nom très commun. Je cherche sur le web, j'en trouve plus de cent. Je restreins la recherche à Rome, il en reste une vingtaine. Je les examine un par un selon leur âge et je n'en trouve que trois entre soixante-dix et quatre-vingts ans.

Soudain, je tombe sur un article de journal. C'est une nécrologie.

Giovanni Bruni, 76 ans, une autre victime de cette terrible pandémie.

Il n'y a pas de date pour les funérailles car elles sont interdites en ce moment, mais je lis l'adresse de sa maison. C'est le bâtiment à côté de celui où vivait Righetti. La personne est la bonne, dommage qu'elle soit morte du Covid à l'hôpital.

Nous en sommes au même point: chaque indice disparaît comme neige au soleil.

Banfi me rejoint dans mon bureau à onze heures.

"Commissaire, j'ai quelques nouvelles."

"Eh bien, au moins toi!"

"Tout d'abord, j'ai appelé la société qui gère les sites archéologiques pour le compte de la municipalité. Ils ont été évasifs et m'ont expliqué qu'ils n'avaient aucune idée de quel gardien a ouvert ce site l'année dernière. C'est un travail qu'ils gèrent de manière autonome et ils ne conservent pas les noms, ni la chronologie des visites."

"Incroyable!"

"Peut-être pourrions-nous envoyer une demande formelle, mais cela signifierait élargir officiellement l'enquête."

"D'accord. Pour l'instant, laissons tomber. As-tu autre chose?"

"Bien sûr! Les vidéos! Nous avons le rapport complet rédigé par les gars du département technique."

"Eh bien? Ne me fais pas languir, Banfi!"

"Rien. Une déception, selon moi. Ils ont identifié une dizaine de voitures qui sont passées sous les feux de signalisation de la zone. Aucune ne dépasse la vitesse normale, comme si elle s'enfuyait après avoir causé un accident. En général, d'après ce que je peux voir, aucune d'entre elles n'est susceptible d'être impliquée. Quoi qu'il en soit, j'ai noté tous les numéros de plaque et nous pouvons vérifier s'il y a un lien avec l'affaire. Cela prendra cependant un peu de temps."

"Mais ne trouves-tu pas cela incroyable? Où peut bien se trouver la voiture qui l'a renversée?"

Je réfléchis un instant, puis j'ai une illumination.

"À moins que..."

"Qu'est-ce, commissaire?"

"La chose la plus stupide à laquelle nous n'avons pas pensé! La voiture n'est jamais passée devant les caméras au bout des trois rues, la principale, la première transversale et la petite en sens unique, car elle était garée avant! Comme je suis idiot! Cela fait un an que nous ne menons plus d'enquêtes, c'est évident! Nous sommes vraiment en train de vieillir, inspecteur!"

Banfi me regarde bouche bée.

"Nous étions tellement convaincus de trouver l'enregistrement du passage du véhicule que nous n'avons pas pensé à la chose la plus évidente: quelqu'un a causé l'accident, puis, avant de passer devant une caméra de surveillance, a garé la voiture le long de la route et s'est enfui à pied, peut-être en entrant dans le parc du petit lac, sans être vu ni enregistré. Nous n'avons pas cherché à l'endroit même que nous avions sous les yeux, c'est-à-dire le long des trottoirs."

Je vois l'inspecteur plein de doutes.

"C'est une hypothèse. Penses-tu que la voiture est encore dans les environs?"

"Je doute! Peut-être, à un moment moins suspect, l'assassin l'a reprise et s'est enfui."

"Eh bien, même dans ce cas, nous devrions trouver l'enregistrement vidéo!"

"Oui, mais c'est comme chercher une aiguille dans une botte de foin, car le déplacement aurait pu avoir lieu à n'importe quel moment. Nous devrions examiner des centaines d'heures de vidéos enregistrées par différentes caméras. Et il y aurait des milliers de voitures de couleur claire qui ont traversé les feux de signalisation de la zone. De plus, la vitesse ne serait plus un élément pertinent."

Nous nous regardons, abattus.

"On n'en sort pas, Banfi. Mais cet élément, associé aux autres, me fait malheureusement penser à une seule hypothèse: qu'il ne s'agisse pas d'un accident, mais d'un meurtre prémédité. J'ai enfin dit les mots! L'assassin, avant de percuter M. Righetti, a étudié toutes les voies de sortie et s'est rendu compte qu'il ne pouvait pas passer aucun des carrefours. Il ne pouvait pas sortir de là à moins de faire demi-tour. Et cela n'était pas possible. Il a donc dû garer la voiture après l'accident et s'enfuir à pied."

Un silence de plomb s'abat dans mon bureau. Pour la première fois, j'ai prononcé le mot *meurtre*.

Maintenant, je n'ai plus aucun doute.

"Commissaire, que faisons-nous maintenant?"

"Tout d'abord, nous en parlons au procureur et nous obtenons l'autorisation d'une enquête approfondie. Dis-moi rapidement si tu as découvert autre chose. J'ai eu une idée."

L'inspecteur continue à regarder ses notes.

"Te souviens-tu de l'agence immobilière? Elle se trouve également dans la zone de l'EUR, j'y étais ce matin. *La maison de tes rêves*, c'est la phrase qui trône sur la vitrine principale du magasin. Une agence indépendante, ouverte il y a trois ans, mais avec un excellent volume d'affaires, du moins d'après les annonces qu'elle expose. Aujourd'hui, il y avait plusieurs garages et une vingtaine de maisons à vendre. Tous des appartements de taille moyenne, faciles à placer."

"Tu as parlé au propriétaire?"

"Non, il n'était pas là. J'ai bien lu les annonces, puis je suis entré et j'ai été accueilli par un vendeur. Il a été très gentil. Je lui ai dit que je cherchais un appartement dans le centre, pour un investissement et il m'a montré une dizaine d'opportunités à un prix très avantageux, certaines même en nue-propriété. Il était presque en train de me convaincre d'acheter."

"C'est normal, Banfi! Avec l'incertitude quant à l'avenir due à la pandémie en cours, le marché immobilier est au ralenti, les banques ne prêtent plus même aux meilleurs clients et donc très peu de personnes peuvent finaliser un achat."

"Commissaire, je pensais la même chose. Mais le vendeur m'a dit que leurs annonces restent peu de temps en ligne, en moyenne deux semaines. Et il m'a montré les ventes réalisées pendant cette période. Près de trente biens depuis le début de l'année! Et nous sommes seulement en février."

"Un volume d'affaires important!"

"Oui et tous avec de bonnes commissions, du moins c'est ce que le vendeur a souligné."

Je prends note de ces informations, avec un air résigné.

"Ils doivent avoir de bons agents immobiliers. Tu vois, ceux qui harcèlent les pauvres gens avec des appels incessants pour les inciter à faire une visite et à estimer leur maison? Et puis tu sais combien de personnes ont perdu leur emploi et n'ont plus un sou à cause de cette foutue pandémie? Peut-être ont-elles besoin d'argent, elles vendent leur maison à bas prix, remboursent leurs dettes, louent un logement pendant un certain temps, puis repartent... Ce sont des temps étranges où tout peut arriver."

Puis je réfléchis un instant à ce que l'inspecteur m'a dit.

"Mais cela vaudrait la peine d'approfondir l'affaire. Peut-être que le propriétaire de cette agence pourrait confirmer la raison pour laquelle M. Righetti voulait vendre. Je suis convaincu qu'il voulait aider son fils, comme l'a affirmé sa voisine, mais il y a peut-être autre chose."

"Je vais y retourner tout de suite et prendre rendez-vous avec lui?"

"Non, c'est moi qui vais y aller directement pour me faire une idée. Pendant ce temps, regarde ici."

Je sors de ma poche le bouton de manchette en or et je le montre à l'inspecteur.

"Banfi, je dois te montrer quelque chose, peut-être un petit indice que j'ai trouvé dans le Mithraeum. As-tu remarqué que pendant la perquisition sur le site, j'ai ramassé quelque chose par terre?"

Je sors les lunettes de lecture que j'ai achetées dans un bazar chinois.

Je vois un petit sourire amusé sur son visage.

"Pas un mot, Banfi. Et enlève ce putain de sourire de tes lèvres!"

Il prend l'objet en main et l'observe de près. L'inspecteur vient de fêter ses quarante ans, il est plus jeune que moi et n'a pas encore besoin de lunettes. Quelle rage!

"Commissaire, c'est de l'or. Tu vois le poinçon ici à l'arrière?"

Je m'en doutais, mais même avec ces fonds de bouteille, je ne l'avais pas remarqué. Mais je fais semblant.

"Oui, je l'ai aussi vu. Donc nous sommes sûrs que c'est un précieux bouton de manchette. Maintenant regarde l'inscription: cela ressemble à un blason ou quelque chose du genre et c'est très particulier et bien fait. Combien de bijoutiers à Rome pourraient faire quelque chose comme ça?"

Il me regarde pensif.

"Je ne pense pas qu'il y en ait beaucoup..."

"Nous devons le trouver. Il l'aura réalisé sur un modèle, un croquis, un dessin. Et peut-être se souviendra-t-il du client qui l'a commandé."

"Mais il y a des milliers de boutiques capables de produire quelque chose comme ça! Et cela aurait pu être fait en dehors de la ville. Et qui sait quand! C'est une recherche impossible."

"Rien n'est impossible, Banfi! Et puis c'est le seul élément que nous avons réussi à trouver. Nous devons essayer. Prends deux agents et commence les recherches. Limite-les aux seuls ateliers de bijouterie qui proposent ce type de service: ils ne seront pas si nombreux à graver des boutons de manchette en or!"

Banfi quitte mon bureau sombre. Il passera une journée entière au téléphone.

De mon côté, j'ai eu une idée. Je mets mon manteau et je sors rapidement du commissariat.

Je parcours un tronçon de la Boulevard Cristoforo Colombo, je traverse le carrefour en attendant que le feu piéton passe au vert, puis je tourne dans le Boulevard America.

J'arrive en deux minutes sur le lieu de l'accident et je regarde autour de moi. Au sol, on peut encore voir quelques traces des marques blanches de craie laissées par la police scientifique lors des relevés.

Elles sont maintenant effacées à plusieurs endroits à cause de la pluie qui est tombée ces derniers jours.

Je parcours lentement la route et commence à vérifier voiture après voiture, en examinant bien l'aile avant. Un tel impact aurait dû causer des dommages, peut-être pas importants, mais au moins visibles.

Je ne vois rien sur les premiers cent cinquante mètres. Avant d'arriver au feu de signalisation au bout de la rue, je tourne à droite dans le Boulevard Beethoven, la première traverse où cette voiture aurait pu tourner.

Au bout de cette rue se trouve également une caméra de surveillance, qui était active cette nuit-là. Il n'y a pas d'échappatoire, la voiture ne pouvait pas sortir d'ici sans être enregistrée.

Je retourne sur la route où l'accident s'est produit et je continue à la parcourir; j'entre dans la petite impasse à sens unique et j'arrive au bout. Ici aussi, il y a une caméra de surveillance. Trois possibilités de sortie, trois caméras qui fonctionnent et qui n'ont rien enregistré.

Ce véhicule n'est pas sorti d'ici, du moins pas cette nuit-là, j'en suis sûr. Soudain, je vois une voiture blanche garée régulièrement le long du trottoir, sur une place de parking d'une couleur différente.

Je me baisse pour chercher d'éventuels dommages à l'aile avant, mais je ne vois rien.

Je lis une inscription. *Parking Auto partage*. Est-ce qu'une voiture de ce type aurait pu être utilisée? Je vais approfondir ce détail également.

Je ne sais plus quoi penser.

J'arrive au feu de signalisation, puis je fais demi-tour sur mes pas.

Le téléphone sonne, c'est Giulia Conforti.

"Allô Claudio."

Je suis content de l'entendre, hier soir a été une soirée très intéressante.

"Ce matin, je me suis souvenue d'appeler M. Liverani, l'ami du pauvre Attilio. Je lui ai demandé s'il était d'accord pour discuter avec toi. Il est encore bouleversé par ce qui s'est passé."

"Oui Giulia, j'aimerais lui parler, maintenant plus que jamais."

"Pourquoi? Y a-t-il du nouveau? As-tu découvert quelque chose?"

"Je ne peux rien te dire, désolé."

"Ne t'inquiète pas, je comprends. Il n'a rien à faire et il pourrait venir te voir cet après-midi. Je t'envoie son contact pour que tu l'appelles."

"D'accord, merci Giulia. Tu sais... hier soir j'ai passé un bon moment, comme cela ne m'était pas arrivé depuis longtemps..."

"Moi aussi Claudio..."

Je termine l'appel, je ne voudrais pas aborder des sujets dangereux.

***

Il a appris une chose dans son travail. Ne pas abandonner. Ne pas renoncer. Ne jamais se laisser abattre.

Le secret du succès est là. Il n'y a pas de défaite pour ceux qui savent apprendre et faire mieux, jour après jour.

La redoutable Martina Rizzi s'est réveillée à six heures, comme tous les matins.

Elle a passé quarante minutes dans son entraînement quotidien, puis s'est mise au travail, tel un limier qui ne lâche jamais sa proie.

À sept heures, elle a pris son petit-déjeuner avec Chiara, sa compagne. Elle est vice-brigadier au commandement des carabiniers du centre de Rome.

Une biscotte avec un peu de confiture de myrtilles, un jus d'orange, un café sans sucre. Rien de plus, pour ne pas alourdir.

Elles ont échangé quelques mots. Tout sauf le travail. Elles le laissent toujours de côté entre elles. Puis elles sont sorties, chacune de leur côté, pour ne pas faire exister leur relation en dehors de la maison.

Peu de gens le savent et elles font semblant de ne rien savoir. Des femmes et en plus homosexuelles, le pire des cartes de visite pour une carrière, de nos jours.

Le chef de police l'a compris, il n'est pas stupide, mais cela ne l'intéresse pas: le capitaine Rizzi obéit à ses ordres et c'est suffisant.

À l'heure du déjeuner, elle reçoit un e-mail de la société municipale de mobilité. Il contient le fichier demandé.

À trois heures, elle est au commissariat avec son ordinateur portable.

"Monsieur, comme convenu hier, j'ai obtenu la vidéo enregistrée par la caméra placée sur le feu de signalisation à l'angle de la Piazza Bocca della Verità. Elle est arrivée il y a deux heures et contient quelques éléments intéressants que je voudrais vous montrer."

Molinari connaît très bien le capitaine Rizzi. Quand elle sent une piste, rien ne peut la faire renoncer.

Combatif et épuisant.

Il la laisse faire. Ils s'installent ensemble autour de la table de réunion de son bureau.

Elle lance la vidéo enregistrée par la caméra.

"J'ai sélectionné les parties les plus significatives."

Les images sont en noir et blanc mais de bonne qualité, avec un cadre fixe. Une date est inscrite en bas à droite. *Lundi 22/02/2021 - 21h40.*

"Malheureusement, l'entrée du site archéologique n'est pas filmée. Seul le carrefour est enregistré, ainsi que les personnes traversant au feu de signalisation"

Quelques secondes s'écoulent. Une voiture rouge flamboyante passe, une Alfa Romeo Giulia.

Martina Rizzi met la vidéo en pause.

"La reconnaissez-vous, monsieur?"

"Je pense que oui. Cela pourrait être la nouvelle voiture du commissaire Innocenti! C'est un type étrange, obsédé par les Alfa Romeo. Tout le monde sait à la police qu'après l'incendie criminel de sa Giulietta, il a dû attendre onze mois pour en avoir une autre. Mais il suffit de vérifier la plaque d'immatriculation pour en être sûr définitivement."

"Oui, je l'ai déjà fait. Je confirme que c'est la sienne. Maintenant, regardez attentivement. Ils sont deux dans la voiture. On ne reconnaît pas les visages car l'intérieur est sombre, mais on voit très bien que le commissaire n'est pas seul, d'après les ombres."

Molinari ne dit rien mais observe attentivement.

Le capitaine Rizzi sélectionne un nouveau fragment de l'enregistrement. Dix minutes plus tard, deux personnes qui traversent la rue sont filmées, un homme et une femme. Ils sont très proches l'un de l'autre.

"Le voilà. C'est lui. Il se rend de l'église Santa Maria in Cosmedin au Forum Boarium. Il n'est pas seul. Maintenant, monsieur, continuez à regarder."

Autre extrait de la vidéo, cinq minutes plus tard. On voit les mêmes deux personnes, debout près du feu de signalisation. Elles attendent que le feu passe au vert pour traverser à nouveau.

Soudain, la femme lève les yeux et est capturée par la caméra.

Martina Rizzi arrête la vidéo.

"La voici. Savez-vous qui c'est?"

"Qu'est-ce que vous faites, vous jouez aux devinettes, Rizzi! Dites-le-moi. Qui diable est-ce?"

"Mme Giulia Conforti. Selon le dossier de l'enquête qu'elle m'a envoyé hier soir, elle s'est présentée spontanément au commissariat le lendemain de l'incident pour donner son témoignage. Elle est historienne de l'art et guide touristique officielle de Rome."

Un silence s'installe soudainement dans la pièce. Le commissaire a la bouche grande ouverte, il respire difficilement et ne peut prononcer un mot.

"Je pense que le commissaire l'a impliquée dans l'enquête et qu'ils sont entrés ensemble dans le site archéologique."

"Capitaine Rizzi! Ce que vous affirmez est extrêmement grave! En êtes-vous certaine?"

"Il m'a dit qu'il s'y était rendu seul, il n'a jamais mentionné Mme Conforti. Mais il a été très succinct et approximatif dans la description des événements. Dès le début, j'ai eu l'impression que ce commissaire cachait quelque chose, c'est aussi pour cela que j'ai demandé la vidéo."

Molinari commence à jurer et à s'emporter.

"Innocenti est fou! Il fait toujours à sa tête, se moquant des règles!"

Puis il continue d'un ton plus enragé.

"Si ce que vous supposez se confirme, nous serions confrontés à une situation très grave! Non seulement il serait entré dans un site interdit sans autorisation préalable, mais il aurait également impliqué dans une enquête une civile et pas n'importe laquelle, mais une personne informée des faits. Bordel! Surtout, il m'aurait caché tout ça, continuant à mentir et à faire à sa tête! Cette fois, je vais le faire muter dans un pays minuscule! Non... je vais le faire exclure directement de la police! Je le jure! Cette fois, il n'y échappera pas! Il va payer!"

Il saisit le téléphone et compose son numéro.

"Attendez un instant, monsieur, réfléchissons. Cet élément pourrait même nous être utile."

Le chef de police Molinari la regarde et met fin à l'appel.

"Mis à part cette omission, il nous a dit la vérité: il a certainement assisté à ce rite. J'ai visionné la vidéo, mais malheureusement, n'ayant pas l'entrée du site archéologique enregistrée, nous ne pouvons pas identifier d'autres personnes. Cependant, il y a quelques coïncidences qui méritent d'être approfondies."

Le capitaine Rizzi sort un bloc-notes et commence à lire.

"Mme Giulia Conforti. Une femme inconnue qui se présente spontanément au commissariat quelques heures après la mort de M. Righetti et raconte une histoire étrange. J'ai effectué quelques recherches sur elle cette nuit. Elle est diplômée en histoire de l'art à l'université La Sapienza de Rome avec une thèse intitulée: *L'influence du culte mithriaque dans la relation chrétienne.* Il y a quatre ans, elle fait partie des organisateurs d'une conférence intéressante intitulée: *La redécouverte des cultes préchrétiens. La doctrine mithriaque de nos jours.* Elle semble être une experte dans ce domaine."

Molinari l'écoute avec un vif intérêt.

"Et regardez ces photos! On la voit avec la victime juste devant ce site. Où que je cherche des informations sur cette affaire, elle apparaît..."

"Voulez-vous me dire que..."

Martina Rizzi l'interrompt.

"Je dis que je ne sais pas. Vraiment. Mais il y a tellement de coïncidences étranges à analyser."

***

Je me trouve sous l'un des derniers ponts de *Laurentino 38* et j'observe la série de murets préfabriqués qui entourent les cours de ces immeubles gris en périphérie de Rome. Banfi m'a donné l'adresse, il voulait venir avec moi, mais le travail qu'il fait en ce moment est trop important.

J'observe les rideaux de fer fermés, rouillés et couverts d'inscriptions qui se succèdent les uns après les autres, témoignant cruellement d'un projet d'intégration lamentablement raté. Ils étaient censés abriter des magasins, des services et des espaces équipés pour la collectivité et contribuer à créer une micro-cité autonome.

Mais l'idée n'a jamais été pleinement réalisée et en peu de temps, tout le quartier s'est retrouvé enveloppé de dégradation et occupé en permanence par des personnes sans logement, en attente d'une allocation de logement social.

Je suis devant le numéro 22, en uniforme. La famille Ceccarelli m'attend. Je regarde en haut: quelqu'un est à la fenêtre et me dévisage. Des visages sombres et peu rassurants.

Je sonne.

Au bout de quelques minutes, une voix féminine répond, tentant de couvrir les pleurs désespérés d'un enfant. Sixième étage. L'ascenseur est en panne.

Je monte lentement les escaliers. J'entends le léger froissement des judas qui s'ouvrent et se referment à mon passage dans les paliers, signe que je suscite la curiosité d'une bonne partie de la copropriété.

Une dame m'attend avec la porte ouverte. Elle a un enfant d'environ deux ans dans les bras qui se débat et se désespère. Elle porte un t-shirt décoloré et un jeans déchiré.

Elle me fait signe d'entrer. Je la suis et referme la porte derrière moi.

"Bonjour, vous êtes le policier qui m'a appelé ce matin."

"Oui, c'est moi, bonjour."

Elle me fait m'asseoir sur un canapé bas et usé.

Je me retrouve dans un modeste studio, à peu près aussi grand que le mien, mais ici, il y a quatre personnes qui y habitent: il y a un coin cuisine, une table à manger et un canapé-lit placé en vrac dans un coin.

Le chaos règne en maître, des jouets éparpillés partout, à la table encombrée des restes du déjeuner qui n'ont pas encore été débarrassés et nettoyés, aux assiettes sales dans l'évier, peut-être du repas précédent.

Un deuxième enfant nous rejoint sur une petite voiture à roulettes.

Il me sourit curieusement. "Tu veux jouer avec moi?", crie-t-il en me tendant un modèle de voiture sans une roue.

"Laisse le monsieur tranquille. File d'ici!", s'exclame la

mère.

Puis elle se tourne vers moi.

"Mon compagnon n'est pas là, il est sorti pour le travail, que veut la police de nous?"

Je ne sais pas comment commencer, d'autant plus que le petit enfant continue de pleurer et de crier dans les bras de sa mère.

Inutile de s'égarer dans de nombreux préambules, il vaut mieux faire vite.

"Je sais que vous venez d'acquérir la nue-propriété d'un appartement. Je ne sais pas si vous êtes au courant, mais vendredi dernier, l'ancien propriétaire est décédé suite à un accident de la route."

"Oui, un coup de chance incroyable...", commence la femme, puis réalise qu'elle a dit quelque chose d'inapproprié, rougissant légèrement. "... du moins pour nous... Nous avons acheté la maison il y a quelques mois, car elle ne coûtait pas cher et cet homme était âgé et pour être honnête, nous avons pensé qu'il serait peut-être libéré d'ici quelques années, mais nous n'aurions jamais cru qu'il partirait si tôt."

J'apprécie sa franchise et acquiesce.

"Mais y a-t-il un problème, la vente n'est pas valide?"

Je la regarde pensivement. Je suis venu ici sans un objectif précis, juste pour me faire une idée et voir le visage des acheteurs.

"Non, pour l'instant, il n'y a pas de problème, mais la mort a été causée par une voiture qui l'a renversé et qui n'a pas marqué d'arrêt pour porter secours. Nous avons dû ouvrir une enquête pour établir les faits."

"Eh bien! Vous ne pensez pas que nous l'avons tué, si? Nous avons juste eu beaucoup de chance! On ne peut pas avoir une fois dans la vie?"

"Sans aucun doute. Dites-moi autre chose. Où étiez-vous la nuit de l'accident?"

"Laissez-moi réfléchir... vendredi dernier? Ah oui, je m'en souviens! Nous étions sortis dîner, ici près, dans une taverne. Tout le monde peut le confirmer, comme vous pouvez le voir, nous sommes une famille bruyante!"

Cette piste se révèle également être une impasse. Quoi qu'il en soit, je demande l'adresse du restaurant pour vérification.

Soudain, je sens quelqu'un tirer ma veste. C'est le même enfant qu'avant.

"Tu joues avec moi?"

La mère se lève brusquement.

"Ça suffit, je t'ai dit de ne pas déranger le monsieur" et elle lui donne une claque.

Cette femme commence à m'agacer. Elle se tourne vers moi.

"Maintenant, s'il n'y a rien d'autre, je dois ranger la maison. Vous voyez ce désordre? Je n'ai même pas fait la vaisselle!"

Je comprends que je ne suis pas le bienvenu et d'ailleurs, je ne saurais même pas quoi demander de plus. Mais j'ai une idée précise en tête.

Alors je me lève, j'observe la table et je remarque qu'elle est mise pour quatre personnes.

"Quand est-ce que votre mari revient?"

"Qui sait exactement? Il est au marché en train de s'occuper de le stand. Trois heures... quatre heures... à peu près, mais parfois il finit plus tard."

"Transmettez-lui mes salutations, alors!"

Je sors seul, j'ouvre la porte et la referme derrière moi. Je ne descends pas tout de suite les escaliers, je reste un instant sur le palier pour voir si mon intuition est vraie.

J'entends immédiatement des pas lourds arriver vers le salon. Une voix masculine couvre les pleurs.

"Qu'est-ce que ce putain de flic voulait?"

Je n'entends pas la réponse de la femme.

"Avec tout l'argent que nous avons dépensé en commissions! Si cette affaire foire, je jure que je lui réglerai son compte!"

Je m'éloigne rapidement, il est presque trois heures et une confrontation importante m'attend.

14

C'est la première fois qu'il met les pieds dans un commissariat de sa vie. Il n'en a jamais ressenti le besoin et aujourd'hui encore, il aurait préféré s'en passer volontiers.

Il a appelé sa mère et lui a dit de ne pas l'attendre pour le déjeuner car il aurait mangé avec ses amis au centre commercial. Au lieu de cela, il a pris la petite voiture qu'ont lui a offerte pour son seizième anniversaire, a traversé la ville et s'est rendu au commissariat de police de Rome Sud.

Depuis quelques jours, Andrea Ferrari est profondément préoccupé: depuis samedi soir, il n'arrive pas à dormir et a commencé à manger peu, au point que sa mère a pensé qu'il avait attrapé froid et avait besoin d'un tonique.

Mais la cause n'est pas celle supposée par ses parents. Cette fois, c'est quelque chose de plus grand que lui, mais il ne peut le confier à personne.

Il n'en a parlé qu'à Alice, sa petite amie, mais elle vit encore dans un monde de rêves et ne comprend pas vraiment la gravité de ce qui s'est passé. Elle est convaincue que tout pourra s'arranger pour le mieux.

Maintenant, Andrea est assis dans la salle d'attente du commissariat, attendant d'être reçu par quelqu'un. Il bouge ses jambes de manière rythmée et est dans un état d'anxiété perpétuelle, car pour la première fois de sa vie, il se sent perdu.

Heureusement, il a dix-huit ans depuis quelques mois, donc ses parents ne seront pas tenus responsables de ses actions: la faute retombera entièrement sur lui et c'est la seule chose qui le rassure.

Pourtant, l'erreur a été commise par Alice, encore

mineure et ces photos qu'elle avait décidé de lui envoyer.

Prendre une photo et l'envoyer, prendre une autre et l'envoyer. C'est si simple. On peut prendre une photo, ou cent, ou mille et les envoyer depuis son téléphone portable. Et même des vidéos. Une chose stupide, un simple jeu innocent, car de toute façon elles ne sont vues que par son petit ami.

Du moins jusqu'à ce que le téléphone soit perdu, peut-être sans mot de passe, parce que c'est trop compliqué à retenir...

Andrea est perdu dans ses pensées et dans la folie qui s'est emparée de lui au cours du dernier mois.

Je suis sorti de Laurentino 38 avec le fol espoir de ne pas retourner à mon commissariat. Je voudrais partir d'ici, faire une pause, faire autre chose et ne pas penser à mes devoirs de policier et surtout de père.

Parce que bientôt, je devrai affronter une réalité qui me dépasse et je ne pense pas être prêt.

C'est un criminel et il a impliqué ma fille, donc il mérite d'être dénoncé et jeté en prison pour ce qu'il a fait. Et c'est exactement ce que je vais faire.

Alice me détestera peut-être pendant un certain temps, mais ensuite elle s'y fera et peut-être qu'avec le temps elle comprendra.

J'entre, je me penche dans la salle d'attente et je le vois bouger sa jambe de manière rythmée, perdu dans ses pensées. Il ne remarque pas ma présence et ne se retourne pas pour me regarder.

Une profonde colère brûle en moi, je voudrais le prendre, le soulever, le projeter contre le mur et lui demander des comptes pour ses actions. Mais c'est un garçon, il pourrait même être mon fils.

Je me retire dans mon bureau, j'ouvre l'armoire, je prends son sac à dos et le sachet de drogue et je les dispose sur mon bureau.

Mais ensuite, je change d'avis et je les range dans le tiroir. Je prends le téléphone.

"Fais-le entrer", je crie à l'agent de garde.

"Andrea Ferrari? Le commissaire t'attend dans son bureau."

Le garçon est plongé dans ses pensées et ne remarque rien.

"Andrea? Hé! Réveille-toi! Tu voulais voir le chef? Il est là-bas, dans son bureau!"

Le garçon se réveille à ces paroles et se lève. L'agent lui ouvre la porte et le laisse entrer chez Innocenti.

C'est un beau garçon: grand, élancé, blond, les yeux bleus. Je le vois entrer lentement, avec de petits pas silencieux, comme s'il marchait sur la pointe des pieds.

J'aimerais le saisir par le col de sa veste et l'accrocher au mur. Mais il garde les yeux baissés. Je le salue, mais il ne semble pas entendre.

Il s'assoit en face de moi sur la chaise pivotante. Il relève les yeux et éclate immédiatement en sanglots.

"Que se passe-t-il?" je m'exclame, mais ma voix n'a aucun effet.

Alors je prends un paquet de mouchoirs et je lui tends.

Puis j'attends, une minute, cinq minutes, dix minutes.

Le garçon se calme et me regarde droit dans les yeux.

Maintenant, il ne pleure plus.

"Je suis dans de sales draps!" s'exclame-t-il. "En fait, nous sommes dans de sales draps."

Je m'attendais à tout, sauf à ça.

J'aurais voulu me confronter à un garçon arrogant, à un gosse de riche gâté et insouciant, à un visage de criminel en herbe.

J'aurais éprouvé un plaisir irrépressible à le garder au commissariat pendant des heures, l'interroger, l'accuser, lui jeter ses fautes à la figure, le mettre entre les mains de mon agent le plus impitoyable et finalement appeler ses parents et le leur remettre avec une belle plainte pour consommation et trafic de substances stupéfiantes.

Désormais, je ne peux ressentir qu'une grande peine pour lui.

"Andrea, veux-tu me raconter ce qui s'est passé?"

"Nous avons commis une erreur, une grave erreur!"

"Nous qui?"

"Moi et votre fille Alice."

"Maintenant, calme-toi et raconte-moi ce qui s'est passé. Nous avons tout le temps que tu veux, mais tu ne sortiras pas d'ici avant de m'avoir dit la vérité. Tout d'abord, voici ton sac à dos et ton portefeuille. Au moins tu les as récupérés."

Je les sors du tiroir et les lui tends, mais je garde pour moi l'enveloppe contenant la drogue.

"Et maintenant, crache le morceau!"

Il ne pleure plus, il semble enfin résigné.

"Alice et moi sommes ensemble depuis l'été dernier, mais il y a seulement deux mois, nous avons franchi... euh... une étape plus sérieuse. C'est à partir de là que tout a commencé."

Ce n'est pas ce à quoi je m'attendais, je dois avouer que je suis surpris.

"Cette fichue pandémie nous empêchait de nous voir souvent, alors nous avons commencé à nous appeler en vidéo le soir. Une nuit, Alice m'a envoyé une photo. C'est elle qui a tout fait, je le jure! Elle m'a envoyé une photo d'elle en pyjama. C'est ainsi que tout a commencé."

Il s'apprête à recommencer à pleurer.

"Andrea! Arrête maintenant et ne me mets pas en colère sérieusement. Quel âge as-tu?"

"Je viens d'avoir dix-huit ans!"

"Bien. Alors tu es majeur, tu es maintenant un homme! Alors arrête de pleurnicher comme un enfant et raconte-moi ce qui s'est foutrement passé!"

Peut-être que j'ai réussi à le secouer. Il reprend ses esprits et continue de parler.

"Depuis cette nuit-là, elle a commencé à m'envoyer des photos. Une, dix, cent, sauf que... euh... elles n'étaient plus en pyjama. Je lui ai dit que cela pouvait être dangereux. Mais elle avait confiance en moi, alors elle a continué. Jusqu'au jour où tout a dérapé. Nous étions dans le métro. Quelqu'un l'a bousculée et lui a volé son téléphone."

Je commence à comprendre et je commence sérieusement à m'inquiéter.

"Elle n'a pas pensé aux photos, elle n'a pas réalisé le problème qu'elle aurait. Et pendant la première semaine, il ne s'est rien passé. J'ai soufflé un peu. Mais une dizaine de jours plus tard, deux hommes m'ont abordé à la sortie de l'école."

"C'étaient deux sales types, ils devaient avoir trente ans. Je pensais qu'ils voulaient me voler. Mais l'un des deux m'a montré une impression d'une image. C'était Alice. *Tu t'es bien amusé avec elle, n'est-ce pas?* M'a-t-il hurlé dessus. *Nous savons tout les deux, nous avons des centaines d'images. Tu imagines la valeur de tout ça en ligne?*"

"Eh bien, commissaire, ils ont commencé à me faire chanter. S'ils n'obtenaient pas ce que je leur demandais, ils vendraient tout sur Internet, ruinant Alice. J'aime sa fille, j'aurais fait n'importe quoi pour l'éviter. Alors j'ai continué."

Je pensais que ce garçon était un délinquant, je voulais le saisir, le presser contre un mur et le confronter à ses fautes.

Je pensais qu'il était un putain de fils à papa, un trafiquant.

Mais la réalité semble très différente. Je devrais lui ériger un monument. Il a essayé de protéger ma fille.

Andrea se sent écouté, alors il continue.

"Ils m'ont dit que je devais placer des pilules d'ecstasy parmi les cercles de la haute société romaine... parmi les petites frappes comme toi, m'ont-ils dit. Et je l'ai fait une fois, deux fois, trois fois. De petites quantités. J'espérais qu'ils me remettraient ces images et nous laisseraient enfin tranquilles, mais ils ont augmenté la mise. Le week-end dernier, ils m'ont donné un énorme sachet. *Tu as une semaine pour tout vendre. C'est dix mille euros, que tu leur remettras samedi prochain!* Leurs paroles résonnent encore dans ma tête. Le problème, c'est que le sac à dos, comme vous le savez bien, a disparu et je n'ai plus rien. Je vais devoir trouver l'argent en une semaine et je ne sais pas comment faire! Et ensuite, est-ce que ça s'arrêtera là? Ou bien continueront-ils à me faire chanter? Commissaire, j'ai détesté faire ce que j'ai fait. Vous vous rendez compte? Vendre ce poison à des jeunes comme moi et Alice? Moi qui n'ai jamais rien pris de ma vie! Je le jure! Moi qui suis un salutiste et qui m'entraîne tous les jours à la salle de sport!"

"Andrea, qui te garantit qu'ils ne continueront pas à te faire chanter ou qu'ils ne diffuseront pas ces images en ligne? Ce sont des criminels, tu l'as toi-même dit."

"Je sais... je sais... mais que pouvais-je faire d'autre?"

Il recommence à pleurer, il est bouleversé.

Ce garçon me fait de la peine. Et maintenant, ma fille aussi. Il semble que c'est elle qui a mis le bordel, pas lui.

Que faire? Porter plainte? Traquer ces voyous? Et dans ce cas, quelle garantie avons-nous qu'ils ne mettent pas leur menace à exécution? Ou qu'ils ne l'ont pas déjà fait?

Je suis en colère comme jamais. Ces jeunes ne se rendent pas compte de la gravité de leurs actes. Prendre de telles photos, publier des vidéos, écrire des publications sur internet... la diffusion est instantanée et ce contenu peut être vu dans le monde entier et rester en ligne pour toujours.

Les collègues de la Police Postale le savent bien, car ils continuent de recevoir des plaintes pour violation de la vie privée et diffusion de contenu non autorisé en ligne.

Ces choses peuvent ruiner la réputation et même la vie

des gens. Est-il possible de se mettre dans de tels ennuis d'une manière aussi stupide?

J'ouvre le tiroir, je sors le sac et le pose devant lui.

"C'est ça, n'est-ce pas? Nous l'avons trouvé dans ton sac à dos."

Le garçon s'illumine pendant un instant, mais réalise soudain qu'il se trouve dans une situation très délicate. Il a été pris en possession de drogue et est maintenant dans un poste de police, devant un commissaire. Tout peut lui arriver, y compris une accusation de possession et de trafic de substances illicites.

"Évidemment, je ne peux pas te les rendre. Ils resteront ici en attendant de savoir ce que nous pouvons faire pour résoudre cette affaire. Tu m'as dit que tu avais rendez-vous avec ces individus samedi prochain, n'est-ce pas?"

"Oui... oui... et je vous assure, commissaire, que ce ne sont pas des gens ordinaires. Ce sont des criminels. Ils ont menacé de me faire payer si je ne vendais pas tous les produits et surtout si je ne leur apportais pas l'argent convenu."

Il se lève et me montre un gros bleu sur le côté.

"Pour renforcer le concept et m'assurer que vous comprenez bien la situation, ils m'ont jeté par terre et m'ont donné des coups de pied."

"Pouvez-vous les reconnaître?"

"Oui, je pense. Il y en avait deux, ils portaient des vestes en cuir et des bottes militaires. L'un avait les cheveux très courts et les yeux bleus, l'autre était brun, avec les cheveux longs et en queue de cheval."

"Où et quand devriez-vous les rencontrer?"

"Ils ont dit qu'ils m'enverraient un message introuvable vendredi prochain pour me donner rendez-vous. Samedi dernier, nous nous sommes retrouvés sous un pont du Tibre vers 19 heures. Un endroit qui fait froid dans le dos, commissaire. J'y suis allé seul."

"Andrea, ne raconte à personne ce que tu m'as dit et essaie de te comporter comme d'habitude. Tu pourrais être suivi et surveillé. Je dois réfléchir à la manière de résoudre cette affaire. Je te ferai savoir dès que possible. Aujourd'hui, c'est mardi, il nous reste encore quelques jours pour nous organiser. Maintenant, va et fais comme je t'ai dit."

Je le vois se lever. Il a encore les yeux rouges et est profondément bouleversé.

Je pensais avoir un problème, maintenant je sais que j'en ai un beaucoup plus grand.

D'après ce que j'ai appris, il y aurait des centaines de photos compromettantes de ma fille qui circulent. Et rien que cela pourrait la marquer pour le reste de sa vie. Et puis il y a cette histoire de chantage et de drogue qui les implique tous les deux, elle et son petit ami. C'est une situation terrible.

Je saisis mon téléphone portable et appelle mon ex-femme. Je ne peux pas porter ce fardeau tout seul.

La messagerie répond.

Anna, nous devons nous rencontrer en privé. C'est pour Alice et c'est urgent. Appelle-moi dès que tu reçois ce message.

***

À cinq heures, j'entends un cri de triomphe.

"C'est fait! Bravo! Tu es un génie!"

C'est la voix de l'inspecteur Banfi. Je me lève et m'approche de la salle commune. Je le vois à côté de l'agent Moroni.

"Commissaire! Nous l'avons trouvé! Une petite bijouterie qui fabrique des boutons de manchette personnalisés, au centre de Rome. Nous avons contacté le propriétaire, nous lui avons envoyé une photo et nous venons de recevoir la confirmation."

"Bravo! Vous avez été formidables! Depuis quand ces

boutons de manchette sont-ils en fabrication? Et qui est le commanditaire?"

"Eh bien... ce n'est peut-être pas une bonne nouvelle. Il semble qu'ils aient été commandés en 2018, il y a donc quelques années. Ce n'est pas certain que le bouton de manchette soit tombé là-dedans lors de la cérémonie à laquelle il a assisté, mais cela aurait pu se produire à n'importe quel moment, par exemple lors d'une visite guidée."

Ses paroles refroidissent mon enthousiasme. Mais ça vaut quand même la peine d'aller jusqu'au bout.

"Malheureusement, c'est vrai, mais nous n'avons que cet indice. Vous a-t-il dit qui a commandé la fabrication?"

"L'artisan était très réticent à nous donner le nom du client, mais l'agent Moroni a été astucieux et a fini par le convaincre."

Je m'approche et tape sur l'épaule du jeune agent sicilien.

"Bravo!"

Il rougit presque.

"Commissaire, j'ai insisté et finalement il me l'a dit. Voici. Monsieur Ernesto Marini. Il semble même être un noble! Il en a commandé trois paires."

"Très bien! Vous rendez-vous immédiatement chez le bijoutier pour obtenir la confirmation de ce qu'il vous a dit au téléphone. Quant à vous, inspecteur Banfi, faites des recherches sur cet homme pour voir s'il peut être lié à notre enquête. Les gars, il faut agir vite!"

Je ne suis pas particulièrement optimiste, la possibilité que cet objet ait été perdu il y a deux nuits est faible et de toute façon il sera impossible de le prouver.

Mais par rapport au reste, ce problème me semble insignifiant.

J'aimerais vraiment sortir du commissariat, mais je me souviens que j'ai un rendez-vous.

Giulia a été adorable. Elle a appelé l'ami de M. Righetti et l'a convaincu de venir ici cet après-midi.

Je me demande si elle l'accompagnera également.

J'espère, je ne sais pas pourquoi, mais j'ai envie de la revoir et de sentir à nouveau son parfum frais et sensuel.

Je détourne mon esprit de l'image de Giulia Conforti et me concentre sur l'affaire. C'est le meilleur antidote pour ne pas penser au désordre dans lequel ma fille s'est mise.

Soudain, l'agent de garde me prévient qu'une personne est là pour me parler.

Je me lève, ouvre la porte et le fais entrer, espérant la voir aussi, mais je suis déçu.

"Bonjour, je suis le commissaire Innocenti."

Je maintiens mes distances et ne tends pas la main droite comme j'avais l'habitude de le faire en temps normal, mais vous savez, nous sommes en pandémie et il vaut mieux éviter les contacts rapprochés.

Il me salue timidement d'une voix faible, on voit qu'il est mal à l'aise. C'est un homme de petite taille, chauve et un peu enrobé.

Il s'approche timidement de mon bureau, mais semble vouloir un encouragement.

"Asseyez-vous, je vous en prie. Merci beaucoup d'être venu. Mme Conforti m'a beaucoup parlé de vous."

Il s'assoit hésitant et regarde autour de lui.

"Commissaire, je suis encore sous le choc de ce qui s'est passé. J'ai appelé Mme Conforti dès que j'ai appris. *Giulia, est-ce que tout est vrai? Est-ce vraiment arrivé à lui?,* je lui ai demandé. Et malheureusement, elle l'a confirmé. Elle m'a appelé ce matin et m'a dit de venir la voir parce que vous avez quelques questions à me poser. Cela fait longtemps que je n'ai pas mis les pieds dans un commissariat. Et puis maintenant, avec cette pandémie, je ne sors plus de chez moi volontiers."

"Je comprends... ce sont des temps difficiles!"

"Oui, surtout pour nous, les petits vieux.

Malheureusement, j'ai un certain âge et je ne peux pas me permettre d'attraper ce virus en plus. Il en tue des milliers. Beaucoup de mes amis sont partis, je crains que tôt ou tard ça m'arrive aussi!"

J'acquiesce. Il a un regard sérieux et effrayé. Il a soixante-treize ans, plus jeune que Righetti mais semble en pire état.

"Il faut prendre toutes les précautions et suivre les indications des médecins. Mais beaucoup guérissent quand même. Je sais que monsieur Attilio l'a attrapé et qu'il a réussi à survivre!" j'ajoute pour essayer de ramener la conversation sur le sujet qui m'intéresse.

"Oui, pauvre homme. Quand il est rentré de l'hôpital, je l'ai appelé. Je pensais qu'il ne s'en sortirait pas et il m'a surpris. Il avait deux ans de plus que moi, mais Attilio se portait bien et avait aussi un grand courage! À cette occasion, il semblait presque amusé d'avoir vaincu le virus. Mais il était encore faible et fatigué. *Tu te rétabliras et tu verras que nous reprendrons bientôt les visites guidées à Rome avec Giulia!* Je me souviens lui avoir dit à cette occasion. Il était convaincu d'avoir eu une intoxication alimentaire à cause de ce qu'il avait mangé ce soir-là et il avait appelé une ambulance. Mais c'était sa chance, car ils ont découvert qu'il avait attrapé le Covid!"

"Malheureusement, la maladie peut avoir des symptômes différents d'une personne à l'autre... Certains l'ont à la gorge, d'autres aux poumons, d'autres à l'estomac. Il en a souffert à nouveau après?"

"Oui, oui, plusieurs fois. C'est moi qui l'appelais toujours pour savoir comment il allait."

"Quand était la dernière fois? Il semblait normal, comme d'habitude?"

"Permettez-moi de me souvenir. Récemment, il n'était plus lui-même. Il était inquiet."

"À propos de quoi?"

"Il avait deux grands soucis. Après son retour de

l'hôpital, il a eu une obsession de la mort et la pensée de ne pas en avoir fait assez. Laissez-moi expliquer. Il avait découvert que beaucoup de ses amis avaient été infectés et n'en étaient pas sortis. Beaucoup de personnes de son âge. Et chaque fois que je l'appelais, il me lisait les faire-part de décès. Imaginez! *Ils ne peuvent même pas faire de funérailles en ce moment!* Un jour, je me souviens qu'il m'a dit ces mots. Je pense qu'il a vu la mort en face à l'hôpital. Il avait eu de la chance, mais il était revenu profondément changé."

Alors je me souviens de la note que j'avais lue sur le bout de papier.

"Le nom *Giovanni Bruni* vous dit quelque chose? C'était un de ses amis?"

"Giovanni? Oui, oui, c'était un voisin, il habitait dans l'immeuble en face. Ils se connaissaient depuis qu'ils étaient enfants. Il est aussi mort, savez-vous? Lui aussi de ce virus. C'est arrivé il y a peu de temps, Attilio était déjà rentré chez lui. Il a essayé de l'appeler, mais après quelques jours après son admission à l'hôpital, il n'a plus réussi à le joindre."

"Pour autant que je me souvienne, commissaire, Attilio m'en avait parlé récemment... je ne me souviens plus exactement. Il me semble qu'il avait mentionné quelque chose qu'ils avaient en commun..."

"Réfléchissez-y bien. Était-ce lié à la maladie peut-être?"

Monsieur Liverani me regarde avec tristesse.

"Non, rien. Ça ne me revient vraiment pas. Ah, ma mémoire! Je deviens vieux, vous savez? Aurais-je rêvé ça, peut-être?"

"D'accord, notez mon numéro et si vous vous souvenez, n'hésitez pas à me contacter."

"D'accord, mais ne comptez pas trop là-dessus. Maintenant, je ne me souviens même plus de ce que j'ai mangé hier soir!"

Peut-être est-ce un détail intéressant? Ou est-ce encore un indice insignifiant? Je continue en changeant de sujet.

"D'après ce que vous savez, Monsieur Attilio était-il croyant?"

"Non, il a toujours été athée... mais récemment je ne pourrais plus l'affirmer avec certitude. Commissaire, je pense que lorsque l'on approche de la mort, on peut changer d'avis. Même les convictions les plus profondes peuvent vaciller."

"Vous a-t-il peut-être parlé de Dieu ou d'une vie après la mort?"

"Non, mais il m'a semblé plus ouvert que d'habitude. Mais c'est peut-être juste une impression."

"Et son fils? Vous a-t-il confié des préoccupations qu'il avait à son sujet?"

"Eh bien... oui, c'était devenu l'autre sujet qui le tourmentait. Il était désolé de ne pas avoir réussi à construire une relation positive avec lui et surtout de ne pas le voir épanoui. Du moins, c'était le cas au début. Ensuite, il m'a parlé *d'une nouvelle vie, d'une nouvelle opportunité*. Je ne sais pas à quoi il faisait référence, mais pendant un instant, j'ai pensé à une femme. Attilio était récemment devenu veuf, il se sentait encore jeune et il était en bonne santé pour son âge!"

"Êtes-vous au courant du fait qu'il a vendu sa maison?"

"Oui, c'est arrivé avant le Covid. Il voulait aider son fils, mais ensuite il a dû changer d'avis; il m'a donné l'impression qu'il voulait en profiter lui-même."

J'ai l'occasion d'observer Monsieur Liverani. C'est un vieil homme un peu abîmé et effrayé. Malheureusement, il n'a ajouté que peu d'éléments nouveaux à notre affaire.

Alors je me lève et le salue, en maintenant toujours une distance de sécurité.

Il est presque sept heures et je sais déjà qu'une soirée désagréable m'attend, mais avant cela, je me suis promis de faire un complément d'enquête.

15

La maison de vos rêves. C'est la phrase qui trône sur la vitrine principale du magasin.

Je me trouve à l'EUR, à une courte distance du Commissariat, une promenade d'environ vingt minutes, agréable même. Avant de venir, j'ai jeté un coup d'œil sur Internet. Une agence jeune et indépendante, ouverte il y a seulement trois ans, mais déjà bien positionnée, avec plusieurs biens immobiliers à vendre dans le quartier de Garbatella, où habitait M. Righetti.

Rien d'anormal. C'est normal que les agences traitent des biens immobiliers dans les zones proches de leur siège.

L'agence a un site accrocheur, une bonne conception graphique et peut-être un système intelligent de profilage des utilisateurs. Un choix obligatoire pour ceux qui veulent acheter une maison dans le quadrant sud de Rome.

Aujourd'hui, je ne me suis pas changé, je suis resté en uniforme car ensuite, une soirée peu agréable m'attend. Je vais chez mon ex-femme en tant que commissaire de police et non en tant qu'ex-mari ou père. Cela donnera plus de poids à ce que je dirai à Alice.

Mais pour l'instant, je suis ici. Après avoir observé une vingtaine d'annonces de garages et de maisons affichées sur la vitrine, je décide d'entrer dans le magasin.

"Bonsoir, je suis le commissaire Innocenti. J'aimerais parler au propriétaire de l'agence."

"C'est moi, enchanté de vous rencontrer. Je suis Antonio Liberi, mais tout le monde m'appelle Tony."

C'est un jeune homme d'environ trente-cinq ans. Une mèche à la mode, une petite barbe et une petite moustache soignées. Une veste grise impeccable et une cravate bleue parsemée de points avec un nœud bien prononcé. L'uniforme classique des agents immobiliers.

Il me fait asseoir dans son bureau, une pièce de taille moyenne avec un bureau en verre trempé, une bibliothèque ouverte et une plante d'intérieur dans un coin. Tout est très blanc, propre et ordonné.

Ce garçon a une manière de faire aseptique, il ne montre aucune émotion. Correct? Bon? Méchant et malveillant? Je ne saurais absolument pas le dire.

"Comment puis-je vous aider, commissaire?"

Je l'observe un instant avant de répondre. Il a une manière polie et professionnelle de se comporter.

"Je suis ici parce qu'un homme d'un certain âge est décédé vendredi dernier suite à un accident de la route. Je sais qu'il avait récemment vendu la nue-propriété de son appartement par le biais de votre agence."

"Ah... je suis désolé. Vous vouliez savoir quelque chose à propos de la vente?"

"Oui, exactement. Je ne sais pas si vous vous souvenez des détails, de son état d'esprit, pourquoi il avait décidé de procéder de cette façon."

"Je comprends, mais je ne m'en souviens pas exactement... nous avons suivi de nombreux compromis ces derniers temps. Laissez-moi consulter mes archives."

Il ouvre son ordinateur portable devant moi.

"Alors... vous vous souvenez du nom?"

"M. Attilio Righetti."

Il tape les lettres sur le clavier.

"Oui, voilà. Une nue-propriété. Nous l'avons vendue rapidement, en juin dernier. Je lis ici deux notes de mon vendeur: *Deuxième étape. Il a décidé de vendre. Il a besoin d'argent, il ne négociera pas sur le prix.*"

"Quand cela est écrit ainsi, nous savons déjà que l'affaire sera simple. Ces petites maisons dans la zone historique de

Garbatella se vendent très bien, surtout si nous savons que les propriétaires ne négocieront pas trop sur le prix à obtenir."

"En avez-vous vendu beaucoup?"

"Oui, nous ne nous plaignons pas. Beaucoup de personnes âgées vivent dans ce quartier, peut-être seules. Nous leur offrons la possibilité de réaliser un gain décent et de profiter confortablement de leurs dernières années de vie."

"Et les acheteurs?"

"Je lis ici: *un jeune couple résidant à Laurentino 38*. Ils ont acheté la maison pour moins de la moitié de sa valeur marchande. Ils ont fait une bonne affaire."

"Comment ont-ils payé?"

"Je ne peux pas vous le dire, il y a la confidentialité, certaines informations, vous savez, sont réservées... mais ils n'ont pas payé en espèces, si c'est ce que vous voulez savoir. En tout cas, le montant était très modeste."

Je me souviens de la phrase prononcée par la dame que j'ai rencontrée... *un coup de chance incroyable*, avait-elle exclamé.

"Et comment traitez-vous les proches du vendeur? Par exemple, dans ce cas, le fils de M. Righetti était-il au courant de la vente? Il pourrait s'y opposer en vous dénonçant, ainsi que les acheteurs, par exemple pour abus de faiblesse?"

"Bien sûr, je comprends ce que vous voulez dire. En général, nous faisons tout en présence de deux témoins qui peuvent attester devant le notaire de la pleine capacité de compréhension du vendeur. Parfois, nous faisons également signer l'acte par les proches, avec une clause déclarant qu'ils acceptent la volonté des parents."

"Et dans ce cas, comment cela s'est-il passé? Le fils était-il au courant de la vente de l'appartement?"

"Laissez-moi vérifier, commissaire. Oui, il a également signé l'acte. Parfois, il arrive que les enfants se trouvent en difficulté financière et aient besoin d'argent frais. Alors les parents décident de vendre la maison et donnent une bonne partie de l'argent à leurs enfants pour régler leurs dettes antérieures."

Donc, le fils était au courant de la vente, peut-être qu'il avait accepté pour encaisser, mais ensuite il n'avait pas reçu l'argent de son père. J'imagine à quel point il devait être déçu.

"Écoutez, Tony... puis-je vous appeler ainsi, n'est-ce pas?"

"Bien sûr, bien sûr, commissaire. Je suis à votre disposition pour tout ce qui peut être utile."

"Les affaires vont bien pour vous?"

"Oui, modestement oui. Nous avons beaucoup d'offres car mes vendeurs sont compétents et discrets."

J'ai obtenu ce dont j'avais besoin, je ne pense à rien d'autre. Ah oui, juste un détail.

"Maintenant, comment cela va-t-il se passer?"

"Dans quel sens?"

"Qui remettra les clés aux propriétaires légitimes?"

"En général, ce sont les héritiers, après avoir emporté les effets personnels du défunt. Mais dans ce cas... laissez-moi voir. Le fils n'est pas intéressé par cette maison, donc nous nous en occuperons."

Je me lève, le remercie et m'en vais. Il est passé sept heures, une soirée difficile m'attend.

***

Ce soir, je dînerai chez mon ex-femme. C'est la première fois depuis un an et je ne peux pas faire autrement. Je dois parler au plus vite avec ma fille.

Elle devra être forte et nous devrons l'être avec elle. Cette fois-ci, il n'y aura pas d'excuses, nous devrons la soutenir psychologiquement.

Aucun de nous ne peut être sûr de pouvoir empêcher la

diffusion de ses photos. Elle doit savoir que pour certaines actions, malheureusement, il n'y a pas de remède.

Je m'arrête dans une pâtisserie pour prendre des croissants, non pas pour célébrer, mais au moins pour adoucir une soirée qui sera amère.

Je conduis distraitement le long du Lungotevere pour rejoindre l'élégante résidence où vivent encore mon ex-femme et ma fille bien-aimée dans le quartier Flaminio.

J'arrive en avance, je veux avoir tout le temps et le calme pour aborder la discussion.

Pour la première fois de ma vie, je me présente en uniforme.

Je sonne à l'interphone et j'entends la voix enjouée d'Alice: elle semble contente de me voir. Apparemment, Anna ne lui a rien dit. À moi l'honneur!

Elle m'ouvre la porte de la maison et me sourit.

"Bonjour papa, tu sais, ça fait presque un an que tu n'es pas venu dîner? Maman et moi avons préparé plein de bonnes choses pour ce soir! Mais comment tu es habillé? Tu es très élégant!"

"Tiens, j'ai apporté des beignets au sucre, je sais que tu les aimes beaucoup! Alice, je suis venu directement du commissariat, je n'ai pas eu le temps de me changer."

En réalité, je l'ai fait exprès. Psychologiquement, je veux être un policier et non son père.

Anna me regarde et comprend mon état d'esprit.

"Alice, ce soir nous devons parler. S'il te plaît, tu dois dire la vérité et nous faciliter les choses."

Nous nous asseyons tous les trois sur le canapé du salon.

Soudain, ma fille change d'expression.

"Cet après-midi, j'ai eu le plaisir de parler avec ton petit ami, Andrea Ferrari. Je n'ai pu lui rendre que son sac à dos et ses documents, mais j'ai dû garder le reste. Tu sais très bien ce que je veux dire, n'est-ce pas Alice?"

"Papa, papa, il n'a rien à voir avec ça! Rien, je te le jure!

Ils l’ont mis là-dedans!"

"Fais silence et écoute-moi. Je fais un effort important pour garder mon calme, car je veux aborder cette affaire en adultes. Alors reste tranquille et écoute."

Ma fille se tait et ouvre grand les yeux.

"Il m'a tout raconté. Tu as été stupide, Alice! Tu sais que malheureusement certaines actions n'ont pas de solution, n'est-ce pas?"

Puis je me tourne vers ma femme pour la mettre au courant de ce que j'ai appris aujourd'hui.

"Anna, je ne t'ai pas tout dit auparavant. Tu te souviens quand le téléphone portable d'Alice a été volé dans le métro? C'était le mois dernier, juste après Noël. Il contenait une série de photos compromettantes de notre fille. Et maintenant quelqu'un menace de vendre ces images en ligne..."

Je vois Anna devenir blanche. Elle se tourne vers Alice.

"Qu'est-ce que tu as fait? Es-tu devenue folle?"

Alice commence à pleurer. De grosses larmes coulent sur ses joues.

"Oui maman, j'ai fait une erreur, je le sais... Andrea me l'a dit aussi. Nous nous sommes disputés à ce sujet. Je l'ai fait pour lui, je pensais qu'il aimait ça... Il y avait la pandémie, on ne pouvait pas se voir, c'était un jeu innocent entre nous deux..."

"Alice, je dois te demander maintenant et s'il te plaît, dis-moi la vérité. Ne me cache rien. À quel point les photos sont-elles compromettantes? Y a-t-il aussi des vidéos de... vous deux ensemble...?"

"Non! Non! Jamais ça, papa. Je suis toujours seule."

"Tu en es sûre?"

"Je te le jure!" crie-t-elle en éclatant de nouveau en sanglots. Puis elle se lève pour aller dans sa chambre.

"Non. Maintenant, tu ne bouges pas d'ici. Nous devons parler parce que cette affaire est beaucoup plus sérieuse et grave que vous ne le réalisez tous les deux."

Ma fille se rassied et commence peut-être à se préoccuper sérieusement.

"Ce n'est pas un jeu. Tu dois bien comprendre que personne d'entre nous ne pourra jamais être certain que ces photos ne seront pas diffusées sur Internet. Personne. Il n'est plus possible d'en bloquer la diffusion. Tu dois le savoir. Cela signifie, Alice, que n'importe quel homme sur terre pourra voir ces images, il pourrait s'agir de notre voisin, de ton camarade de classe, de ton collègue de travail dans quelques années."

Elle commence à comprendre et se désespère. Elle pleure abondamment et je n'ai aucun moyen de la consoler. Et Anna non plus.

"Nous essaierons bien sûr de tout faire pour l'empêcher, mais nous ne pourrons jamais en être sûrs."

Toutes les deux me regardent, espérant que j'ai un atout dans ma manche, une bouée de sauvetage de dernière minute. Mais cette fois-ci, malheureusement, je n'ai rien de tout cela. Il n'y a aucun moyen d'arrêter ce phénomène.

"Tu dois être forte, ma fille. Forte et prête à affronter cette humiliation, même lorsque tu t'y attendras le moins."

Elle a perdu la voix. Elle ne parle pas. Peut-être, au-delà des réconforts probables de son petit ami ou de ses amies, c'est la première fois qu'elle se rend vraiment compte des terribles conséquences que son action peut avoir déclenchées.

"Tu devras te fortifier et être prête à affronter cette humiliation également à l'avenir. Il n'y a qu'un seul antidote à tout cela et c'est la certitude que l'intérêt médiatique suscité par ces choses est généralement très limité. Étant donné qu'il y a des milliards d'images, licites ou illicites, qui circulent sur Internet, si jamais les tiennes devaient être diffusées, elles attireront une attention très limitée et il n'est pas garanti qu'elles soient vues par des personnes qui te connaissent directement."

Je fais une pause, puis je me lève et je serre ma fille dans mes bras.

Elle me serre aussi. Elle pleure, sanglote, se désespère.

Soudain, j'entends sa voix faible.

"Pardon papa... pardon... j'ai été stupide..."

Je lui caresse les cheveux et j'essaie de la réconforter même si je n'ai aucun remède efficace pour le reste.

Puis elle se calme.

"Alice, nous avons un autre problème à affronter, tout aussi grave que le premier."

"Nous avons surpris ton petit ami majeur avec une demi-livre d'ecstasy et j'ai reçu l'aveu que ce n'est pas la première fois qu'il trafique des substances stupéfiantes. Il m'a expliqué qu'il a été contraint de le faire et de faire passer ça pour toi. Tu sais que c'est un crime pénal? J'ai l'obligation de le dénoncer, sinon je pourrais même risquer mon emploi?"

"C'est aussi un gros problème. Vous êtes tombés sur une bande de criminels. Les vrais, ceux qui ne reculent devant rien. Je devrai en parler à mon supérieur et impliquer l'unité spéciale antidrogue pour résoudre tout cela. Mais Andrea doit nous aider et tu dois le convaincre de le faire. S'il ne coopère pas avec la police, je serai obligé de le dénoncer, avec toutes les conséquences que cela entraînera."

Cette fois, je suis en colère. Sérieusement, avec elle et avec ce crétin d'Andrea Ferrari.

"Vous les jeunes, réalisez-vous le bordel dans lequel vous vous êtes mis? Ou pensez-vous que tout est encore un jeu? Tu es presque majeure maintenant, Alice! Tu dois devenir adulte!"

Maintenant, je suis en colère.

Ma fille me regarde, s'enfonce dans le canapé et se fait toute petite. Elle n'ose pas dire un mot.

"Réponds à ton père, Alice! Qu'est-ce qui te traverse la tête? Et surtout, pourquoi ne nous l'as-tu pas dit tout de suite? Tu n'as cessé de dire que tout allait bien... mais tu te rends compte de la connerie que tu as faite? Nous sommes tes parents, ceux qui peuvent le mieux t'aider. Si tu ne peux pas nous le dire à nous, à qui diable penses-tu pouvoir le dire?"

J'ai rarement entendu ma femme prononcer deux gros mots consécutifs dans la même phrase. Elle est furieuse, encore plus que le jour où j'ai fait ma valise et que je suis parti de la maison pour prendre une pause et réfléchir!

"Maintenant, que vas-tu faire, Claudio?"

"Anna, je ne pense pas pouvoir étouffer cette affaire. Demain, je devrai en parler au chef de police et essayer de comprendre avec lui comment agir."

J'ai enfin réussi à me libérer d'un poids énorme qui me tourmente depuis quelques jours. Je suis fatigué, vidé, épuisé, mais maintenant je peux au moins dire que je suis tout à fait en règle avec ma conscience.

"Maintenant, je commence même à avoir faim", je dis.

"Anna, nous nous sommes tout dit de manière directe. Je dirais que nous pouvons commencer à dîner!"

"Mais moi, je n'ai pas envie de manger!" s'exclame Alice.

"Et pourtant, tu resteras avec nous, tous les trois à table, parce que tu dois apprendre une fois pour toutes dans ta vie que les vrais problèmes se confrontent en parlant et non en te renfermant dans ta chambre à discuter avec tes amies."

Nous nous levons tous les trois en silence.

J'entends mon téléphone portable sonner, mais je n'ai aucune envie de répondre. Je sais déjà que demain sera une journée différente.

Épuisé par cette longue journée, je donne un baiser à ma fille et un à mon ex-femme, puis je quitte cette maison. J'ai besoin de respirer l'air humide et froid de la nuit, mais surtout d'être seul et de ne penser à rien.

Et une phrase prononcée par mon professeur de

philosophie, un nihiliste convaincu, me vient à l'esprit. Dans de nombreux événements de ma vie, elle a été un mantra.

Ce qui ne me tue pas, me rend plus fort.

C'était Friedrich Nietzsche, dans son Crépuscule des dieux.

Jamais une phrase ne s'est adaptée autant à ce moment de ma vie.

Maintenant, je suis dans la voiture et je roule rapidement le long du Lungotevere.

Un désir intense naît en moi, que je n'arrive plus à réprimer. Finalement, je m'arrête à un feu rouge. J'ouvre le tiroir, attrape le paquet et prends une cigarette dans ma bouche.

Je veux l'allumer! Je dois le faire! Je cherche dans ma voiture, mais par précaution, je n'ai pas fait installer d'allume-cigarette.

Alors je regarde autour de moi. Il doit bien y avoir quelqu'un dans cette foutue ville qui peut m'aider?

Mais le Lungotevere est désert. Je passe un feu vert, puis un autre, encore un autre et je ne croise personne.

Soudain, je vois un garçon qui traverse. Je m'arrête sur le côté.

"Eh toi!", je crie, hors de moi.

Il se retourne, me jette un coup d'œil. Puis il réalise que je porte un uniforme et s'enfuit.

"Eh... eh..."

Rien à faire. Il a disparu lui aussi.

"Merde. Le destin veut que je garde mes envies pour moi. Alors je me gare, je descends de la voiture, je prends la cigarette dans ma main, je la brise en miettes, je la piétine, je la détruis.

Puis je reprends le volant. Je suis hors de moi, mais je parviens à retrouver le chemin de la maison et j'arrive indemne.

Je confie la Giulia à Samir avant qu'il ne cause d'autres

problèmes, je me traîne dans les escaliers, j'ouvre la porte de mon studio et je me précipite vers le frigo.

Je prends une bouteille, fais sauter le bouchon et je bois.

Une, puis une autre, puis encore une autre. Je descends trois bières d'un trait, puis je me jette sur le canapé sans même me changer et je sombre dans un profond sommeil.

"Commissaire! Commissaire! Réveillez-vous!"

"Que se passe-t-il?"

"C'est moi! Votre inspecteur. Je dois vous dire au revoir!"

"Pourquoi? Où vas-tu, Giacomo?"

Il ne me répond pas. Son image est éthérée. Il semble presque n'avoir aucune substance.

Nous sommes sur une place, j'entends le bruit de la rivière. C'est le Tibre. Il fait nuit. Ah oui! Maintenant je me souviens pourquoi nous sommes ici.

"Commissaire, ce fut un plaisir de travailler avec vous! Mais le temps a passé et je ne peux pas rester longtemps, je dois y aller."

"Mais où vas-tu? Où vas-tu?"

J'aimerais le suivre, mais je ne peux pas bouger.

"Merde Banfi, tu vas me le payer!"

Je me retourne et je vois un grand bâtiment, une maison, un palais, un château, je ne saurais le décrire. Je vois un blason, une couronne et deux serpents entrelacés.

"Banfi, Banfi, où es-tu passé?"

Soudain, je vois un corps par terre, sans vie. Un imperméable clair, un drap par-dessus. Ça me rappelle quelque chose. Je m'approche pour regarder de plus près et je reste figé.

"Non, non, pas toi, tu n'aurais pas dû me faire cette blague, pas..."

Je me réveille en sursaut, il est six heures et demie du matin.

Même les cauchemars viennent perturber mon sommeil! Déjà que la vie à l'extérieur est compliquée, est-il possible que même la nuit je ne parvienne pas à me libérer de mes pensées?

Ma tête éclate et j'ai un besoin pressant d'aller aux toilettes.

Je suis encore en uniforme, je sens l'alcool, je me sens sale. Je me déshabille et me précipite sous la douche.

16

Mon équipe est talentueuse, rien à dire.

Ce mercredi matin, lorsque je suis arrivé au bureau, j'ai réalisé que mes gars avaient vraiment fait du bon travail. "Vous devez être rapides!", avais-je exclamé hier après-midi et ils ont pris cela au sérieux, travaillant toute la soirée.

Ils ont même essayé de me contacter, mais à ce moment-là, j'avais d'autres choses en tête. Ce matin, j'ai trouvé un joli dossier rouge sur mon bureau. Et une note jaune disant: "Nous avons été rapides!"

Je lis: *Monsieur Ernesto Marini, Comte de la Rocher* et rien que ce nom pompeux ne m'inspire pas confiance.

Je pensais qu'il y aurait un dossier volumineux, mais je trouve seulement une seule feuille, on dirait une publicité pour une entreprise.

École de Méditation - Changez votre vie grâce à la conscience de vous-même. Propriété Compte de la Rocher.

Qu'est-ce que cela signifie?

Je me précipite dans la salle commune du commissariat et les cherche.

"Banfi, Moroni! Vous voulez bien m'expliquer quelque chose, à moi aussi?"

"Commissaire, c'est ce que nous avons trouvé sur cet individu. La propriété semble être un centre de formation moderne où certains cours de psychologie sont dispensés."

Je lis la feuille imprimée. *Après quelques séances de groupe, vous aurez à votre disposition des professionnels capables de vous aider à développer une plus grande conscience de vous-même. Changez votre vie avec nous et devenez l'artisan de votre succès!*

"Encore un échec, Banfi?"

"Je ne sais pas, commissaire. Mais si vous regardez bien, l'écusson gravé sur la bague est identique à celui qui se trouve sur le bas-relief de la porte d'entrée de la propriété."

"D'après le site de cette étrange école de formation, ils ont organisé des cours pendant plusieurs années avant la pandémie. Ensuite, ils ont dû remplacer l'activité en présentiel par des cours en ligne. Ils reprendront probablement dès que la situation s'améliorera."

"Nous devons aller jeter un coup d'œil, mais d'abord, faisons le point sur toute l'enquête."

Cette fois, j'ai choisi la couleur violette, symbole de mystère. Ce n'était pas facile de trouver un petit carnet de cette couleur. On dit que cela porte malheur, mais je ne suis pas superstitieux.

Je le retourne entre mes mains et je remarque qu'il y a une petite tête de mort imprimée au dos. C'est le symbole approprié pour rester dans le thème. Je déchire le cellophane sur le côté, je respire l'odeur de la colle et j'entends le froissement des pages.

Puis je l'ouvre et avec mon crayon mécanique habituel, je commence à résumer l'enquête.

Je dessine des cercles, des flèches et je crée des figures abstraites.

Ensuite, je schématise les éléments que je connais déjà et les sensations que j'ai eues ces derniers jours. La liste infinie de questions habituelle ne manque pas: je crois que je n'en ai jamais marqué autant.

J'appelle l'inspecteur et l'invite à venir dans mon bureau.

"Avant de continuer l'enquête, essayons de résumer ce que nous avons appris jusqu'à présent."

Banfi me regarde un peu perplexe et ennuyé. Tout à coup, il remarque la couleur du carnet que j'ai ouvert sur mon bureau.

"Commissaire, vous plaisantez, n'est-ce pas? Vous avez

utilisé le violet cette fois-ci! Mais savez-vous que cela porte malheur?"

"Es-tu devenu fou, Banfi? Tu ne crois pas à ces choses en 2021, quand même?"

"Vraiment de mauvais augure! Pourquoi ne pas utiliser le vert, la couleur de l'espoir, à la place?"

"C'est simple: je n'en ai pas! Et puis, ce violet est magnifique!"

Je le vois faire disparaître sa main sous le bureau d'un geste équivoque.

"Mais que fais-tu, Giacomo?"

"Je prends les mesures adéquates!"

"Allez, sois sérieux! Avant de commencer, je te mets à jour. Hier, je suis allé jeter un coup d'œil à cette agence immobilière. J'ai rencontré le propriétaire, un certain M. Antonio Liberi, alias Tony. Entre trente et quarante ans. Il m'a donné l'impression d'être un agent qui, après un peu d'expérience, a décidé de devenir entrepreneur. Opérationnel, organisé et imperméable aux émotions. Je ne saurais dire s'il est naturellement ainsi ou s'il est cynique en dessous. Il gère la vente de nombreux biens immobiliers dans le quadrant sud de Rome, surtout de petites tailles. Il a décrit son équipe comme active et motivée. La discussion a été aseptique. Mais au moins, j'ai découvert quelque chose que nous ne savions pas auparavant: le fils était au courant de la vente de son père. Il a également signé l'acte, reconnaissant la volonté de son parent et renonçant d'avance à toute possibilité d'opposition."

L'inspecteur me regarde attentivement.

"Donc, la voisine de Righetti avait raison. Elle espérait recevoir une part de l'argent et elle s'est fait avoir."

"Exactement. Je pense que c'est pour cette raison qu'elle discutait souvent avec son père ces derniers temps. Cela pourrait être la raison du message que nous avons trouvé dans le téléphone de cet homme. *Papa, aide-moi.* Et Righetti n'a même pas répondu."

"Oui... il pourrait être le seul sujet qui ait actuellement un mobile. Il aurait pu le mettre sous pression pour hériter de tout son compte en banque."

"Exactement. Nous devons le rappeler et le mettre en contradiction. Nous le laissons seul dans la salle d'interrogatoire pendant quelques heures, puis nous l'interrogeons à deux. Tu t'en charges, dès que possible?"

"D'accord!"

"Et souviens-toi de vérifier s'il possède une voiture et si elle présente une bosse sur l'aile avant."

"Commissaire, nous avons déjà vérifié cela."

Banfi ouvre le dossier vert qu'il a toujours avec lui.

"Voilà. Il a une vieille Peugeot 205 sombre, un peu en mauvais état. L'agent qui est allé vérifier n'a trouvé aucun signe lié à un accident. En tout cas, j'ai des photos de l'avant."

"D'accord. Donc, nous pouvons exclure l'utilisation de sa voiture. Maintenant, continuons et essayons de poser les bonnes questions. Commençons par le début, comme si nous abordions cette affaire pour la première fois et pour l'instant, mettons de côté l'éventuelle implication du fils. Je prends la parole et tu essaies de répondre, d'accord?"

Je le vois concentré.

"Tout d'abord, il faut dissiper un doute. S'agit-il d'un accident ou d'un meurtre? Réponds, Banfi!"

Il me regarde encore hésitant, puis commence.

"Je pensais que c'était un cas fortuit. Mais en examinant la scène de plus près, aujourd'hui je suis convaincu qu'il s'agit d'un acte prémédité, donc d'un meurtre. Le point d'impact, l'absence de traces de freinage et surtout l'absence du passage de la voiture devant les caméras de surveillance, penchent en faveur de cette hypothèse. Un meurtre prémédité très bien planifié."

"Pourquoi M. Righetti se trouvait-il à cette heure tardive

dans un endroit isolé en pleine pandémie?"

"Il ne peut y avoir qu'une seule raison: il avait rendez-vous avec quelqu'un, qui est très probablement son assassin."

"Mais commissaire, j'ai aussi une autre question qui m'est venue à l'esprit."

"Dis-moi Banfi."

"Pensez-vous que le changement de la victime, survenu après son retour à la maison depuis l'hôpital, a quelque chose à voir avec le culte du dieu romain?"

Oui, tôt ou tard, ce sujet devait être abordé.

"Oui, Banfi, cela pourrait être une hypothèse très plausible. En y réfléchissant bien, je pense qu'il se convertissait à cette religion. Tout le monde nous a dit que M. Righetti avait toujours été athée, qu'il n'avait jamais cru en rien. Mais peut-être qu'il a été sur le point de mourir et qu'il a été en contact avec quelqu'un qui lui a proposé un nouveau culte, à un moment où il était particulièrement sensible à la question de la mort."

"Et enfin, pourquoi avait-il une somme d'argent aussi importante sur lui?"

Bravo à mon inspecteur d'avoir soulevé ce point.

"Parce que ce soir-là, il devait payer quelque chose: je pense qu'il s'achetait un chemin vers l'initiation!"

Banfi me regarde avec une expression sceptique et incrédule.

"Mais alors, vous pensez vraiment que tout est vrai? Le dieu, le rituel, le culte et toutes les histoires que nous a racontées Mme Conforti?"

"Banfi, je sais que cela peut sembler incroyable et pourtant les différents éléments semblent concorder. Cela pourrait vraiment être la réponse à certaines questions. Mais je veux être prudent. Nous devons encore découvrir le reste. Préparons-nous à mener une enquête longue et complexe."

***

Enfin, elle avait un cas à résoudre. Il ne lui avait pas été confié directement, mais elle avait compris que son aide serait très appréciée.

C'était clair dès le départ que Molinari ne faisait pas confiance à Innocenti.

Martina Rizzi avait donc saisi l'occasion en commençant à enquêter de son côté.

Elle était convaincue que le commissaire lui avait dit la vérité, que le rituel avait eu lieu et que ce cas étrange ne pouvait pas être simplement un accident.

Après deux jours de recherches, elle avait enfin trouvé un lien. Et maintenant, il fallait approfondir.

Le fils de la victime, Alfredo Righetti, avait montré de l'intérêt pour une école de psychologie sur un réseau social.

Elle savait bien que la première phase de la manipulation mentale était l'endoctrinement des personnes faibles ou devenues faibles suite à un stress intense.

On jouait sur la curiosité, suscitée par exemple par un site internet ou une rencontre rapprochée, même fortuite.

Un *gourou* était nécessaire, un leader charismatique, un guide spirituel et un *groupe de personnes* qui croyaient aveuglément en une histoire, une théorie, ou plutôt une *doctrine*.

Ce sont ces trois éléments distinctifs et indispensables qui permettaient de pénétrer l'esprit des adeptes et de construire une relation de confiance solide, extrêmement difficile à éliminer par la suite.

M. Ernesto Marini, Comte de la Rocher, résidait à Rome dans une villa du quartier EUR.

Martina Rizzi n'avait pas fermé l'œil pour étudier le dossier de la police et rechercher des informations sur lui en ligne.

D'origine modeste et sans noblesse, il s'était fait un

chemin grâce à des transactions immobilières importantes destinées à des institutions et des sociétés et avait réussi à accumuler un capital considérable en peu de temps.

Ensuite, il avait réalisé d'importants gains en investissant en bourse pendant la crise du début des années 2000.

Il avait donc fait son entrée dans le monde financier avec d'importantes participations dans des banques et des entreprises, mais quelques années plus tard, il avait décidé de tout liquider et de disparaître complètement de la scène pour se consacrer à ses passions, notamment la collection d'art. Son nom apparaissait en effet comme acheteur lors de certaines importantes ventes aux enchères, où il avait réussi à acquérir plusieurs chefs-d'œuvre à des prix relativement avantageux."

"Est-il possible d'accumuler une fortune à partir de rien, puis de se lasser soudainement et d'arrêter de faire des affaires pour se consacrer à ses passions?", s'était demandé le capitaine Rizzi tard dans la nuit, alors qu'elle étudiait le dossier de cet homme.

Finalement, il était revenu sur le devant de la scène deux ans avant la pandémie. Il avait acquis un château en ruine aux portes de Rome et l'avait restauré dans toute sa splendeur avec une rénovation longue et coûteuse.

C'est là qu'il avait fondé une école de formation très exclusive.

Rizzi n'avait trouvé aucune autre information sur les sites qu'elle avait consultés et dans les recherches approfondies qu'elle avait effectuées: l'activité de l'école était entourée du plus grand secret.

"Mais d'un autre côté, c'est naturel: aucun manager ou professionnel n'aurait plaisir à révéler aux autres qu'il a besoin d'un soutien psychologique", se dit-elle à elle-même alors qu'elle parcourt en vain le web. Confidentialité absolue.

Il semblait que le monsieur Ernesto Marini avait ensuite

commencé à ajouter le suffixe *Comte de la Rocher* à son nom, comme pour souligner une ancienne lignée noble et donner une aura plus solennelle à son activité.

Elle avait ensuite consulté la base de données de la police et constaté qu'il n'y avait aucun casier judiciaire à son encontre, bien que des enquêtes aient été menées à plusieurs reprises sur des comportements souvent à la limite de la légalité.

Il y avait seulement une plainte déposée contre lui par une famille. La base de données ne contenait qu'un résumé, pas le document original, car l'incident s'était produit avant la numérisation complète des données.

Cela remontait à cinq ans, donc avant la fondation de l'école de formation; on accusait M. Ernesto Marini de coercition psychologique envers une dame âgée qui avait transféré ses biens en sa faveur peu avant de mourir.

Mais la plainte avait été retirée par la famille et n'avait donc pas abouti.

***

"Commissaire, l'agent Moroni a préparé un dossier complet sur l'homme qui aurait perdu son bouton de manchette, à l'intérieur du site."

Banfi me tend son dossier vert.

"Je vois que tu as utilisé la couleur de l'espoir, inspecteur!"

"Espérons que cela ait un effet sur son maudit violet, qui porte mal, en fait très mal et que je n'aurais jamais utilisé pour une enquête!"

"Mais arrête ça!"

J'ouvre le dossier et je lis rapidement le rapport.

M. Ernesto Marini, Comte de la Rocher... origines modestes... promoteur immobilier... fortune en bourse... école de formation... pleine conscience... passion pour l'art.

"Quelle histoire incroyable! Mais quel âge a ce type?"

"Juste quarante-six ans. Il habite dans une villa à l'EUR, à un kilomètre d'ici. J'ai cherché sur Internet et j'ai trouvé quelques vidéos de ses interventions. Je t'assure qu'il a une grande force de conviction, je dirais un véritable gourou dans son domaine! Regarde ça!"

Il me montre une vidéo d'un bel homme expliquant la technique de pleine conscience sur le corps et l'esprit. Il a une manière calme et accueillante, une voix séduisante mais assurée.

C'est un discours très percutant. Maintenant que je le regarde de plus près, j'ai l'impression de l'avoir déjà vu.

"Nous devons y jeter un coup d'œil", s'exclame Banfi, me détournant de l'analyse de la vidéo.

J'acquiesce.

Nous devons nous dépêcher, car aujourd'hui, j'ai également une autre tâche à accomplir, bien plus importante.

Je saisis alors mon téléphone, appelle le secrétariat du préfet et demande un rendez-vous urgent. Puis je me tourne vers l'inspecteur.

"Banfi, c'est presque l'heure du déjeuner. Allons-y maintenant, car à trois heures, j'ai de nouveau rendez-vous avec le chef de police Molinari."

"Pour l'affaire?"

"Non, pour quelque chose de bien plus important, je t'assure!"

Nous arriverons sur place dans une demi-heure. C'est une grande propriété aux portes de Rome, entourée d'un haut mur.

Un portail en fer forgé noir permet d'avoir une vue partielle sur l'intérieur.

On distingue une ancienne construction de couleur ocre, parfaitement rénovée, avec une tour médiévale d'un côté et un clocher de l'autre.

Tout autour, on peut admirer le vert intense du jardin à l'anglaise, avec une pelouse parfaitement entretenue et une série d'arbres imposants qui offrent ombre et abri à quelques gazebos dispersés ici et là dans la propriété.

"Regardez le luxe ici!"

Une plaque discrète en laiton patiné, fixée sur le portail, ne laisse aucun doute. *Haute école de formation pour cadres - Entrée.*

"C'est ici. Et maintenant, que faisons-nous, commissaire?"

"Je dirais que je suis vraiment impatient de rencontrer ce fameux Comte de la Rocher. Allons-y!"

***

Elle avait dormi très peu la nuit précédente, tant elle était excitée par cette mission non officielle reçue directement du questeur.

Martina Rizzi s'était endormie à cinq heures du matin, alors que le soleil était déjà levé.

Elle avait réussi à se reposer quelques heures, mais son esprit n'avait cessé de traiter des informations, de se poser des questions et d'essayer d'établir des liens, parfois fantasques.

À neuf heures, elle s'était réveillée, avait pris son petit-déjeuner et s'était préparée pour sortir. Sa compagne était déjà partie. Elles se connaissaient depuis quelques années et avaient emménagé ensemble peu avant la pandémie. Elle savait que lorsque Martina était absorbée par une enquête, elle perdait la notion du temps et s'y consacrait exclusivement.

Aujourd'hui, peut-être que le capitaine Rizzi aurait la confirmation de ses soupçons, mais elle devait d'abord enquêter sur le possible maillon faible.

Alfredo Righetti, le fils de la victime.

Elle vérifie son adresse dans le dossier que Molinari lui a transmis, puis se prépare rapidement, s'habille en civil et sort.

À neuf heures et demie, elle est déjà en bas de l'immeuble du garçon. Une filature en bonne et due forme. S'il y a une chose qu'elle a apprise lors de ces occasions, c'est de ne pas se presser. Prendre la vie lentement, savourer chaque instant unique comme s'il était le dernier et errer avec l'esprit en imaginant des lieux fantastiques et inexistants.

Bien qu'elle puisse paraître dure à l'extérieur, à l'intérieur, Martina Rizzi est une femme douce et affectueuse et elle rêve parfois d'une vie différente avec sa compagne, en dehors des conventions sociales qui les poussent à cacher leur relation.

"Nous ne sommes pas toutes pareilles, il n'y a rien à faire et viendra un jour où nous ne serons pas discriminées pour nos préférences sexuelles", se dit-elle en attendant dans sa voiture.

Elle est prête à rester là toute la matinée dans le seul but de comprendre le lien de cette triste histoire.

La persévérance est récompensée une heure plus tard, la porte d'entrée de l'immeuble s'ouvre et un homme en sort.

Elle le reconnaît, c'est lui, Alfredo Righetti.

Martina Rizzi descend de sa voiture avec prudence, regarde autour d'elle et commence à le suivre à une vingtaine de mètres de distance.

Le garçon marche en traînant les pieds. Il est sans emploi, fait des petits boulots occasionnels. Il emprunte un tronçon de la Boulevard della Magliana, puis tourne dans une ruelle latérale et entre dans une papeterie. Il en ressort avec un paquet de tracts et commence sa tournée.

Voiture après voiture, il soulève l'essuie-glace, insère un prospectus, crache parfois sur le pare-brise par provocation.

Puis il passe à la suivante.

Un garçon sans ressources ni talents. Une peine infinie.

Martina Rizzi s'approche d'une voiture, prend un tract et le lit.

Laverie en libre-service ouverte 24h/24.

Sa théorie commence à vaciller un instant. Le profil correspond-il? Peut-il être le maillon faible de cette histoire?

Elle n'en est plus si sûre, mais elle continue.

Deux heures de marche, midi approche. Au bout de la rue, un salon de paris.

Alfredo Righetti y entre, commande une bière et s'installe au bar.

Elle fait de même et se place à côté de lui, sans jamais le regarder en face, pas même un instant.

Elle le voit mettre une main dans sa poche, sortir un billet froissé de vingt euros, payer l'addition et se faire rendre la monnaie en pièces d'un euro.

Elle le regarde furtivement et est frappée par ses yeux bleus et son regard vide et désespéré.

Le garçon boit sa bière en silence, puis se lève et se place devant une machine à sous. Il joue. Il perd. Pour la première fois, il s'excite. Il s'énerve. Il blasphème. Il donne un coup sur l'écran.

"Doucement, tu vas me le casser!" crie le gérant de l'établissement.

Il se retourne et lui lance un regard plein de colère. Martina Rizzi reconnaît cette expression. C'est de la haine, enfin un sentiment qui transparaît sur son visage.

Finalement, il sort et se met en marche pour refaire le même chemin.

"Triste!" s'exclama-t-elle en s'adressant au gérant de l'établissement.

"Eh oui! Tous les jours comme ça. Ce garçon vient toujours à la même heure, comme un rituel. Il ne gagne jamais. Il perd toujours ces quelques sous qu'il a en poche.

Et il s'énerve contre lui-même. Si c'était mon fils, je lui donnerais une bonne correction", répond le gérant.

Martina Rizzi paie et sort. Elle a une idée en tête, mais elle est moins convaincue maintenant.

Elle prend sa voiture et se dirige vers la prochaine destination: la Propriété de la Rocher.

À douze heures quinze, elle gare sa voiture dans une grande cour, à côté d'un haut mur d'enceinte qui empêche de voir l'intérieur de la propriété.

Elle descend et s'approche de l'entrée, vers la grande clôture noire en fer forgé. *Haute école de formation pour cadres - Entrée.*

***

"Quelle meilleure couverture qu'un centre dispensant des cours de psychologie pour la connaissance de soi?", je m'exclame.

Je m'apprête à appuyer sur l'interphone et à me présenter, mais mon inspecteur m'arrête à temps.

"Banfi, qu'est-ce qui se passe?"

"Attends. Regarde qui arrive? La sympathique!"

Je la vois se garer près du mur d'enceinte, descendre de sa voiture et venir vers nous.

"Merde! C'est le capitaine Rizzi! Qu'est-ce qu'elle vient faire dans notre enquête?"

Je la vois marcher le long de la rue vers l'entrée de la propriété. Tout à coup, elle lève les yeux et nous voit. Alors elle accélère le pas et nous rejoint.

"Je suggère que nous n'entrons que tous les deux. L'inspecteur attend dehors, sinon ça ressemblera à une descente de police. Qu'en pensez-vous, commissaire?"

J'aimerais la réprimander, mais je ne peux pas. Je fais un signe à Banfi, qui comprend.

"D'accord, je reste ici", répond-il résigné, la hiérarchie

passe avant tout le reste.

Interphone.

"Bonjour, nous voulions discuter avec le monsieur Ernesto Marini. Est-il disponible aujourd'hui?"

"Oui... aviez-vous un rendez-vous? À qui dois-je annoncer?"

Nous sommes entrés par le portail en métal et nous parcourons l'allée d'entrée de cette magnifique propriété, le capitaine Rizzi et moi.

Nous restons tous les deux silencieux. Je sais qu'elle est directement mandatée par le chef de police, donc je ne veux ni ne peux m'immiscer. Je laisserai mener l'entretien, j'écouterai patiemment.

Nous traversons le parc aux arbres imposants, sur un chemin de pierres blanches qui serpente élégamment au milieu de la verdure de la pelouse à l'anglaise. Nous sommes en février et le printemps n'est pas encore arrivé, mais l'endroit est magnifique.

Une jeune femme vient nous accueillir à l'entrée de la demeure. Cela ressemble à un château.

"Le docteur Ernesto vous attend dans son bureau. À qui dois-je annoncer?"

"Capitaine Rizzi, du commissariat de Rome", répond ma collègue, sans me présenter ni même me regarder. Simplement, pour elle, je n'existe pas.

Nous entrons dans un grand bureau et un homme vient à notre rencontre avec un air aimable. C'est bien l'homme des vidéos que Banfi m'a montrées.

Il nous serre la main et nous sourit. Il semble aussi un peu surpris, mais le masque qu'il porte bien ajusté sur son nez ne me permet pas de déchiffrer son expression réelle.

Il nous fait asseoir sur un canapé pour les invités, dans un coin de son élégant bureau.

"Que dois-je à la visite de la police dans mon école de

formation?" demande-t-il.

Martina Rizzi ouvre un dossier qu'elle a apporté avec elle et sort une photo.

"Je suis ici pour vous montrer cet homme. Le connaissez-vous?"

Je vois M. Marini changer d'expression et devenir plus pensif.

Du moins, c'est ce qu'il me semble.

Il regarde plusieurs fois la photo, puis la rend à ma collègue.

"Pourquoi me demandez-vous cela?"

"Cet homme s'appelait Attilio Righetti. Il avait soixante-quinze ans et est décédé la semaine dernière, renversé par une voiture en fuite. J'ai des raisons de croire qu'il a été en contact avec votre école de formation. Je voudrais savoir si c'est vrai et quel en est le motif."

Directe et concise, comme à son habitude. Elle le regarde droit dans les yeux, sans lui laisser d'échappatoire, mais il n'est pas surpris, au contraire.

"M. Righetti, dites-vous? Oui, je confirme. Il est venu ici et voulait des informations sur les cours que nous dispensons dans mon école. Mais je pense qu'ils n'étaient pas adaptés pour lui. Il était trop vieux: nous n'acceptons ici que de jeunes prometteurs, désireux d'entreprendre un parcours de croissance psychologique pour les aider dans leur profession et leur vie quotidienne. Des personnes sélectionnées et dotées d'un potentiel extrêmement prometteur."

"L'avez-vous rencontré en personne?"

"Oui. Il s'est présenté ici et a tellement insisté que j'ai fini par dire à ma secrétaire de le laisser entrer. C'était un type étrange, il avait l'air un peu perturbé. Je lui ai gentiment expliqué qu'il n'y avait pas de place pour lui ici, sans mentionner son âge pour ne pas le blesser. Il m'a même dit qu'il avait des moyens financiers et qu'il pouvait donc faire face aux dépenses... mais pour nous, l'argent n'est pas tout, au contraire, c'est bien peu de chose. Nous voulons des esprits jeunes à former et à faire grandir."

"Et quand cela s'est-il produit?"

"Laissez-moi réfléchir... il y a environ deux semaines, au plus tard. Oui, je ne pense pas que cela se soit passé plus tard."

Martina Rizzi semble hésitante: peut-être ne s'attendait-elle pas à une réponse immédiate. Peut-être avait-elle préparé une série de questions pour essayer de prendre M. Marini au dépourvu et le faire tomber dans des contradictions.

Mais au lieu de cela, il l'avait surprise en admettant immédiatement le connaître. Il avait raconté son histoire, mais était-ce la vérité? Ou cachait-il autre chose?

Soudain, je commence à l'observer.

Un costume anthracite, je dirais sur mesure, une chemise blanche immaculée sans cravate, pour avoir l'air plus décontracté.

Je regarde ses poignets et je les vois: une paire de boutons de manchette en or, petits mais bien faits. Sans aucun doute, celui que j'ai retrouvé dans le Mithra appartenait à cet homme.

Alors je décide qu'il est temps de poser ma question.

"Lui avez-vous par hasard parlé d'un ancien dieu romain? Je sais que cela peut sembler incroyable comme question..."

Il se tourne vers moi et me dévisage comme s'il venait de remarquer ma présence à ce moment précis. Il sourit. Un sourire presque moqueur.

"Un dieu romain dites-vous?"

"Oui, un dieu appelé Mithra, d'un culte pratiqué à l'époque de l'ancienne Rome."

M. Marini éclate de rire.

"Oh non, je ne me souviens de rien de tout cela."

Cela me semble une réaction un peu exagérée, ou peut-être est-ce juste une impression de ma part?

"Maintenant, si vous n'avez rien d'autre à me demander, j'ai du travail à terminer. Malheureusement, en cette période terrible, nous avons dû nous adapter aux nouvelles règles et passer au coaching en ligne."

Je vois le capitaine Rizzi se lever. Elle est furieuse. Ses yeux glacés ne laissent transparaître que cela.

"Est-il possible d'obtenir la liste des participants à vos cours?" demande-t-elle enfin.

Il nous dévisage avec une attitude beaucoup moins amicale.

"Non, c'est impossible. Nous avons le devoir de garder le plus grand secret. Les personnes qui nous consultent veulent rester complètement anonymes, donc je ne peux rien vous dire à leur sujet. Ce ne serait bénéfique pour personne, en premier lieu pour mes clients."

Nous partons. L'entretien a duré un peu plus de dix minutes, nous ne pouvions pas demander davantage. Mais nous avons au moins obtenu une confirmation que M. Righetti s'était adressé à eux. Était-ce pour l'initiation? Et surtout était-il l'un des huit encapuchonnés présents dans le mithraeum, il y a deux jours?

Nous n'avons aucun moyen de le savoir et nous sommes conduits par la secrétaire qui nous raccompagne gentiment hors du château.

Nous empruntons alors le sentier, à travers le magnifique parc que j'avais déjà eu l'occasion d'apprécier. Martina Rizzi reste silencieuse et je fais de même, elle ne m'inspire pas la moindre sympathie.

Nous passons enfin la grande grille en métal.

"Au revoir!" m'exclamé-je, plus par politesse qu'autre chose. Elle me fait un signe de tête et se dirige vers sa voiture.

Banfi m'attend près de la voiture de patrouille.

"Comment ça s'est passé, commissaire?" s'exclame-t-il

dès qu'il me voit arriver.

"Eh bien... il a admis connaître M. Righetti, mais il a nié toute demande de sa part. Rien de plus. Ah, j'oubliais. Les boutons de manchette sont les siens, aucun doute là-dessus. Il en portait deux identiques. Mais il aurait pu le perdre dans le mithraeum à n'importe quel moment... lors d'une visite il y a un an, ou peut-être la nuit même lors de cette étrange cérémonie à laquelle j'ai eu l'occasion de participer. Nous ne le saurons jamais, Banfi! Je crains que nous ne parvenions jamais à découvrir la vérité sur cet homme."

Il me regarde pensivement.

"Et le capitaine Rizzi? Comment s'est-elle comportée?"

"À mon avis, elle s'est sentie dépassée par un homme qui connaissait son affaire. Elle s'attendait à ce qu'il nie toute implication. Et au lieu de cela, il l'a déstabilisée en admettant franchement connaître M. Righetti."

"Il n'a rien dit d'autre. À mon avis, la vérité est qu'une véritable secte se cache derrière cette école. Et je suis convaincu que c'est lui qui a organisé la cérémonie d'initiation. Mais il est trop malin et je crains que nous ne parvenions jamais à le prouver, du moins pas nous deux. Peut-être que le capitaine Rizzi pourra le faire, mais cela prendra du temps, beaucoup d'enquêtes et quelques plaintes."

Nous montons en voiture et nous nous dirigeons vers le commissariat. Il est deux heures et demie de l'après-midi et je suis sur le point d'avoir un entretien que j'aimerais tant éviter.

Mais je sais aussi que cette fois-ci, je ne peux tout simplement pas l'éviter.

17

Rendez-vous avec le chef de police Molinari à 16 heures aujourd'hui. Je ne peux pas tarder davantage. Je devrai tout lui raconter, mais ce qui me déprime le plus, c'est que je devrai lui demander de l'aide pour ma fille et son petit ami.

J'attends la demi-heure habituelle dans le salon d'attente. Cette fois, je suis plus nerveux que d'habitude.

À seize heures trente, le commissaire me reçoit et il n'est pas aussi calme que la dernière fois. Il est déjà furieux.

"Innocenti, encore ici? Qu'est-ce qui était si urgent pour que vous veniez me voir? J'ai dû déplacer un rendez-vous pour vous et ce n'est pas quelque chose que j'aime faire. J'espère que vous avez la solution pour l'affaire sur laquelle vous travaillez!"

Et cette fois-ci, je ne l'ai pas, en fait, je n'en ai pas la moindre idée et peut-être même que ça ne m'intéresse plus tant que ça. Maintenant, ma priorité est autre, il y aura du temps pour résoudre l'affaire.

"Non, monsieur le commissaire. Nous y travaillons, nous sommes peut-être même bien avancés, mais nous n'avons pas encore trouvé la solution. Nous suivons une piste, une bonne piste, avec la collaboration du le capitaine Rizzi."

"Alors pourquoi êtes-vous venu me voir?"

"Parce que j'ai besoin d'aide."

"Ah! Maintenant, c'est vous qui avez besoin d'aide, n'est-ce pas? Vous n'êtes pas capable cette fois-ci de vous débrouiller seul, d'enquêter en autonomie, de tout garder pour vous, d'utiliser la loi à votre guise?"

Cette fois-ci, il est en colère, mais je ne peux pas me lever et partir comme je l'aurais peut-être fait à une autre occasion. Je dois rester là et endurer.

En réalité, je n'avais pas encore décidé de l'appeler, mais puisqu'il est venu à moi, il m'a sorti d'un embarras.

Molinari a l'expression sournoise d'un chasseur qui vient de capturer une proie et qui joue avec elle avant de donner le coup final. Mauvais signe.

"Maintenant, c'est à moi de parler et je vous préviens, ne me dites pas de conneries, ça ne sert à rien, je connais déjà la vérité."

Il sort une photo de son tiroir et me la montre.

"Vous avez menti. La nuit où vous êtes entré dans ce site archéologique, vous n'étiez pas seul, vous étiez avec Mme Giulia Conforti, n'est-ce pas?"

Merde! Il a découvert quelque chose de dangereux.

"C'est l'image de vous deux, bras dessus bras dessous cette nuit-là, prise, par hasard, par la caméra de surveillance située au feu tricolore devant la Bocca della Verità. Et je parie que vous êtes entrés ensemble dans ce sanctuaire... comment ça s'appelle... oui, le Mithra."

Ils l'ont découvert. Maintenant, je ne peux pas l'interrompre, je dois le laisser parler.

"Vous vous rendez compte de la merde que vous avez faite? Vous avez impliqué une civile dans une enquête de police judiciaire. Et elle est même un témoin qui pourrait devenir une suspecte!"

"Suspecte?"

"Ne m'interrompez pas quand je parle!"

"Vous êtes fou! Vous ne méritez pas le rôle que vous avez! Vous avez couché avec elle, n'est-ce pas? Ça ne me surprendrait pas étant donné votre habitude de vous impliquer dans chaque enquête avec une femme différente! Mais cette fois-ci, vous allez le payer, je vous le jure!"

Molinari se lève, prend une cigarette dans son paquet et l'allume. Puis il s'approche de moi d'un air menaçant, en me soufflant de la fumée au visage.

"Mais je ne veux pas de scandales dans mon équipe. J'ai donc préparé une feuille que vous allez maintenant signer, sans dire un mot."

Il met devant moi une feuille de papier.

Demande de mutation.

"Vous devez savoir qu'une charmante petite ville à la frontière de cette région a un poste vacant à la police routière. Vous vous y sentirez bien, cinq cents habitants à deux heures et demie de Rome. Je recevrai votre demande, motivée par des raisons personnelles valables et j'attendrai avec impatience de l'approuver immédiatement et de rendre enfin l'un de mes collaborateurs heureux. L'air y est pur, il y a de la neige en hiver et il ne se passe jamais rien, sauf quelques vols de bétail. Et en ce qui concerne le sexe féminin... je vous assure qu'aucune n'a moins de soixante-dix ans."

Molinari me montre un sourire diabolique.

"À partir de lundi prochain, vous prendrez directement votre service là-bas!"

C'est fini. Cette fois-ci, c'est vraiment fini. J'ai perdu la parole. Je regarde la feuille devant moi et je ne peux pas ouvrir la bouche.

Puis je me reprends parce que j'ai besoin de son aide. Je serai un pion d'échange.

"D'accord, je ferai comme vous dites. Tout ce que vous voulez, monsieur le commissaire. Mais en échange, j'ai besoin d'aide."

Molinari me regarde interloqué. Il ne s'attendait probablement pas à une attitude aussi soumise de ma part.

Alors il tire une dernière fois sur sa cigarette, la jette par terre et l'écrase.

"Dites-moi, commissaire", dit-il d'un ton glacial.

Je commence et cette fois-ci, je raconte tout, comme je l'ai fait: je n'en ai plus rien à faire.

Je lui parle de samedi soir, quand j'ai convaincu un agent

de mon équipe de m'accompagner sur la Piazza Campo de' Fiori pour une enquête personnelle et je lui ai fait voler le sac de ma fille et le sac à dos de son petit ami. Je lui parle de l'enveloppe de drogue trouvée à l'intérieur, des photos volées, des menaces subies par Andrea Ferrari.

Je le vois blanchir à chaque étape et devenir de plus en plus sérieux et pensif. Puis il commence à parler, pesant bien ses mots.

"Je ne commenterai pas votre action. Vous savez déjà ce que je pense de vous et de votre façon de faire les choses. Bien sûr, les deux jeunes se sont mis dans une situation infernale et nous devrions les poursuivre tous les deux pour possession et trafic de substances stupéfiantes. Mais j'imagine que ce n'est pas ce que vous avez en tête. Alors dites-moi, que voulez-vous faire?"

"J'aimerais avoir votre autorisation pour mener une opération spéciale antidrogue samedi prochain et votre parole que les deux jeunes ne seront pas impliqués. Lundi, je partirai et je prendrai mon service où vous le souhaitez."

C'est un échange équitable dans l'ensemble, je joue ma carrière et je me débarrasse de lui et il pourra même se vanter d'une opération contre le crime organisé.

"Nous irons avec mon équipe, mais l'unité antidrogue devra également être présente. À en juger par la quantité et les méthodes utilisées, les jeunes se sont probablement retrouvés impliqués dans un réseau très bien approvisionné et peut-être même dangereux."

Molinari me regarde interdit.

"Vous n'êtes pas en position de dicter les règles, Innocenti."

"Comme vous voulez, monsieur."

Je me lève d'un bond, prends mon manteau et ouvre la porte de son bureau pour partir.

"Attendez, commissaire. D'accord, je vous donnerai un coup de main. Mais vous devez signer ce papier tout de suite. J'informerai l'unité antidrogue de vous contacter demain matin pour une opération conjointe. Et ensuite, disparaissez immédiatement de ma vue. Ah, une autre chose: vous et votre commissariat êtes suspendus de toute autre enquête à partir de maintenant jusqu'à lundi. Celle en cours sera immédiatement transférée sous le contrôle du le capitaine Rizzi. J'ai déjà pris contact avec le procureur pour procéder à un interrogatoire de garantie."

"Et à l'encontre de qui, si je peux demander?"

"Faites-moi le plaisir de partir!"

Cette fois, je n'ai pas le choix. La sécurité de ma fille est plus importante que tout le reste. Je signe sans rien dire et je m'en vais.

Je sors dans la rue. L'air froid de cette journée me fait frissonner.

Aujourd'hui, j'ai tout joué et pourtant je me sens presque soulagé. C'est fini. À partir de lundi prochain, ma vie sera différente.

Je pense rapidement aux personnes que je gère. Je dois le dire immédiatement à Banfi: peut-être qu'il sera content, il pourra enfin faire la carrière qu'il voulait et qu'il mérite.

Ensuite, je dois le dire aux agents. Je suis commissaire depuis un an et demi maintenant, ils ont appris à me connaître et peut-être même à apprécier mes côtés positifs et à supporter les côtés négatifs.

L'opération de samedi sera mon dernier acte, puis je disparaîtrai de cette ville.

Je me demande ce qu'Anna en pensera, peut-être qu'elle arrêtera de me suivre pour essayer de ressusciter une histoire qui est maintenant impossible.

J'arrive rapidement à ma voiture, je prends le paquet de Camel light, j'attrape une cigarette et je la fais allumer par la première personne que je rencontre.

Cette fois, je n'ai aucune difficulté. J'en fume une, deux, trois, toutes à la suite, savourant la saveur âcre du tabac.

Puis avec la troisième cigarette encore entre mes lèvres, j'entre dans ma Giulia flamboyante, mais je ne retourne pas au bureau. Ma journée de travail se termine ici. Je veux faire autre chose.

Chi lo sa che faccia ha, chissà chi è (Qui sait quelle tête il a, qui sait qui il est
Tutti sanno che si chiama Lupin (Tout le monde sait qu'il s'appelle Lupin)
Era qui un momento fa, chissà dov'è (Il était ici il y a un instant, où est-il maintenant)
Dappertutto hanno visto Lupin (Partout, ils ont vu Lupin)

Bon sang, c'est la sonnerie de mon téléphone portable. Il est seulement huit heures et demie de cette maudite soirée. Je me suis endormi sur le canapé en compagnie de deux Corona glacées; trop d'émotions en ces longues journées.

Je regarde l'écran. *Giulia.*

Je ne réponds pas, j'ai également fini avec elle.

Elle appelle une fois, puis encore une autre.

C'est fini.

Je me lève en titubant. Je ne suis pas en état de faire autre chose et alors, encore habillé, je me jette sur le lit et m'endors.

C'est une nuit sans lune. J'entends le bruit de l'eau qui coule. Que fais-je ici? Je vois Andrea debout au milieu de la place. Alice est avec lui.

Non, tu ne devrais pas être ici. Tu aurais dû rester à la maison, c'est trop dangereux.

Je vois une voiture arriver. Elle est blanche. Elle a l'aile enfoncée et tachée de sang.

Elle glisse sur la place. Deux hommes descendent. L'un a les cheveux noirs, attachés en queue de cheval, l'autre a un mauvais tatouage dans la nuque. Les deux ont un pistolet à la main.

Je les entends crier. "Tu as apporté la thune, putain de fils à papa?"

Ils attrapent Andrea, le jettent par terre, lui donnent deux coups de pied dans les côtes. "Sors l'argent ou je te tue!"

Il ne les a pas. Il sert d'appât, en attendant la cavalerie.

Soudain, j'entends une sirène, puis deux, puis trois. Deux agents sortent, je les reconnais, ce sont ceux de mon commissariat.

"Lâchez vos armes!"

Andrea se débat, donne des coups de pied, essaie de s'enfuir.

L'un des deux hommes lève le pistolet et vise.

Il tire.

Un, deux, trois coups.

Je me lève et cours vers le garçon, je le rejoins, je me jette sur lui. Il ne respire plus.

Je le regarde en face mais je ne le reconnais pas. Son visage devient changeant.

Je me réveille en sursaut, peut-être ai-je crié dans la nuit.

J'ai le goût amer de la gueule de bois dans la bouche et je me précipite dans la salle de bains.

18

J'arrive au commissariat à dix heures, mon téléphone est éteint depuis ce matin.

J'entre dans mon bureau sans saluer personne. Aujourd'hui, je n'ai qu'un seul objectif. Mais je n'ai même pas le temps de m'asseoir à mon bureau que l'inspecteur Banfi ouvre brusquement la porte de ma pièce.

"Commissaire, je te cherche depuis ce matin! Il y a de grosses nouvelles! Hier soir, ils ont interrogé Mme Conforti et je crains qu'une mesure de détention provisoire ne soit prise prochainement."

"Quoi? Tu plaisantes? Qui a donné l'ordre?"

"Non, je ne plaisante pas! C'est le capitaine Rizzi! Mais qu'est-ce qui se passe? Pourquoi nous n'avons pas été prévenus? Pourquoi n'est-ce pas nous qui enquêtons sur cette affaire?"

"Asseyez-vous, Banfi. Dès aujourd'hui, nous nous tutoierons, d'accord?"

Je prends une cigarette dans le paquet, la porte à mes lèvres et cette fois, je l'allume.

L'inspecteur me regarde inquiet, peut-être a-t-il compris que quelque chose de grave se passe.

"Giacomo, c'est fini. J'ai signé la demande de mutation et à partir de lundi prochain, je serai dans un autre bureau. C'est ce que Molinari voulait. Mais il a promis de m'aider pour une dernière action."

"Quoi? Mais c'est de la folie! Pourquoi as-tu signé?"

"J'ai été obligé. Tu dois savoir que ce soir-là, au Mithraeum, je n'étais pas seul. J'étais là avec Giulia Conforti.

Je l'ai vue peu de temps avant, nous avons dîné ensemble et nous sommes passés devant le site archéologique. Je voulais en savoir plus et elle était la seule personne capable de m'aider. Bien sûr, c'était abusif, je n'aurais pas dû l'impliquer, mais je ne pouvais pas croire qu'elle était impliquée dans toute cette affaire. Je ne pensais pas non plus trouver ce maudit site ouvert, ou assister à une initiation. Je suis entré seul, je lui ai demandé de rester dehors, dans ma voiture. Mais elle a fait à sa tête et elle m'a suivi."

J'aspire ma Camel légèrement. Banfi me regarde et acquiesce.

"J'ai dû signer. C'est ma reddition. Molinari était ravi de me mettre dehors, depuis l'année dernière déjà. Tu te souviens de l'affaire de cette femme morte sous le métro? Il n'a pas digéré mon implication dans cette affaire."

"Incroyable! Avec toutes les enquêtes que tu as menées avec succès! C'est ainsi que la police te remercie? Claudio, tu es l'un des meilleurs que j'aie jamais connus!"

"Je te remercie, Giacomo, mais il s'en fiche. Molinari est l'homme des procédures, de la correction pour la correction. Il n'a jamais accepté mes méthodes peu orthodoxes."

J'éteins la cigarette et le regarde droit dans les yeux.

"Maintenant, assez parlé de ma situation. Il y a une urgence samedi prochain et tu dois m'aider. C'est ma priorité pour le moment."

Je lui raconte tout ce qui s'est passé. La drogue, ma fille, son petit ami, les menaces et enfin l'accord avec le questeur pour organiser une embuscade.

"Cela se passera approximativement samedi soir et si le même lieu de rendez-vous est maintenu, ce sera sous un pont le long du Tibre. Mais nous ne connaîtrons le lieu exact et l'heure de la rencontre que vendredi. Nous devons mettre le téléphone du garçon sous surveillance et nous préparer."

"Merde! Ta fille s'est vraiment mise dans de sales draps. D'accord, je m'en occupe, laisse-moi faire. Je vais me coordonner avec l'antidrogue. Donne-moi les coordonnées de l'ami de ta fille, je veux lui parler aussi. Organisons une descente!"

Mais je sais que ce n'est pas tout. Banfi continue.

"Et le reste? On laisse les choses se terminer ainsi? Crois-tu que Mme Conforti est une meurtrière?"

"Je n'y ai même pas pensé au début, maintenant je ne sais plus. Mais j'ai reçu l'ordre de laisser cette enquête et de ne pas m'en occuper. Et surtout, je ne veux pas que tu le fasses. Ne te brûle pas avec moi. J'ai déjà abandonné, toi tu as une carrière devant toi et tu as maintenu de bonnes relations avec le questeur. Ne le met pas en colère à cause de moi."

L'inspecteur me regarde et secoue la tête, avec une expression de tristesse. Au cours de cette année et demie que nous avons travaillé ensemble, nous avons beaucoup partagé et sommes même devenus amis. Banfi est maintenant mon bras droit et pourrait même être mon adjoint.

"Écoute-moi. Organise l'action de samedi, c'est la seule autorisée et laisse-moi gérer le reste. Apporte-moi le dossier de l'affaire, ainsi que le matériel sur lequel vous enquêtez maintenant."

"Claudio, je ne peux pas le faire tout de suite. J'ai déjà convoqué Alfredo Righetti, le fils de la victime. Tu te souviens d'hier? Nous avions décidé de le revoir le plus tôt possible. Et je l'ai fait appeler. Il sera ici à onze heures!"

Je regarde l'horloge: en effet, il ne reste que dix minutes.

"D'accord, mais ce sera le dernier acte. Et nous devons faire vite. Dès son arrivée, amène-le ici, nous l'interrogerons à deux. Peut-être découvrirons-nous qu'il est celui qui a tué son père."

Un silence sinistre s'installe dans mon bureau. Banfi est sans voix face à tout ce qu'il a entendu.

"D'accord."

L'inspecteur se lève et quitte ma pièce, alors j'allume le téléphone, il est temps de découvrir la vérité.

Dix appels auxquels je n'ai pas répondu. Six sont de Giulia.

Que faire? À quelle vérité croire?

Je n'ai plus rien à perdre. Je l'appelle, sans attendre davantage: je veux entendre sa version des faits.

"Salut Giulia!"

"Salut Claudio, merci de m'avoir appelée. Je pensais que tu ne voulais plus me parler."

Un silence tendu s'installe entre nous.

"Ils m'ont interrogée. C'était terrible, ils sont venus me chercher chez moi avec une voiture de police et m'ont emmenée au commissariat. C'était une femme au visage dur. Ils m'ont laissée dans une pièce vide pendant une heure et demie sans me dire quoi que ce soit. J'ai eu peur. Puis ils m'ont interrogée. J'ai demandé si je devais appeler un avocat, mais ils m'ont dit que ce n'était pas nécessaire. C'était juste un entretien de circonstance, en tant que personne informée des faits. Mais ce n'était pas le cas, j'en suis sûre."

"Giulia, je suis désolé. Parfois, nous avons des méthodes brutales pour faire avancer les choses."

"Je pensais que c'était toi qui m'interrogerais, dans ton commissariat, mais c'est elle que j'ai trouvée en face de moi. Elle m'a aussi posé des questions sur toi, sur nous..."

"Et qu'est-ce que tu lui as dit?"

"La vérité. Que nous nous sommes vus ce soir-là, que nous sommes entrés dans le Mithraeum et que nous avons assisté au rituel. J'ai aussi dit que tu ne voulais pas que je t'accompagne et que je t'ai suivi de mon plein gré parce que je pensais que tu étais en danger. J'ai tout dit, même que nous sommes allés ensemble chez M. Righetti. Est-ce que j'ai mal fait, Claudio?"

Malheureusement, c'est trop tard maintenant. Je ne peux rien y faire. Nous avons offert cette histoire sur un plateau d'argent au questeur et à le capitaine Rizzi.

"Tant pis, Giulia, ce qui est fait est fait. Maintenant dis-moi, t'a-t-on accusée de quelque chose?"

"Ils m'ont demandé où j'étais le soir où Attilio est mort. Mais je n'ai pas d'alibi. J'ai eu peur et je n'ai pas dit la vérité sur-le-champ. Ils m'ont fait répéter mes déplacements plusieurs fois. Je me suis embrouillée... J'ai peur aussi d'avoir dit des choses contradictoires."

La voix de Giulia est faible, hésitante. Je crains qu'elle ne se mette à pleurer.

"Claudio, ils pensent que c'est moi qui l'ai tué. Mais pourquoi? Quel motif aurais-je eu? Nous étions amis et si je l'avais fait, je ne serais certainement pas venue au commissariat raconter mon histoire."

Exactement. C'est ce point que je n'ai jamais compris.

"Giulia... écoute-moi attentivement. Je peux faire peu de choses pour toi. On m'a retiré l'enquête et je ne dirigerai bientôt plus même ce commissariat. Il ne me reste que deux jours. Tu devras me dire la vérité si tu veux être aidée."

"Je l'ai déjà dit, je te le jure! Je n'ai pas tué Attilio Righetti, au contraire, tu ne peux pas comprendre à quel point je ne voulais pas sa mort!"

"Quand t'ont-ils interrogée, Giulia?"

"Hier après-midi."

"D'accord, nous avons peut-être quelques heures. Retrouvons-nous plus tard. *Gare Termini,* sous le métro en direction de Rebibbia, à 13 heures. Ne m'appelle plus sur ton téléphone portable."

Elle accepte et raccroche.

Moins de vingt-quatre heures se sont écoulées depuis l'entretien avec Martina Rizzi. Il est peu probable que le procureur ait déjà obtenu l'autorisation du juge pour mettre son téléphone sur écoute. Mais cela arrivera bientôt.

On frappe à la porte. C'est Banfi avec notre invité, je les fais entrer.

J'aurais aimé laisser Alfredo Righetti mariner quelques heures dans une pièce vide pour essayer de briser sa résistance, mais malheureusement, je n'en ai pas le temps.

"Eh bien, Righetti, comment ça va? Je suis heureux de vous revoir."

Je lui tends la main droite pour le saluer et je le fais asseoir autour de la table de réunion de mon bureau.

Banfi s'assoit aussi, tenant fermement son dossier vert.

Le garçon nous regarde avec une expression sérieuse et attentive. Il ne s'attendait pas à une deuxième convocation et semble encore plus méfiant que la première fois.

"Excusez-moi de vous avoir fait appeler par l'inspecteur Banfi, mais nous menons l'enquête et nous avons besoin d'éclaircissements supplémentaires de votre part."

Il hoche la tête sans rien dire. Puis il penche la tête et me regarde en coin, les yeux légèrement fermés. Je continue doucement pour le pousser.

"Nous avons découvert que votre père avait vendu son appartement et en avait encaissé une somme considérable tout en se garantissant l'usufruit. Nous savons aussi qu'il a contresigné l'acte de cession pour éviter une éventuelle revanche future. Étiez-vous d'accord avec cela?"

Pour la première fois, Alfredo Righetti me regarde droit dans les yeux. J'ai l'impression de percevoir un sentiment, de la colère. Est-ce vrai ou est-ce juste mon impression?

"Oui, commissaire. Je n'ai pas protesté. C'était une idée qui lui était venue il y a quelques mois. Peut-être a-t-il été convaincu par les agents immobiliers."

"Mais n'était-il pas triste ou déçu de cela? Ne vous sentiez-vous pas trahi par le comportement de votre père?"

"Depuis la disparition de ma mère, ma vie n'a plus été la

même."

Maintenant, je vois une profonde tristesse dans ses yeux.

"J'ai beaucoup discuté avec mon père. Il m'a toujours considéré comme un échec. Il me le disait souvent, depuis que je suis petit. *Tu n'y arriveras jamais!* Je me souviens encore de ses mots, comme un mantra. Et en effet, comme vous pouvez le constater, je n'ai pas réussi, commissaire. Je suis un échec!"

Le jeune homme se lève.

"Je suis un échec!" crie-t-il à voix haute.

Banfi s'apprête à intervenir, mais je lui touche la jambe pour le dissuader.

"Je suis un échec!" répète-t-il encore.

Puis il se calme et reprend son expression habituelle, feinte et composée. Maudits soient-ils! J'espérais qu'un élan de colère le pousserait à révéler sa véritable nature.

"Donc, vous étiez d'accord pour la vente?"

"Je pensais qu'il me donnerait un coup de main, qu'il m'aiderait d'une manière ou d'une autre. Au début, il me l'avait même laissé entendre. Mais ensuite..."

Il s'arrête, peut-être ne veut-il pas en dire plus, mais son équilibre est maintenant instable: peut-être que la boîte de Pandore s'est ouverte.

"En revanche, le salaud est revenu sur tout ce qu'il avait dit. Il m'a fait signer, mais ensuite, il s'en est fichu et ne m'a pas donné un centime. J'ai demandé, supplié, pleuré, mais rien n'y a fait."

"Vous détestiez votre père, n'est-ce pas?" m'exclamai-je d'une voix calme et persuasive.

"Voulez-vous que je vous le dise, commissaire? Eh bien non, je ne le détestais pas. J'aimais tellement ma mère, elle était la seule à me donner du courage, à ne pas me faire sentir ce que je suis... un échec! Mais je ne le détestais pas. Après tout, il était quand même mon père, même s'il était un sacré morceau de m..."

Je l'interromps.

"L'avez-vous tué cette soirée-là?"

Il me regarde calmement. Il a repris son comportement habituel en se mettant son masque.

Il encaisse la question directe, mais ne me répond pas.

"Il avait besoin d'argent pour recommencer à zéro. Du moins, c'est ce qu'il m'a dit la dernière fois que je l'ai vu, il y a deux semaines. *Une nouvelle vie, meilleure que celle qu'il avait.* Sur le moment, je n'ai pas compris, mais ensuite j'ai pensé qu'il devait y avoir une femme derrière tout ça, ou quelque chose d'autre. Cette nuit-là, j'ai souhaité sa mort de toutes mes forces. Et maintenant, c'est arrivé. Cela me rend malade, car je réalise que je ne le reverrai plus jamais."

Il se lève brusquement. Il a raconté sa vérité. Il semble épuisé.

"Est-ce que vous êtes retourné chez votre père?"

"Non! Je ne veux plus jamais mettre les pieds là-bas. Qu'ils s'occupent de lui, avec tous ses effets personnels!"

Nous restons silencieux pendant quelques minutes, indécis sur la marche à suivre. Je regarde l'heure. Il est presque midi. Je dois me dépêcher, j'ai rendez-vous avec Giulia.

"J'ai un engagement maintenant. Restez vous avec l'inspecteur pour les derniers éclaircissements nécessaires. Merci d'être venu", dis-je en le saluant.

Ils se lèvent tous les deux et quittent mon bureau.

A-t-il dit la vérité ou non? Détestait-il tellement son père au point de le tuer? Je sais déjà qu'il n'a pas d'alibi et qu'il a un mobile, en fait deux: la haine et l'argent.

Il pourrait être le meurtrier. Mais dans ce cas, aurait-il su garder son calme, évitant de passer sous le feu rouge pour ne pas être capturé par les caméras de surveillance?

Le temps file inexorablement.

Il me reste moins d'une heure et avant de parler à Giulia, je veux revoir toute l'enquête.

Je prends mon carnet violet et relis les notes que j'ai prises. Mais j'ai besoin de l'aide de quelqu'un.

Je prends le téléphone et appelle mon inspecteur.

"Est-ce que le garçon est parti, Banfi?"

"Oui, il y a quelques minutes. Tu veux lui demander autre chose?"

"Non, j'en sais assez! Maintenant, j'ai besoin de toi pour clore cette maudite affaire. Viens ici, merde aux règles!"

Il me rejoint immédiatement.

"Commissaire, entre-temps, un agent que je connais à la brigade des stupéfiants m'a appelé. Ils ont déjà été informés par Molinari, du moins sur ce point, il a tenu parole. Ils attendent que nous leur communiquions la date et le lieu, au plus tard vendredi soir. Mais l'action doit être organisée de manière à ce qu'ils se trouvent là-bas par hasard, donc pas d'écoutes sur le téléphone du petit ami de ta fille. Ils seront à proximité, mais n'interviendront que sur notre appel. Nous serons sur le terrain. Toi, moi et les agents que nous voudrons impliquer."

"Qu'est-ce que c'est que ce discours?"

"Prends-le ou laisse-le. Ils m'ont expliqué que ce ne peut pas être une opération concertée. Il y a trop peu de temps et d'après ce que j'ai compris, ils ne font pas confiance à la crédibilité de la source, ne la connaissant pas."

Je frappe la table du poing. Je le savais! Je ne devais pas faire confiance!

"Claudio, tout ira bien. Les trafiquants ne seront que deux et peut-être même pas armés. Dès que nous aurons la possibilité de les intercepter, nous appellerons les renforts et les stupéfiants arriveront en quelques minutes. Au début, nous nous débrouillerons seuls."

Je reste silencieux pendant quelques minutes pour peser ses paroles. "D'accord, faisons comme ça. Merci Banfi. Tout compte fait, je pense que ce sont de petites frappes, peut-être même mal organisées. Après tout, nous n'avons pas le choix, mais au moins je ferai en sorte que tu reçoives le mérite de l'opération."

"Maintenant que tu es là, aide-moi avec l'affaire Conforti."

"Mais tu as dit que..."

"À l'enfer les règles. Je parlerai, tu m'écouteras et tu interviendras le moins possible."

J'ai fait mon choix le jour où je suis entré dans la police. Je me suis juré de servir la justice au sens large et de ne jamais permettre qu'un innocent soit impliqué dans un crime qu'il n'a pas commis. Et chaque promesse est une dette. Même envers soi-même.

"Commençons!"

"La première chose à éclaircir est l'implication de Giulia Conforti. Pourquoi le capitaine Rizzi est convaincue qu'elle est derrière le meurtre?"

"Je le sais. Je sais que tu voudrais que je me taise, mais ce n'est pas possible, car hier soir j'ai découvert quelques choses."

"Dis-moi tout alors! Essayons de comprendre si c'était vraiment elle."

"Tout d'abord, Mme Conforti possède une grosse voiture blanche. Sais-tu où elle est en ce moment? Chez le mécanicien, plus précisément chez un carrossier."

Je le regarde bouche bée.

"Maintenant que j'y pense, c'est vrai. Le soir où je suis allé la chercher chez elle, elle me l'a dit aussi. Sur le moment, je n'ai pas prêté attention à ses paroles, mais c'est certainement une coïncidence étrange."

"J'ai appelé ce matin le garage et ils ont confirmé. La voiture avait quelques bosses sur les portières et le capot avant. Ils n'ont pas pris de photos car Mme Conforti ne devait pas demander de remboursement d'assurance et maintenant étant déjà bien avancée dans les réparations, il n'est pas possible de constater quoi que ce soit. Mais c'est certainement étrange, n'est-ce pas, Claudio? La voiture a été amenée en réparation samedi matin et l'accident a eu lieu la veille au soir."

"Je vais rencontrer Giulia à l'heure du déjeuner. Je lui demanderai directement."

Banfi continue.

"Fais attention. Elle pourrait vraiment être coupable. Elle connaissait très bien la victime, elle l'a même eu au téléphone quelques heures avant l'accident. Peut-être était-elle même la dernière personne à lui parler avant sa mort."

Je n'arrive pas à y croire. Je sais que j'ai un faible pour les femmes, mais je ne peux tout simplement pas l'imaginer en tant qu'assassine.

"Et puis, Claudio, je me suis toujours posé une question. Pourquoi est-elle venue au commissariat? Voulons-nous vraiment croire à l'histoire qu'elle nous a racontée? Celle de l'ancien dieu romain dont M. Righetti serait devenu un adepte. Mais réalisons-nous à quel point cette histoire d'initiation est invraisemblable? Qui nous dit qu'elle a dit la vérité? Ce type était toujours athée. Pourquoi se serait-il subitement converti à une religion païenne jamais entendue auparavant? L'histoire ne tient pas debout."

Maintenant que j'y pense bien, Banfi a raison. Tout cela semble tellement invraisemblable... cela pourrait même être l'invention d'un esprit criminel.

"Je suis plutôt d'accord avec toi sur presque tout. Ce que je n'arrive toujours pas à expliquer, c'est pourquoi Mme Conforti s'est présentée au commissariat samedi matin, quelques heures après l'accident. C'était un comportement étrange, surtout parce qu'elle n'était pas témoin. Aujourd'hui, j'essaierai également de clarifier ce point avec elle. Mais continuons. Y a-t-il autre chose que je ne sais pas?"

"Comme tu veux, Claudio. Il existe deux autres liens

importants qui, selon moi, ont attiré tous les soupçons de le capitaine Rizzi sur elle. Elle est très calée en histoire romaine et surtout en anciennes religions préchrétiennes. En plus de sa thèse préparée sur ce sujet, elle a été rapporteuse lors de certaines conférences, même récemment. Regarde cet article que j'ai trouvé hier soir!"

Banfi ouvre le dossier vert et sort une impression d'une page web: c'est un extrait d'une conférence donnée trois ans auparavant par Giulia Conforti.

Propriété Compte de la Rocher - L'influence de l'ancienne religion mithriaque sur la doctrine chrétienne des premiers siècles.

"Ne trouves-tu pas que c'est une autre coïncidence étrange? Il existe donc un lien entre le comte Ernesto Marini et Giulia Conforti. Ils se connaissaient probablement."

C'est incroyable, cela change encore les choses.

Tout à coup, je me souviens du moment où je lui avais montré le médaillon en or, ramassé lors de l'inspection sur le site archéologique. C'était il y a deux soirs, après le dîner, alors que nous regardions les photos sur son canapé.

Il m'a semblé que Giulia avait changé d'expression tout à coup, devenant silencieuse et somnolente. Elle avait probablement reconnu les armoiries.

Et puis... c'est là que j'avais vu le visage du comte! Il posait juste à côté de M. Righetti dans l'une des images qu'elle m'avait montrées ce soir-là.

"Banfi, je me suis souvenu d'une chose importante. Giulia Conforti m'avait montré quelques photos sur une tablette. Tu ne me croiras pas, mais dans l'une de ces photos, M. Ernesto Marini était représenté aux côtés de la victime! Cet homme me semblait familier! Donc ils se connaissaient!"

L'inspecteur me sourit.

"Commissaire, à la police, j'ai appris que deux ou plusieurs coïncidences dans une même enquête équivalent à une ou plusieurs preuves. Ici, nous en avons beaucoup et elles pointent toutes vers elle", déclare-t-il d'un air grave.

"Je crains, Claudio, qu'il y ait de bonnes chances que Mme Conforti soit également impliquée d'une manière ou d'une autre dans cette affaire. Peut-être qu'elle ne l'a pas tué, mais elle n'a certainement pas dit toute la vérité. Si tu veux résoudre l'affaire, tu dois découvrir ce qu'elle cache. Pour l'instant, je ne pense pas que le capitaine Rizzi ait encore la preuve définitive de sa culpabilité, c'est-à-dire sa présence sur les lieux du crime. Je suis sûr qu'ils vont bientôt obtenir l'autorisation du procureur de demander les relevés téléphoniques de son portable et les données de localisation des émetteurs. S'ils découvrent qu'elle était près de l'étang de l'EUR le soir de l'accident, ils demanderont immédiatement son arrestation. Si tu es réellement convaincu de son innocence, tu as peu de temps, Claudio."

"Giacomo, je ne sais plus quoi penser. Mais j'ai une dernière question que je n'arrive toujours pas à éclaircir. Pourquoi l'aurait-elle tué?"

"Claudio, cela peut être facile à deviner, même si c'est peut-être difficile à prouver. Supposons qu'il existe un accord entre elle et le comte pour tromper les personnes faibles et leur soutirer beaucoup d'argent avec cette histoire de religion romaine antique. Ils ont essayé avec M. Righetti, il a découvert l'arnaque et les a menacés de les dénoncer. C'est un mobile possible. Je ne dis pas que ça s'est passé comme ça... peut-être que Giulia Conforti n'a rien à voir avec cette affaire, mais il est plutôt évident que le capitaine Rizzi et le commissaire ont beaucoup de matériel sur lequel ils peuvent construire une histoire plausible."

"Merci, Giacomo, pour ton aide. Tu es vraiment doué, tu sais, on voit bien que tu as du talent. Je te souhaite de devenir quelqu'un ici. Souviens-toi que cette conversation n'a jamais eu lieu. Nous ne pouvons plus enquêter officiellement sur l'affaire, tu peux laisser le dossier avec les preuves que tu as recueillies ici. Désormais, je m'en occuperai moi-même, car je veux savoir si elle m'a aussi menti."

"Bonne chance, mais fais attention: si c'est elle, elle pourrait ne pas avoir beaucoup de scrupules."

"C'est pourquoi j'ai décidé de la rencontrer dans l'un des endroits les plus fréquentés de Rome. Là-bas, elle ne pourra pas faire de folies."

Il se lève et me laisse seul dans mon bureau.

Je me sens idiot! Je me suis laissé prendre au piège par cette femme aux cheveux roux, nommée Giulia, avec son attitude spontanée et ce parfum frais et sensuel. Comment a-t-elle réussi à contourner toutes mes défenses?

Je regarde l'heure, il est midi et demie, je dois y aller. Cette fois, elle devra être convaincante.

19

Le métro a une odeur caractéristique, un mélange de poussière de freins, d'urine, de confinement et de transpiration. Vraiment désagréable.

J'arrive à la gare Termini à cinq minutes moins une, juste à temps pour le rendez-vous.

C'est le nœud central de Rome, la jonction la plus importante des lignes de métro existantes. La gare la plus fréquentée de la ville, même en cette période de pandémie.

Je descends du train et je me dirige vers le fond du tunnel, sur le dernier siège en plastique accroché au mur.

J'attends et je réfléchis à ce que sera ma vie à partir de lundi prochain. Je dois me décider à annoncer mon déménagement à mon ex-femme et à Alice. Je devrai chercher un logement et quitter le studio où je vis depuis cinq ans. Et je n'ai que quatre jours. Impossible de gérer tout cela si rapidement.

Soudain, je vois Giulia descendre d'une voiture et regarder autour d'elle.

Je lui fais signe de la main, elle me voit et me rejoint.

Elle porte un petit manteau noir et un grand sac en bandoulière. Cette fois, ses magnifiques cheveux roux sont attachés en queue de cheval et elle porte également de larges lunettes ambrées par-dessus son masque.

"Salut Claudio, est-ce que je peux toujours te tutoyer?"

"Salut Giulia", je lui réponds d'un air grave.

"Asseyons-nous et parlons."

"Ici, en bas?"

"Oui, il vaut mieux rester ici, pour l'instant."

"Pourquoi ne pas sortir prendre un peu d'air frais?"

"Ne perdons pas plus de temps. Assieds-toi. Maintenant, tu dois me raconter la vérité. Toute la vérité, depuis le début. Tu es dans de sérieux ennuis, tu comprends?"

Elle hoche la tête et s'assoit à côté de moi.

"Je n'aurais jamais pensé que cela finirait réellement comme ça."

"Est-il vrai que tu as parlé à Righetti quelques heures avant sa mort? Que vous vous êtes dit exactement?"

Elle me regarde ahurie et effrayée.

"D'accord, Claudio. Je vais te dire la vérité."

Alors c'est vrai, Banfi et Rizzi ont raison: Giulia ne nous a pas tout dit. Je n'ai jamais compris pourquoi elle était venue au commissariat le lendemain de l'accident. Si elle ne l'avait pas fait, personne ne l'aurait jamais impliquée.

"Tu dois savoir qu'en 391 après Jésus-Christ, l'empereur Théodose, lors du premier concile de Constantinople, a condamné tous les cultes qui s'opposaient au christianisme. Cela incluait les hérésies, l'ancienne religion des Pénates et même le culte de Mithra. Cela s'est produit quelques années seulement après que Julien, le dernier empereur païen, ait essayé de limiter la propagation du christianisme en réformant la religion romaine en faveur du mithraïsme."

Je l'interromps un instant.

"Giulia, pourquoi recommences-tu à parler d'histoire? Raconte-moi ce qui s'est passé ce jour-là."

"Non, tu dois avoir un peu de patience pour comprendre le contexte. Je serai brève, je te le promets, mais écoute-moi."

Je la regarde avec impatience: cette femme ne réalise pas encore qu'elle risque bientôt d'être accusée du meurtre d'un homme et qu'elle est encore ici à me raconter des événements qui se sont produits il y a deux mille ans!

"D'accord, continue, mais rappelle-toi que nous avons très peu de temps."

"Laisse-moi finir, Claudio!"

"Nous en sommes arrivés aux décrets de Théodose, qui interdisaient tous les cultes païens, même les plus anciens, au profit exclusif du christianisme. Des peines très sévères étaient prévues en cas de non-respect, allant de la perte des droits civiques à la condamnation à mort. Imagine ce qui s'est passé dès que le nouvel édit a été promulgué et rendu public! Les chrétiens, qui avaient été tués pendant des siècles, ont commencé à se venger en persécutant à leur tour tous les adeptes des religions désormais illégales. Ils ont commencé à détruire les anciens temples et à condamner à mort les païens. Cela s'est également produit pour les adeptes de Mithra et en peu de temps, presque tous les lieux de culte ont été détruits, ensevelis ou transformés en églises. Mais pas tous. Il y avait en fait une caractéristique qui rendait ce culte spécial, il n'était pas populaire et était pratiqué presque exclusivement par la classe romaine aisée et les soldats."

J'écoute Giulia attentivement, on voit que l'histoire et l'art sont sa vie et quand elle raconte ces anecdotes, elle s'illumine et devient plus fascinante.

"Claudio, une légende remonte précisément à cette époque circule. Il semble que certains riches Romains n'aient pas abandonné l'ancien culte, mais se soient organisés en un lieu secret pour le pratiquer et ainsi éviter d'être persécutés. On dit qu'en prenant exemple sur les premiers chrétiens, ils ont commencé à utiliser certains tunnels souterrains, y rassemblant tous les vestiges et symboles qu'ils parvenaient à sauver de la destruction iconoclaste. En pratique, ils ont construit une catacombe mithriaque!"

Giulia fait une pause dramatique, comme pour essayer de m'impressionner. Mais je ne suis pas du métier, je n'ai aucune idée de ce que cela signifie exactement. Et je ne pense pas en avoir déjà entendu parler.

"Le culte de ce dieu a été détruit en moins de cent ans et

les rares choses qui ont survécu ont été réadaptées et transformées en églises. Sa connaissance a été complètement perdue jusqu'au dix-neuvième siècle, lorsque des archéologues ont commencé à étudier les cultes préchrétiens à travers des fouilles. Cette histoire est également sortie. L'or de Mithra!"

"Mais est-ce une légende ou existe-t-il réellement? Est-il possible que personne n'ait jamais cherché ce site au fil des siècles? Peut-être a-t-il été profané et qu'il ne reste plus rien aujourd'hui!"

"On ne sa pas avec précision, mais en réalité, il est peu probable que cela se soit produit, car lorsque cela se produit généralement, des traces historiques sont découvertes, comme des témoignages bibliographiques ou l'apparition d'artefacts jamais vus auparavant. Mais dans ce cas, il n'y a aucune trace. D'ailleurs, Rome souterraine est largement méconnue, même les catacombes chrétiennes n'ont été explorées que partiellement. La légende pourrait avoir un fond de vérité, même si moi-même, je n'y ai jamais cru."

Je dois admettre que je ne saisis pas bien l'ampleur de cette découverte historique. Je suis sceptique. Mais Giulia est pleine d'enthousiasme.

"Mais si tout cela était vrai... eh bien, Claudio... imagine ce que cela voudrait dire? Quelque part, sous nos pieds, il pourrait y avoir un endroit où se concentrent tous les artefacts et les objets qui ont échappé à la destruction du IVe siècle après Jésus-Christ. Et considère que les derniers adeptes étaient des personnes riches, donc ils pourraient aussi être très précieux."

"Et comment cela serait-il lié à la mort de pauvre M. Righetti?"

"Lors de la visite du mithraeum avec mon groupe, j'avais également raconté cette légende pour rendre l'excursion plus intéressante. Peu de personnes la connaissent, seulement ceux qui sont dans le domaine. Je me souviens qu'à cette occasion, Attilio s'y était beaucoup intéressé et m'avait posé quelques questions sur la possible localisation de cette cachette jamais trouvée. C'était il y a exactement un an, fin février de l'année dernière. Ensuite, la pandémie a éclaté et tous les musées et sites archéologiques ont été fermés et j'ai arrêté mon activité de guide touristique avec le groupe. Mais un jour, à ma grande surprise, j'ai reçu un appel de lui. Je me souviens encore très bien de ses mots. Il m'a dit: *J'ai peut-être trouvé quelque chose qui pourrait t'intéresser, en rapport avec le trésor de Mithra.*"

"Quand était-ce, Giulia?"

"Quelques jours après Noël. Comme je te l'ai dit au commissariat, le 25 décembre, j'ai appelé tout le monde en vidéo pour leur présenter mes vœux. Eh bien, c'était quelques jours après."

"Et que t'a-t-il dit exactement?"

"J'ai essayé de le dissuader de cette folie. *C'est une légende, Attilio! Et comme toutes les légendes, elles peuvent avoir un fond de vérité, mais dans la plupart des cas, elles ne sont pas vraies!* Je lui ai dit ça, mais il était sacrément obsédé par cette histoire. Après tout, Claudio, il n'avait rien à faire chez lui, il était à la retraite, seul, sans petits-enfants, sa femme était décédée et il avait très peu de contact avec son fils. Il ne pouvait même pas sortir de chez lui à cause de la pandémie. Étant une personne intelligente et ayant une culture supérieure à la moyenne, il s'est mis à étudier. Il avait rassemblé toute la documentation disponible sur Internet et l'avait lue."

J'essaie d'imaginer cet homme de soixante-dix ans avec son chapeau et son nœud papillon, dans le rôle d'*Indiana Jones*. Incroyable.

"Attilio était un gentil monsieur, mais aussi un dur à cuire: il était incapable de changer d'avis. Et finalement, il avait trouvé une confirmation qui avait échappé à beaucoup, y compris à moi pendant mes études, confirmant la légende. En 376, le père de l'Église *Jérôme*, dans une lettre, avait loué le préfet de Rome d'avoir détruit un mithraeum païen et l'avait invité *à rechercher la cachette où les trésors du dieu Mithra* étaient dissimulés afin de les détruire et de les donner aux églises chrétiennes."

"Tu veux dire que Righetti était parti à la recherche de cette cachette hypothétique et qu'il l'avait peut-être même localisée?"

"Oui, c'est exact, mais je ne peux pas te dire s'il l'avait réellement trouvée. Cependant, le doute qu'il y ait quelque chose d'intéressant m'a traversé l'esprit!"

J'acquiesce. Cette incroyable version de l'histoire pourrait donner une toute autre perspective à l'enquête.

"Mais comment aurait-il pu y parvenir, lui qui n'était même pas un érudit ou un archéologue?"

"Bravo! C'est aussi ce que je lui ai demandé. Cependant, parfois les découvertes se font aussi par accident. Righetti m'a dit qu'il avait un avantage considérable étant donné qu'il avait travaillé toute sa vie au cadastre et connaissait Rome comme sa poche, aussi bien à la surface qu'en sous-sol. Je n'ai pas osé le contredire car il avait raison sur ce point."

"Effectivement. Il avait eu accès à tous les archives de la ville pendant des années."

"Exactement. En somme, il était convaincu d'y être parvenu. Il m'a appelée cet après-midi-là, le jour même de sa mort et me l'a dit lors de cet ultime appel téléphonique. Il était très excité. Je me souviens de ses paroles: *Giulia, je pense l'avoir trouvé, mais j'ai besoin de confirmations.* J'étais sceptique et je le lui ai dit. *Attilio, ne te mets pas dans des ennuis, je t'en prie, je me sentirais responsable. Ce n'est qu'une légende, rien de plus.* Vu mon scepticisme, il n'a pas voulu me révéler autre chose, peut-être parce qu'il n'était pas encore tout à fait sûr. Il cherchait une confirmation."

C'est une histoire incroyable. Je ne sais plus quoi penser. Cette version serait-elle vraie?

"Giulia, continuons! Dis-moi précisément ce qui s'est

passé ce jour-là."

"Je lui ai parlé au téléphone, j'ai essayé d'en savoir plus, je lui ai demandé d'abandonner, mais il n'y avait rien à faire. Il voulait mener une exploration. Mais il ne pouvait pas le faire, car à cause du virus, tous les sites archéologiques étaient fermés. Il m'a alors dit qu'il avait rencontré des personnes qui pourraient l'introduire dans un groupe ésotérique. Mais il devrait payer. Je lui ai dit que ce serait extrêmement dangereux et qu'en plus, il commettrait un délit! Mais je n'ai pas réussi à le convaincre. Par contre, j'ai réussi à lui faire dire où il avait rendez-vous. Alors j'ai pris ma voiture et je suis allée aussi. J'avais peur pour lui. Il se mettait dans de sales draps. Et en effet, c'est ce qui s'est passé!"

"Merde Giulia! Tu veux dire que tu y es aussi allée? Tu étais là-bas, le soir de l'accident?"

"Oui Claudio! J'ai garé ma voiture à quelques centaines de mètres, je ne voulais pas qu'il me voie. Je me suis dirigée vers le lac de l'EUR. C'était un endroit désert, qui donnait la chair de poule. Mais malheureusement, je suis arrivée trop tard. Il était déjà mort. Je l'ai vu de loin, allongé par terre. Il y avait une dame qui essayait de lui porter secours. Je n'ai même pas pu m'approcher, j'ai éclaté en sanglots... puis j'ai vu l'ambulance, les policiers... j'ai eu peur et je suis partie!"

"Tu ne réalises pas dans quel pétrin absurde tu t'es fourrée! Quand ils auront accès aux relevés téléphoniques, mes collègues découvriront que ton téléphone était là cette nuit-là! Ils te condamneront pour meurtre!"

"Mais je n'y étais pas! Je ne l'ai pas tué, tu dois me croire!"

Je suis en colère contre moi-même de ne pas avoir compris qu'elle m'avait menti dès le début.

"Mais pourquoi n'as-tu pas raconté toute cette histoire quand tu es venue au commissariat?"

"Je ne sais pas... J'ai été stupide! Je me suis sentie

responsable. J'ai pleuré. C'était aussi ma faute. Alors j'ai pensé qu'il était de mon devoir d'aider la police. Mais j'ai eu peur d'admettre que j'étais là cette nuit-là et j'avais peur que vous ne me croyiez pas."

"C'est incroyable... incroyable. Tu t'es mise dans de sales draps toute seule! À moins que tu ne l'aies tué!"

"Combien de fois dois-je te le dire, Claudio! Tu dois me croire! C'était la dernière chose que je pouvais souhaiter. Et puis, si j'étais coupable, je ne serais jamais allée à la police, n'est-ce pas?"

"C'est tout?"

"Eh bien... en fait, je dois avouer que je suis devenue très curieuse. Je me suis demandée si Attilio avait vraiment découvert quelque chose d'important. Et si cette légende était vraie? Ce serait l'une des découvertes archéologiques les plus importantes du siècle. Je suis historienne de l'art, j'ai travaillé à l'université, j'ai donné des conférences, j'ai écrit des articles sur les rituels et les mystères de l'ancienne Rome préchrétienne. Je connais l'importance d'une découverte comme celle-ci. C'est aussi pour cela que je n'ai pas raconté toute la vérité dès le début: peut-être qu'en collaborant avec la police, j'aurais pu comprendre quelque chose à partir de ses notes et découvrir la vérité."

Je la regarde stupéfait mais je la fais continuer.

"Claudio, maintenant je réalise à quel point j'ai été stupide! Mais je n'aurais jamais pensé être suspectée et peut-être accusée de l'avoir tué! En plus d'être son amie, j'avais besoin de lui plus que quiconque!"

Elle a commis une grave erreur, la légèreté de ceux qui ne savent pas comment se déroulent les enquêtes. Celui qui s'expose devient immédiatement un suspect potentiel, surtout lorsqu'il n'y a pas d'autres pistes solides.

"Au commissariat, je t'ai rencontré. Que puis-je y faire! Je ne voulais pas te tromper ou te causer des problèmes, je te le jure. D'autant plus que, Claudio, je t'ai aimé dès le début.

Cela faisait des années que je n'avais pas été aussi bien avec un homme, comme avec toi! Cette nuit-là dans le mithraeum, quand nous étions ensemble, j'aurais voulu te le dire. Je suis tellement désolée de t'avoir mis dans cette situation. Je ne le voulais pas!"

Même moi, j'ai été bien avec elle, inutile de le nier. Mais pour elle, j'ai tout perdu. Je l'ai toujours su: les femmes sont ma perte!

Giulia ouvre son sac et sort une feuille de papier.

"Pardonne-moi, Claudio, mais je dois te montrer quelque chose. Quand nous sommes allés chez Righetti cette nuit-là, pendant que tu regardais autour de toi, j'ai trouvé ça et je l'ai pris! Je n'ai pas pu résister!"

Elle me montre un plan sur papier.

"Remets ça tout de suite dans ton sac. Il y a peu de lumière ici, trop de monde et je commence à penser que cela pourrait être dangereux de rester ici. Partons. Tu me le montreras plus tard."

Je regarde plusieurs fois autour de moi et j'ai l'impression d'avoir vu la même personne deux fois. Je l'ai remarquée prendre le métro il y a une demi-heure et maintenant elle est là, en attente du prochain train.

Nous parcourons ensemble le long couloir de la ligne B du métro.

Soudain, je me retourne pour voir si quelqu'un nous suit, mais personne ne semble nous suivre.

"Giulia, prenons le prochain."

"Où veux-tu aller?"

"Je ne sais pas, mais loin d'ici!"

"Alors viens avec moi, je vais te montrer un endroit."

J'acquiesce et la suis. Est-ce risqué? Est-ce que l'histoire qu'elle m'a racontée est vraiment fiable?

Nous restons debout dans le wagon bondé. Je regarde autour de moi, mais je ne reconnais personne.

"Viens, descendons ici, à l'arrêt *Colisée*!" me dit-elle

soudainement.

Nous sortons du wagon. L'air froid de février me fait frissonner.

"Suis-moi, Claudio."

Nous parcourons le dernier tronçon de la Via dei Fori Imperiali, longeant l'Amphithéâtre Flavien.

"Regarde ce spectacle! Nous sommes dans l'un des plus beaux endroits du monde. L'antiquité et la modernité coexistent ici sur cette place!"

Nous laissons le Colisée derrière nous et entrons dans la Via di San Giovanni in Laterano.

La croire ou ne pas la croire? Je ne sais pas quoi faire. L'histoire qu'elle m'a racontée est tellement absurde qu'elle pourrait même être vraie. Mais le capitaine Rizzi et le chef de police penseront-ils de la même manière? J'ai des doutes.

"Est-il vrai que tu possèdes une grosse voiture blanche que tu as récupérée chez le garagiste ce samedi matin-là? Tu devais être bouleversée! Comment as-tu pu avoir l'idée de faire une chose pareille?"

"Tu as raison! Mais j'avais pris rendez-vous avec le carrossier depuis des semaines! J'avais heurté un petit mur et le pare-chocs risquait de tomber. Avant de venir vous voir au commissariat, je l'ai fait réparer. Ce n'est pas un crime, ça!"

"Non, non, mais tu te rends compte que c'est une autre incroyable coïncidence? Ils pourraient dire que tu as détruit une preuve contre toi."

Giulia me regarde effrayée.

"Que va-t-il se passer maintenant, Claudio?"

"Dès qu'ils auront l'autorisation, mes collègues auront accès aux relevés téléphoniques de ton portable, à tes contacts, à tes appels, à tes messages reçus et surtout à la localisation de ton appareil. Ils reconstitueront la scène et établiront que tu étais effectivement sur les lieux du crime ce soir-là. En d'autres termes, ils te relieront au meurtre de manière certaine."

Elle s'arrête un instant. Nous sommes arrivés à l'intersection avec la Via dei Normanni. Elle s'assied sur un muret.

"Que dois-je faire maintenant?"

"Je ne sais pas... je ne sais pas... et je ne sais même pas comment t'aider, Giulia. J'ai été muté, la nouveauté, c'est que lundi je serai à la police routière, à plus de deux heures d'ici, dans la commune la plus éloignée de la région! Maintenant, tu ne peux rien faire d'autre que raconter toute la vérité, en cherchant d'éventuelles preuves qui pourraient te disculper d'une manière ou d'une autre."

Je me souviens seulement maintenant qu'elle avait essayé de me montrer une feuille.

"Maintenant montre-moi ce que tu as pris chez M. Righetti ce soir-là. Tu comprends que tu as volé une possible preuve dans une affaire de meurtre! C'est aussi un crime et en plus, tu pourrais avoir détruit un document potentiel en ta faveur! Aucun avocat ne pourra prouver que ce morceau de papier était chez lui!"

Elle sort deux feuilles pliées de son grand sac.

"Qu'est-ce que c'est?"

"Ça m'a pris un peu de temps pour le comprendre. J'y travaille depuis hier. Au milieu des années 80, un projet était né pour doter la capitale d'un système de transport souterrain adéquat. À cette occasion, la municipalité avait commandé des études archéologiques approfondies le long de toutes les lignes à construire. Évidemment, sous le centre de Rome, ils ont découvert de nombreuses traces de sites archéologiques non excavés, ce qui aurait rendu la construction du métro impossible à moins de contourner tous les obstacles ou d'atteindre de grandes profondeurs, avec des coûts élevés. Le projet a été mis de côté pendant des années et finalement seule la ligne C a été sauvée et ils sont en train de la construire réellement. Tu as vu les chantiers, juste à côté du Colisée? Je pense que Righetti se souvenait de ce projet et a retrouvé cette étude archéologique. Regarde ici, Claudio!"

Elle me montre une forme oblongue sur la carte.

"D'après ces cartes, la présence d'un tunnel souterrain reliant la basilique de San Clemente au mithraeum du Circus Maximus est claire. C'est juste sous nos pieds, à une profondeur d'environ quinze mètres. C'est incroyable, mais peut-être qu'il avait raison. Il est fort probable que nous marchions littéralement sur le trésor de Mithra! Il l'avait vraiment trouvé!"

"Incroyable! Ce pourrait être une découverte exceptionnelle. Mais comment prouver cela?"

"C'est là que ça devient difficile. Viens avec moi."

Elle me prend par la main et m'emmène devant la basilique de San Clemente.

"Cette église est l'un des plus grands trésors du monde. Je connais très bien cet endroit, j'y suis allée des centaines de fois. Ici, on respire l'histoire de Rome. C'est une concentration d'art, de la basilique actuelle à celle du paléochrétien, jusqu'au mithraeum qui se trouve quinze mètres plus bas."

"Giulia, mais tu crois vraiment qu'ils n'ont pas creusé et cherché lors des campagnes archéologiques du XIXe siècle?"

"Je me suis posé la même question, mais ensuite je me suis souvenue d'un détail crucial, les eaux perdues de Rome coulent ici en dessous. Il y a une ancienne rivière, un affluent du Tibre, qui passe juste en dessous de l'église. Le mithraeum a été découvert au milieu du XIXe siècle et il était complètement enterré. Ils ont dû réaliser d'importantes œuvres de consolidation pour poursuivre les fouilles sans compromettre la stabilité de l'église. À un moment donné, ils ont jugé plus prudent de s'arrêter, car l'eau aurait pu faire s'effondrer la structure supérieure, qui était infiniment plus précieuse. Ils ont donc probablement construit des murs de soutènement et ont terminé les fouilles sans jamais atteindre cette cavité inconnue."

Nous arrivons devant l'église. La grille extérieure en métal est fermée. Un panneau fixé aux barreaux de métal avec des attaches en plastique porte l'inscription suivante: *Horaires des messes. Jours de semaine: 8h00 - 18h30. Jours fériés: 10h30 - 19h00. Visites du site archéologique suspendues.*

"Il n'est plus possible d'entrer ici non plus à cause de la pandémie. Elle n'ouvre que pour les célébrations strictement limitées. L'accès aux sous-sols est interdit. Il est clair qu'Attilio n'aurait jamais pu passer par cet endroit; il devait forcément trouver une autre entrée. Regarde cette carte. Tu vois où mène la cavité? Justement là où nous étions cette nuit-là. Ce site est géré par la surintendance archéologique et non par l'Église. Il a peut-être trouvé un autre moyen d'y accéder."

"Et maintenant, que faisons-nous?" m'écrié-je, stupéfait de l'incroyable tournure que prend toute cette histoire.

Giulia n'a pas le temps de me répondre que nous sommes encerclés par deux voitures de police avec sirènes et gyrophares allumés.

Deux agents que je ne connais pas descendent.

"Madame Conforti? Vous devez venir immédiatement avec nous."

Je ne peux pas m'y opposer.

"Giulia, raconte ce que tu m'as dit, sans rien omettre. Bonne chance."

"Merci pour tout, Claudio."

Elle a juste le temps de replier les deux feuilles avec les cartes de M. Righetti et de les mettre dans sa poche sans que les deux agents ne s'en aperçoivent. Puis elle est prise en charge et les deux voitures de police repartent immédiatement, sirènes hurlantes.

Elle est perdue, malheureusement je ne peux plus rien

faire pour elle.

20

Capramoscia. Un charmant lieu de la haute Lazio à cent quatre-vingts kilomètres de Rome, à plus de deux heures de distance: pratiquement impossible d'aller et de revenir dans la même journée. Je suis attendu à un poste détaché à la police routière.

En une seule semaine, j'ai réussi à perdre tout ce que j'avais obtenu en années de travail. Maintenant, malheureusement, je dois réorganiser ma vie.

Je suis rentré chez moi, dans le petit studio où je vis, et bientôt je devrai donner congé de cet endroit et trouver un autre logement.

J'ai trop de choses qui me trottent dans la tête, mais ce qui est pire, c'est que je continue à penser à elle.

Je suis en colère contre moi-même.

Elle m'a menti dès le début à propos de son implication dans cette incroyable histoire.

Elle n'a pas dit la vérité.

Je me suis fait avoir par une femme, encore une fois.

J'ai tout perdu à cause de Giulia.

Mais malheureusement, je ne parviens pas encore à croire qu'elle soit coupable.

Je tourne en rond sur la même question : quel motif aurait-elle pu avoir ? Pourquoi tuer Attilio Righetti avant de connaître son secret ?

Cela aurait eu du sens de le faire après.

Non, je ne crois pas que ce soit elle. Alors qui ?

Supposons un instant que Giulia m'ait dit la vérité. Peut-être que ce soir-là, M. Righetti avait rendez-vous avec quelqu'un pour entrer sur le site archéologique et c'est peut-être pour cela qu'il avait tout cet argent sur lui?

Cinq mille euros est une somme plausible.

Mais même dans ce cas, pourquoi le tuer avant de recevoir l'argent? Cela aurait plutôt eu du sens de le faire après.

Il manque toujours un motif plausible pour tout ce désordre.

Je n'ai aucune idée de la solution et un autre jour est passé.

Tout à coup, j'entends mon téléphone portable sonner. C'est Banfi.

"Claudio, nous avons tout planifié. Si le lieu de rendez-vous est le même que samedi dernier, nous tendrons une embuscade. Nous enverrons deux agents en avance, qui se cacheront derrière les piliers du pont, puis nous arriverons nous deux. Dès que nous verrons les deux revendeurs, nous les encerclerons et appellerons l'équipe antidrogue qui procédera à l'arrestation. J'ai juste un doute. As-tu parlé au garçon de ta fille? Il sait qu'il servira d'appât et que cela peut être dangereux?"

"Claudio, tu m'entends? Tu as compris ce que je t'ai dit?"

"Désolé Giacomo, j'ai l'esprit ailleurs, ils viennent d'arrêter Mme Conforti. J'étais avec elle près de la basilique de San Clemente, ils l'ont emmenée devant moi. Heureusement, j'étais en civil, je ne pense pas qu'ils m'aient reconnu."

"Merde ! Alors le capitaine Rizzi a gagné! Cela signifie qu'elle a réussi à trouver la preuve manquante!"

"Tu avais raison: elle ne nous a pas dit toute la vérité ce matin-là au poste. Et aujourd'hui, elle m'a raconté l'autre partie d'une histoire incroyable. Elle a même avoué qu'elle était là sur les lieux de l'accident cette nuit-là!"

"Incroyable! Une autre coïncidence. Claudio, je ne veux pas te décevoir, mais s'ils ont pris cette décision, cela signifie qu'il y a des preuves importantes! Elle est coupable, fais-toi une raison, ça ne peut pas être autrement. Elle a menti depuis le début!"

"Malheureusement, je ne peux toujours pas croire qu'elle soit l'assassin."

"Je ne peux plus rien faire pour te convaincre. Mais si tu as vraiment cette idée, suis ton instinct. Repense à tout ce que tu as découvert cette semaine et trouve ce qui manque, mais fais-le rapidement, car tu as peu de temps. À ce stade, tu es le seul qui peut l'aider."

"Merci Giacomo."

Alors je me jette sur le canapé et je réfléchis.

La scène de l'accident me revient en mémoire, le corps du pauvre Righetti étendu par terre dans une mare de sang, la femme qui a tenté de le secourir en vain et même son chien en boule à côté d'elle. Je repense à Giulia, à la scène à laquelle nous avons assisté dans le Mithraeum, à l'appartement de la victime, aux documents trouvés sur sa table à dessin, à son ami M. Liverani, au Covid, à son fils, à la vente de la maison.

Maintenant, mon esprit devrait me suggérer la solution de ce mystère, mais tout est brume, un épais rideau que je n'arrive pas à dissiper.

Suis l'argent. C'est la phrase que je me répète à chaque enquête.

Qui profite de la mort d'Attilio Righetti ?

Je cherche l'étincelle d'une idée. Petite, faible, chancelante. Peut-être qu'elle existe, mais malheureusement, je ne peux pas la voir.

Il est six heures du soir, j'ai un engagement maintenant. Voyons s'il y a un fond de vérité dans cette incroyable histoire, ou si c'est tout simplement une mise en scène.

***

La Messe exerce sur moi un charme controversé. J'envie

les personnes qui trouvent du réconfort dans la mort, croyant en un Dieu supérieur. Espérer survivre à la fin naturelle de la vie est l'espoir ultime de chacun d'entre nous.

Maintenant, je suis ici à l'intérieur de la basilique de San Clémente pour assister à la célébration de six heures et demie. J'ai garé ma voiture, Giulia, ici derrière et je suis arrivé juste à temps. J'ai mis un masque FFP2 et je suis entré en me signant.

Je me souviens encore de ma grand-mère qui m'emmenait à l'église tous les matins quand j'étais tout petit. J'avais une peur terrible de la croix. Voir un homme cloué sur deux poutres en bois ne peut pas ne pas effrayer un enfant. *Dis une petite prière, Claudio!* me chuchotait-elle dans cet endroit sacré. De petits gestes répétés chaque jour qui restent gravés à jamais, automatiques jusqu'à la mort.

Heureusement, il y a très peu de monde ce soir, c'est un jour de semaine. Seulement quatre dames d'un âge indéterminé. Deux d'entre elles ont le chapelet entre les mains et prient, deux sont agenouillées.

Quant à moi, je suis ici pour trouver la vérité ou peut-être même juste une petite étincelle de lumière qui m'aidera à y voir plus clair.

Allez en paix. Au nom du Père, du Fils et du Saint-Esprit. Amen.

C'est fini. Les quatre dames qui ont assisté à la messe se préparent à partir pendant que je m'approche de l'autel.

Je jette un coup d'œil rapide à la croix qui suscite encore aujourd'hui mille questions dans mon esprit, puis je rejoins le prêtre qui s'est retiré en sacristie. Je frappe à la porte et entre sans attendre de réponse.

"Puis-je entrer?"

Il se retourne, surpris de ma venue.

"Vous ne devriez pas être ici, vous devez attendre dehors. Je serai avec vous bientôt."

Je suis impatient, je sors silencieusement et m'arrête un

instant devant la mosaïque chrétienne médiévale qui orne l'abside principale de l'église. La lumière est faible, mais les tessons d'or la reflètent et l'amplifient dans un jeu de mille couleurs et nuances.

Je me demande quelle merveille cela devait être aux yeux des croyants du Moyen Âge tardif. Or, pierres précieuses, mosaïques coûteuses pour rendre hommage à Dieu, une richesse éclatante, surtout comparée à la pauvreté de l'époque.

Soudain, j'entends des pas derrière moi, je me retourne et voit le prêtre qui me rejoint. Il ne doit pas avoir moins de soixante-dix ans.

"Que désirez-vous? Je dois fermer l'église bientôt, c'est déjà un privilège de pouvoir célébrer la messe en ces temps-ci!" s'exclame-t-il d'un ton hâtif et préoccupé. Il ne doit pas être habitué aux visites, surtout en cette période.

"Oui, oui, je comprends. Je m'appelle Innocenti, je suis commissaire de police et j'ai besoin de quelques informations."

Je lui montre ma carte d'identité car je le vois méfiant. Après tout, je porte ma veste en cuir habituelle, des jeans serrés et des bottes noires, je ne ressemble en rien à un policier.

"Eh bien, si vous êtes ce que vous prétendez être, il n'y a pas de problème. Accompagnez-moi pour fermer l'église, ensuite nous pourrons discuter tranquillement. De toute façon, je n'ai rien à faire en ce moment. Et nous ne sommes plus que quelques-uns ici: vous savez, cet ancien couvent accueillait jusqu'à vingt personnes, maintenant nous ne sommes plus que trois."

Je l'accompagne jusqu'à l'entrée de la magnifique basilique et pendant que nous marchons, je ne peux m'empêcher de remarquer le sol en marbre polychrome, les mosaïques et les anciennes colonnes qui ornent l'église.

Une fois l'église fermée, nous retournons en sacristie et

nous asseyons autour d'une ancienne table en bois.

"Dites-moi, commissaire, en quoi puis-je vous être utile?"

"Je ne sais pas comment commencer, vraiment. Je suis ici parce que dans une enquête que je suis en train de mener, une étrange légende relative à un ancien culte préchrétien de la Rome antique est apparue. Dans les sous-sols de votre église se trouve l'un des plus anciens mithraeums encore existants."

"Oui, c'est vrai. Maintenant, il est fermé et ne peut pas être visité en raison de la pandémie. Il a été découvert au milieu du XIXe siècle et tout a été fouillé, consolidant l'église qui le surplombe."

"Oui, je le sais."

"Eh bien, dites-moi. On raconte que les derniers adeptes du dieu Mithra ne se sont pas convertis au christianisme, mais se sont réunis en secret pour continuer à pratiquer leur ancienne religion. Regardez, je me sens presque ridicule de le dire..."

Le prêtre me regarde attentivement.

"Et alors?"

Je lui montre les détails des fouilles archéologiques effectuées par la ville de Rome dans les années 80 pour la construction du métro.

"Regardez ces traits fins, on dirait qu'il y a un espace vide entre l'église de San Clémente, où nous sommes maintenant et l'église de Santa Maria in Cosmedin, où se trouve la célèbre Bocca della Verità, à côté de laquelle a été découvert l'autre grand mithraeum de Rome, celui du Cirque Maxime."

"Et donc, je voudrais savoir si cette légende a un fond de vérité. Vous, qui êtes les gardiens de ce site, en avez-vous connaissance?"

Il me sourit.

"Regardez, monsieur le commissaire, je suis le curé de cette église depuis vingt ans et je n'ai jamais rien entendu de tel. Les fouilles ont été menées il y a plus de cent ans et à un certain moment, elles ont dû être interrompues pour ne pas compromettre la structure de l'église. Des murs de protection ont été érigés au-delà desquels il est impossible de passer, justement pour éviter l'effondrement. Autant que je sache, il n'y a aucun passage secret, trappe ou ouverture par laquelle quelqu'un pourrait descendre."

"Venez avec moi, nous sommes seuls, j'ai beaucoup de temps à vous consacrer aujourd'hui. Je vais vous faire visiter le site archéologique. Êtes-vous déjà entré?"

"Non, malheureusement jamais."

"Vous verrez, ce sera très intéressant."

Nous nous dirigeons vers l'entrée des sous-sols et après avoir traversé un long couloir, nous descendons deux volées d'escaliers et pénétrons dans le site.

Je suis fasciné par la beauté de l'endroit. Nous nous trouvons à quinze mètres de profondeur, à l'intérieur d'une ancienne domus romaine, composée d'une dizaine de salles et de couloirs qui se succèdent les uns après les autres.

J'ai l'impression de remonter deux mille ans en arrière.

Soudain, j'entends le bruit de l'eau qui coule.

"Ici, passe un petit affluent du Tibre. C'est peut-etre aussi pour cette raison que les archéologues ont décidé de ne pas poursuivre les fouilles et ont construit une série de murs, au-delà desquels il est impossible de passer. Comme vous pouvez le voir, il n'y a aucun passage. Je suis désolé."

Je dois dire que je suis déçu: je me voyais déjà comme un nouveau Indiana Jones à la recherche du trésor perdu de Mithra.

Mais la réalité est différente, je reconnais que le prêtre a raison, il n'y a aucun passage.

"Monsieur le commissaire, d'après les cartes que vous m'avez montrées, il pourrait y avoir une cavité... mais nous sommes à Rome, la plus ancienne ville du monde, la plus riche en biens culturels. Il ne se passe pas une année sans que l'on découvre quelque chose de nouveau et d'important.

Les musées regorgent de vestiges et de merveilles artistiques qui souvent ne trouvent même pas leur place dans les salles des musées. Comment dire... nous avons trop! Peut-être qu'il y a un trésor derrière ce mur. Mais même s'il existe, je ne pense pas que ce soit si simple de le sortir! Je pense que vous devriez chercher ailleurs la solution à votre enquête!"

Je le remercie et m'en vais. Je crois qu'il a raison: enfin un peu de sagesse.

Toute cette histoire est étrange. Ce que je ne parviens toujours pas à comprendre, c'est ce que M. Righetti espérait trouver à l'intérieur de ces sites. Un passage secret? Un ancien tunnel par lequel il pourrait entrer dans le site archéologique? Pourtant, nous n'avons rien trouvé de tel dans ses notes, ou peut-être...

Ou peut-être simplement Giulia ne me l'a pas montré, en me faisant voir seulement ce qui l'intéressait.

J'ai un étrange pressentiment. Ai-je été trompé une fois de plus? Ou M. Righetti ne cherchait-il rien de tout cela?

J'ai l'impression de ne pas avoir avancé d'un pas. Maudite soit-elle, maintenant qu'une innocente risque d'être injustement condamnée. Si je ne la sauve pas, je doute que quelqu'un d'autre y parvienne.

Au cours de cette dernière année, j'ai perdu l'habitude de travailler seul et j'ai découvert que la collaboration est bien plus productive. Alors je prends mon téléphone et j'appelle l'inspecteur, me souciant peu des ordres du chef de police. La justice est plus importante.

"Banfi, tu as une heure pour te libérer de tout engagement, ce soir nous dînons chez moi. J'ai découvert de nouveaux éléments qui éclairent toute l'affaire d'une autre façon."

"Cela ressemble plus à une menace qu'à un conseil."

"Devons-nous la conclure ou pas? Je dois te raconter tout ce que Mme Conforti m'a confié et tu dois m'aider à reconstituer les faits, une fois de plus. Au diable l'ordre du chef de police, il ne devait pas nous exclure de l'affaire!"

"D'accord, j'arrive, mais seulement parce que je n'ai rien d'autre de prévu!"

Je raccroche avec satisfaction.

***

"Alors faisons nous le point de la situation", s'exclame Molinari à le capitaine Rizzi, avec son ton habituellement sec et inquisitoire. Ils ont arrêté Mme Conforti et la questionneront bientôt à nouveau, cette fois en présence d'un avocat.

"Mme Conforti nous a menti. D'après l'analyse des relevés téléphoniques, elle était sur les lieux du crime ce soir-là."

"Mais quelles preuves définitives avons-nous contre elle?"

"Pour l'instant aucune, nous ne pouvons donc pas encore l'incriminer. Cependant, une longue série de preuves la relie au meurtre de cet homme. Tout d'abord, elle connaissait très bien la victime et elle est peut-être la dernière personne à l'avoir contactée avant sa mort. De plus, nous savons avec certitude qu'il existe un lien ou une connaissance entre elle et le comte Ernesto Marini, propriétaire de l'école de pleine conscience qui, à mon avis, dissimule une organisation criminelle. Elle a tenu au moins une conférence dans cette école, précisément sur l'ancien dieu Mithra. Et enfin, elle a emmené sa voiture chez le carrossier pour réparer une bosse sur le pare-chocs avant, exactement le lendemain de l'incident. Une coïncidence incroyable, mais qui a détruit la preuve qui l'aurait probablement clouée au pilori."

Un silence chargé de tension enveloppe la salle de réunion du commissariat.

"Avez-vous une idée du mobile possible?", demande

Molinari.

***

J'ai coupé le bacon en petits morceaux, je l'ai disposé dans une poêle antiadhésive pour le faire dorer. J'ai battu trois jaunes d'œufs, j'ai râpé le fromage et mis l'eau à bouillir.

Tout est prêt. Dès que Giacomo arrivera, je mettrai les pâtes.

Après dix minutes, la sonnette retentit. Enfin!

J'ouvre la porte et le laisse entrer.

Il porte son dossier vert habituel qui se remplit de plus en plus.

"Mettez-vous au travail tout de suite. Nous n'avons pas de temps à perdre."

Il me regarde avec un air interrogateur.

"Tu sembles tellement intéressé par cette Giulia, à te donner autant de mal pour la sortir de cette situation, alors que tu perds ton poste!"

Oui, c'est vrai, peut-être que je l'apprécie plus que je ne veux l'admettre. Mais ce n'est pas seulement ça. C'est ce sens de la justice que je place toujours au-dessus de tout et qui m'oblige à chercher la solution, car celle qui se dessine actuellement ne me satisfait pas du tout.

Je verse les pâtes dans l'eau bouillante et règle le minuteur sur douze minutes. Des spaghetti, le meilleur choix pour préparer une *carbonara* classique.

"Alors Claudio, as-tu réussi à comprendre quelque chose? Et qu'est-ce que Mme Conforti t'a raconté de nouveau?"

"Si seulement! Mon esprit est encore plongé dans un épais brouillard. Je distingue peut-être une faible lueur, mais je ne saurais te dire si elle est réelle ou encore une illusion."

"Il est temps de réexaminer les éléments de cette affaire,

avant que je ne décide de tout envoyer balader!"

En attendant, j'assaisonne les pâtes dans un bol et les sers.

"C'est l'un de mes derniers dîners ici, dans mon studio et je suis heureux de le passer avec toi."

"Fais attention à l'appeler ainsi, car la dernière fois cela n'a pas porté chance à aucun des convives. Comme nous le savons bien, l'un a trahi et a ainsi perdu sa vie terrestre et céleste, un autre est mort peu de temps après, mais ce n'était pas simple pour les autres non plus."

"Tu es toujours superstitieux, Giacomo, hein? D'abord l'histoire du violet, maintenant ça... que crains-tu?"

"Rien de précis et pourtant cette affaire a tellement perturbé nos vies, surtout la tienne. Dans quelques jours, tu seras ailleurs et nous devrons recommencer au commissariat avec un nouveau responsable. Et je ne voudrais pas que ce soit elle, le redoutable capitaine Rizzi! Imagine-toi avec ça! Je suis sûr que cette enquête nous a apporté une malédiction incroyable!"

Je lui souris et je pense qu'il dit vrai. Dommage de ne pas continuer ensemble, je suis convaincu que nous aurions pu faire de grandes choses. Mais maintenant, nous avons une tâche ardue: trouver la vérité.

"Revenons au début, Giacomo. Ce qui est vrai et ce qui ne l'est pas du tout. Que cherchait M. Righetti? J'étais presque convaincu qu'après son retour de l'hôpital, il avait décidé d'embrasser une nouvelle religion. Le discours de Mme Conforti, les livres, les notes, la prière écrite de sa main... J'étais presque sûr que cela pouvait signifier cela, aussi étrange que cela puisse paraître."

"J'ai pensé que quelqu'un, peut-être à l'hôpital, l'avait approché, l'avait séduit et convaincu de rejoindre une secte mystérieuse. Aussi incroyable que cela puisse paraître, cela aurait pu avoir une part de vérité. Mais ensuite, la révélation de Giulia m'a ouvert les yeux!"

"Eh bien, raconte. Que t'a raconté la fascinante Conforti?"

***

"J'y ai beaucoup réfléchi, monsieur et je me suis fait une idée précise de votre implication", commence le capitaine Rizzi.

"Pour l'instant, je n'ai aucune preuve et j'espère que lors de l'interrogatoire de cette nuit, la dame nous dira la vérité et nous aidera à enfin éclaircir toute l'enquête. Commençons par le début. Tout d'abord, je suis convaincue qu'Innocenti a réellement assisté au rituel mystérieux. Et je pense qu'une organisation criminelle se cache derrière cette école de formation, exploitant les faiblesses des personnes vulnérables. J'ai observé toutes les caractéristiques: un chef charismatique et riche, dont on sait peu de choses, une école de psychologie récente mais déjà bien établie, un groupe d'élèves dont l'identité est couverte d'un total secret, au nom de la vie privée. Tout cela me fait supposer qu'en plus de leurs activités légales, une organisation illégale se cache, exploitant la crédulité de sujets fragiles. Et certains éléments relient cette école au Mme Conforti."

Le chef de police acquiesce. "Oui, il y a aussi cette incroyable connexion. Ça ne peut pas être une coïncidence! Continuez, je vous en prie!"

"En plus du chef charismatique, il faut aussi une victime. Je me suis alors demandé qui cela pourrait être dans ce cas. Au départ, j'ai pensé à M. Righetti lui-même, mais cela ne correspondait pas au profil psychologique idéal. Il était décrit comme une personne forte, un homme solide, habitué à faire face aux problèmes de la vie. J'ai donc cherché des informations en ligne, sur les différents réseaux sociaux et j'ai concentré mon attention sur son fils, Alfredo. C'est un garçon introverti, faible, sans rôle social bien défini pour le moment. Il a subi un fort traumatisme à cause de la mort de sa mère, à laquelle il semblait être particulièrement attaché et cela l'a également fait perdre son emploi. Eh bien, il pourrait avoir les caractéristiques idéales pour être piégé dans le réseau d'une secte."

"D'accord capitaine Rizzi! Mais revenons à l'arrestation de Mme Conforti. Quel pourrait être le mobile?"

***

"Banfi! Le récit de Giulia m'a ouvert les yeux! À la fin, tu avais raison, elle a menti ou plutôt elle a caché une partie de la vérité. Elle me l'a raconté aujourd'hui assise sur un petit siège du métro."

Je lui explique brièvement tout ce que j'ai appris: la légende, l'intérêt de M. Righetti, le trésor, ses recherches. Puis je sors les deux feuilles que Mme Conforti m'a données avant d'être arrêtée.

"Voici, tu vois Giacomo? Ce sont les anciennes prospections archéologiques commandées pour le projet du métro de Rome, à la fin des années 80."

Je déplie soigneusement les deux feuilles.

"Tu vois ces traits fins? Ils indiqueraient une cavité entre les deux mithraeums, celui que nous avons inspecté et celui découvert sous la basilique de San Clemente. Cet après-midi, je suis allé parler au curé de l'église et il m'a expliqué qu'il n'y a aucun moyen d'y accéder depuis là, car il y a un cours d'eau souterrain et des murs de consolidation qui ont été construits spécifiquement pour éviter l'effondrement de l'église."

Je vois la réaction de Banfi. Il est incapable de parler tellement il est surpris. Mais il se reprend rapidement.

"Incroyable! Un trésor! Qui l'aurait cru! Et pourquoi Mme Conforti ne nous l'a pas dit tout de suite?"

"Selon moi, elle avait peur que nous ne la croyions pas...

cette histoire est étrange et incroyable! Qu'en penses-tu, Giacomo?"

"Oui, sans aucun doute! Mais donc, si elle ne pouvait pas entrer à San Clemente, la seule voie d'accès était l'autre Mithraeum, celui dans lequel nous sommes entrés pour l'inspection."

"Exactement, Banfi! Mesure cette distance sur la carte: cela semble être quelques mètres. Peut-être pensait-elle pouvoir y accéder par un couloir de service, comme celui où je me suis caché la nuit où j'ai participé au rite d'initiation."

Nous examinons attentivement la carte des fouilles archéologiques.

"Selon moi, c'est la vérité. M. Righetti avait fait une découverte importante et peut-être est-ce pour cette raison qu'il est mort."

"Mais pourquoi Conforti aurait-elle dû le tuer?"

"C'est précisément cet élément qui la disculpe, du moins à mes yeux. Ça n'a aucun sens, à moins qu'elle ne nous ait pas dit toute la vérité."

"Vrai! Tu as raison! Alors comment les choses se sont-elles vraiment déroulées?"

***

"Le mobile, vous demandez? Je me le suis également demandé et j'ai une idée de ce qui aurait pu se passer", dit le capitaine Rizzi.

"Parlez, Rizzi!", répond le chef de police.

"Supposons qu'il existe un accord entre Mme Conforti et M. Marini et qu'elle, connaissant M. Righetti, ait proposé le nom de son fils comme nouveau adepte de la secte. Supposons qu'Alfredo Righetti ait été approché et trompé et que son père s'en soit rendu compte. D'après le dossier que vous m'avez procuré, j'ai lu que ces derniers temps, le père et le fils étaient en contact fréquent et il y a un message avec une demande d'aide claire. Peut-être que M. Righetti avait découvert toute l'histoire et voulait aider son fils en offrant de l'argent."

Le chef de police acquiesce: c'est une reconstruction plausible.

"C'est la raison de tout cet argent retrouvé sur lui. Il voulait payer pour aider son fils. Mais il a été jugé dangereux. Voilà le mobile! Selon moi, M. Righetti avait découvert que cette école était une couverture pour un trafic bien plus sombre et lucratif. Je pense qu'il est mort à cause de cela. Peut-être lui ont-ils fait croire qu'il acceptait le paiement, l'ont appelé cet après-midi-là, lui ont donné rendez-vous de nuit à Boulevard America, devant le petit lac et l'ont tué. Ils n'auraient rien perdu, car le fils aurait hérité du capital de son père et ils auraient rapidement mis la main sur l'ensemble de la somme, comme c'est souvent le cas avec les adeptes des sectes. En général, ils perdent rapidement tout l'argent qu'ils possèdent."

Un silence s'empare de la salle de réunion.

"Oui, cela pourrait être ainsi. Maintenant, interrogez Mme Conforti et faites-la parler. Allez-y et tenez-moi au courant!"

***

"Comment les choses se sont-elles vraiment passées? La question est facile, mais je n'ai pas encore de réponse, Banfi. Il est clair que si nous excluons Giulia Conforti et qu'il existe réellement un trésor, le champ des investigations s'élargit."

Banfi me regarde avec curiosité.

"Selon toi, il le cherchait pour de l'argent?"

"Non, je suis convaincu que non. Et si... et si, Giacomo! Et si au contraire, il agissait par amour? Et s'il s'était épris de Giulia, toujours si gentille, jolie et serviable? Et s'il y avait des sentiments derrière toute cette histoire? Peut-être voulait-il la surprendre... Il avait perdu sa femme il y a un peu plus d'un an, se sentait seul, mais il était encore un bel homme et Giulia est célibataire. Peut-être avait-il l'idée qu'il pourrait l'impliquer dans une nouvelle aventure. Il aurait eu l'occasion d'être avec elle et de partager quelque chose d'important."

Il me regarde avec plus de conviction.

"Oui, cela pourrait être possible. Même son fils a mentionné un changement soudain chez son père, un intérêt différent, peut-être pour une femme."

"Je suis convaincu que M. Righetti s'est tourné vers l'école de pleine conscience pour pouvoir accéder à ce site. Il avait rencontré le comte lors d'une des visites de Mme Conforti, je me souviens encore de la photo d'eux deux que Giulia m'avait montrée chez elle. Peut-être qu'ils ont discuté et sont restés en contact."

Banfi approuve d'un signe de tête.

"C'est possible. Après tout, il n'aurait pas pu entrer dans le mithraeum en réservant une visite; il devait trouver une autre façon."

"C'est exact. Peut-être qu'il a réalisé que M. Marini avait la possibilité d'accéder à ce site et lui a proposé de le payer pour le service. Et peut-être que le comte l'a éliminé pour protéger son activité secrète! Ou peut-être..."

Banfi me regarde avec scepticisme.

"Voilà! Peut-être que M. Righetti lui a révélé l'existence du trésor! Tu te souviens que M. Marini était aussi un collectionneur d'art? Il lui a peut-être demandé pourquoi il voulait y entrer et peut-être qu'il lui a raconté ce qu'il avait découvert... Plus j'y pense, plus je suis convaincu que cela aurait pu se passer ainsi! Le comte a appris l'existence du trésor, a donné rendez-vous à M. Righetti cette soirée-là et l'a tué! Il serait allé le chercher lui-même, puisqu'il pouvait y accéder!"

"Alors c'est le comte qui l'aurait fait tuer. C'est possible... mais Claudio, cette solution ne repose sur aucune preuve et je ne pense pas qu'il soit facile de trouver des indices qui soutiennent cette théorie."

Il a raison, il n'y a rien à faire. Il n'est absolument pas facile de trouver des preuves solides qui pourraient accuser M. Marini.

"Malheureusement, Claudio, si c'est tout ce que nous avons, résignons-nous. D'autant plus que dans ce cas, Mme Conforti est entièrement impliquée et elle ne pourra pas se disculper. Vous verrez qu'ils arriveront à l'incriminer et peut-être qu'elle avouera et fera arrêter son complice!"

"Oui, finalement, je pense que tu as raison. Trop de coïncidences, cela ne peut être autrement."

Nous avons fini toute de pâtes pendant que nous parlions, mais nous étions tellement absorbés par la discussion que nous ne nous en sommes même pas rendu compte. Mais à en juger par les assiettes vides, c'était apprécié.

"Banfi, oublions tout ça et ne nous en soucions plus. Laissons Rizzi faire, peut-être qu'elle a compris plus que nous!"

Il acquiesce.

"Oui, c'est triste à dire et je suis désolé de te l'admettre, mais peut-être qu'à la fin, ils ont raison."

La soirée se termine ainsi. Je pense avoir échoué cette fois-ci: je n'ai pas trouvé de solution et maintenant il n'y a plus de temps. Je salue Banfi, je m'affale sur le canapé pour méditer encore sur l'affaire et sans m'en rendre compte, je m'endors profondément.

21

Capramoscia. Encore ce village. Aujourd'hui, c'est vendredi et j'ai enfin décidé d'aller voir où je vais vivre et travailler dans trois jours. Une belle excursion avec ma nouvelle flamme, Giulia.

La nuit n'a pas apporté de conseils. Mes rêves éclaircissants m'ont abandonné depuis longtemps.

Je me suis levé tôt, habillé, pris mon petit-déjeuner, puis je suis sorti. De petites actions mécaniques pour ne pas penser à mon avenir. Tout semble irréel, il y a une semaine, mon monde était différent. Et maintenant?

J'ai programmé le navigateur avec l'adresse de mon nouveau lieu de travail et j'ai découvert ce que je savais déjà. Deux heures et vingt-six minutes. Impossible de vivre à Rome et de travailler là-bas: je dois déménager.

J'ai tourné sur la voie consulaire que le système de navigation m'a suggérée et je l'ai parcourue sur plus de cent kilomètres.

Maintenant, je suis ici, sur la place principale du village qui ne compte pas plus de six cents habitants.

Je remarque un bureau de poste dans un coin, une épicerie de fruits, un bureau de tabac et au fond, un poste de police routière.

Je serai le chef de cette section, dans ce petit village. Quelle tristesse infinie! J'ai vraiment touché le fond.

Je repère un bar, j'entre par la porte principale et commande un café espresso.

Les yeux des trois clients se fixent sur moi: à juste titre, je suis un étranger, peut-être l'un des rares à arriver dans leur petit village en ces temps de pandémie.

"Je cherchais une agence immobilière", dis-je après avoir fini ma consommation.

"Pourquoi? De quoi avez-vous besoin?", me répond le gérant du bar.

"Je vais devoir déménager ici prochainement et je dois trouver un endroit où vivre."

Les yeux des trois personnes dans le bar deviennent attentifs.

"Vous venez vivre chez nous?"

J'acquiesce sans ajouter un mot.

"Regardez, derrière le bar, il y a un magasin. Mon beau-frère le gère. Il s'occupe principalement de locations saisonnières, hivernales ou estivales. Il y a un petit domaine skiable construit dans les années 80 à proximité, qui fonctionne encore. Il attire plusieurs touristes. Malheureusement, tout est à l'arrêt cette année, mais nous espérons la prochaine saison estivale. Dites-lui que Piero, du bar, vous envoie."

Je le remercie et je quitte son établissement, tout en entendant un léger chuchotement... *ça doit être un policier. Et si jamais ils ont découvert...*

Je trouve le magasin et j'entre, c'est vraiment à deux pas. Mais on sait bien que dans les petits villages, tout est proche.

"Bonjour, Piero du bar m'a envoyé. Du moins, c'est ce qu'il m'a dit de dire."

Un homme de petite taille et mince me serre la main. Il semble affectueux.

"Dites-moi, que cherchez-vous? Un logement pour la saison estivale?"

"Non, en réalité, je dois déménager ici dès la semaine prochaine."

À ces mots, je le vois changer d'expression et devenir plus attentif. Il commence à m'observer. Il se demande peut-être si c'est vraiment moi, le nouveau policier envoyé par la quête centrale. Moi qui ressemble à tout sauf à un flic, avec ma veste en cuir, mon jean ajusté et mes bottes noires.

Il ne dit rien, mais après un moment, il commence à me montrer ses propositions. Il a trois biens pour des locations saisonnières, mais qui pourraient exceptionnellement être loués pour toute l'année.

"Malheureusement, la population de notre village est de plus en plus âgée. Les rares enfants nés ici partent chercher fortune en ville, surtout à Rome et il ne reste que quelques-uns d'entre nous. Et puis cette maudite Covid décime nos compatriotes. Beaucoup de mes amis sont morts à cause de ce terrible virus."

"Je suis désolé, malheureusement ça se produit partout, même à Rome."

"Mais vous êtes mieux lotis que nous, au moins là-bas, il y a des hôpitaux. Ici, nous n'avons qu'une permanence médicale et pour quelque chose de plus grave, nous devons attendre l'ambulance et parcourir au moins cinquante kilomètres. C'est le cas pour tout le monde! Même pour quelqu'un qui a un autre problème... disons... qui se casse une jambe... qui se coupe... ou qui a une intoxication alimentaire. Ils vont à l'hôpital. Et finalement, ils attrapent aussi la Covid et en meurent!"

"Mais regardez, c'est pareil chez nous, à Rome!"

"Eh bien..." s'exclame-t-il avec résignation.

Je commence à regarder les trois propositions, deux sont situées dans le centre historique du village, de petits appartements dans des immeubles sans ascenseur.

Le troisième est une maison à deux kilomètres de là. Je me fie à mon instinct et je penche pour ce choix.

"Excellent choix! Il y a aussi un garage avec une porte automatique pour y garer votre voiture. Vous avez une nouvelle voiture?"

"Oui, une Giulia, toute neuve."

"Alors oui, prenez cette maison! Il vaut mieux la garder

dans le garage, car parfois des tracteurs passent et il peut arriver que des cailloux volent des pneus. Ainsi, elle sera cachée et à l'abri des regards de toute personne mal intentionnée... ici, il n'y en a pas, mais qui peut jamais savoir? Nous avons encore une place vacante à la police routière..."

Il s'interrompt et me scrute attentivement. Il cherche une réaction de ma part, mais je reste silencieux et imperturbable.

"Oui, d'accord. Est-il possible de la voir maintenant?"

Il regarde sa montre: midi et quart.

"Je ferme le magasin dans quinze minutes. Si vous êtes patient, je peux vous accompagner immédiatement après, je suppose que vous êtes pressé de rentrer à Rome."

Je fais signe de la tête et quitte le magasin.

Je sors une cigarette et l'allume. Je fume.

J'ai décidé de recommencer, au moins je m'accorde un vice, de toute façon ça ne peut pas être pire.

Mais soudain, une étrange sensation m'envahit, comme si mon esprit s'était mis en marche pour un petit détail que j'ai entendu.

Et maintenant, il pense de façon autonome, pour la première fois depuis un certain temps.

Il réfléchit et établit de nouvelles connexions, mettant en évidence des éléments auxquels je n'avais accordé aucune importance auparavant.

Et je ne sais pas pourquoi, mais soudain, une petite lumière m'apparaît. Maintenant, je dois essayer de l'agrandir et la faire briller pour découvrir la vérité.

Et pour une fois, la chance est de mon côté, même dans cette enquête malheureuse.

Mon téléphone sonne. Un numéro inconnu.

"Allô commissaire?"

"Oui, c'est moi. Qui est-ce?"

"Bonjour, je suis Liverani, vous vous souvenez de moi?

Je me suis rappelé ce que le pauvre Attilio m'avait dit au sujet de son ami d'enfance."

"Ah oui... dites-moi."

J'écoute attentivement et raccroche après une minute.

La petite étincelle de lumière apparaît maintenant plus grande et plus nette. Mais j'ai besoin de confirmations.

Alors je prends mon téléphone portable et je passe un appel.

"Banfi! Banfi! J'ai besoin d'un numéro de téléphone, tout de suite!"

Il ne peut pas me comprendre, mais il se plie à ma demande.

"Claudio, attends un instant, je vais le chercher dans le dossier. Oui, le voici, je te l'envoie par message."

Je l'ai reçu et j'appelle ensuite.

"Madame, c'est Innocenti, ce le commissaire de police qui a essayé de retrouver votre chat. Vous vous souvenez? Nous étions venus tous les deux ce matin-là chez le pauvre monsieur Righetti. Et vous êtes entrée parce que vous aviez les clés. Si je ne vous dérange pas, j'aurais une question à vous poser."

La dame m'écoute attentivement et me répond.

Je commence à voir une lumière éblouissante.

Alors je saisis mon téléphone et je tape une adresse Internet pour chercher la dernière confirmation de ma théorie. Et je la trouve immédiatement, écrite là-haut, sur mon petit écran. Comment diable n'y ai-je pas pensé plus tôt!

Entre-temps, il est maintenant midi et demi et le propriétaire du magasin est sorti avec les clés.

"Venez, docteur. Je vais vous montrer cette maison."

Je suis reparti, mais pas avant d'avoir mangé un plat de *pappardelle* à la chasse et un assortiment de grillades.

Tout était délicieux, servi avec du pain croustillant fait

maison.

J'ai également confirmé la petite villa. Seulement cinq cents euros par mois de loyer avec un contrat annuel: une véritable affaire pour un logement de cette taille, après tout, qui va vivre dans ce village toute l'année?

Maintenant, je conduis ma Giulia à cent trente sur l'autoroute et j'ai hâte de rentrer. J'ai encore trop de choses à régler et peu de temps.

Soudain, j'entends la musique de Lupin III, la sonnerie de mon téléphone portable. Je regarde le numéro, c'est le petit ami de ma fille.

"Allô Andrea!"

"Commissaire, j'ai reçu leur appel, ils ont avancé la rencontre à ce soir."

"Comment ce soir?"

"Oui, même endroit que la dernière fois. Pont de Fer sur le Tibre à 21h30. J'ai dû accepter, je n'avais pas d'autre choix."

J'entends sa voix devenir faible et craintive. Le garçon est effrayé et maintenant je le suis aussi. Je vais devoir appeler immédiatement Banfi et essayer d'anticiper l'opération. J'espère que nous pourrons le faire.

"Commissaire, vous m'entendez? Vous m'aiderez, n'est-ce pas? Je n'ai rien pour eux, s'ils voient que je suis les mains vides, ils me tueront!"

Il commence à pleurer, je l'entends. Après tout, c'est un garçon de dix-huit ans, il n'est pas un criminel. Je ne peux que le rassurer.

"Andrea, ne t'inquiète pas, nous te protégerons. Donne-moi le temps de reprogrammer l'intervention. Nous nous parlerons vers sept heures pour nous mettre d'accord et je t'expliquerai en détail ce que tu devras faire."

Il sera difficile d'impliquer les forces antidrogue avec si peu de préavis, je crains que cette nuit nous ne soyons seuls.

Je raccroche et j'appelle Banfi.

"Giacomo, j'ai une bonne et une mauvaise nouvelle. Laquelle veux-tu entendre en premier?"

"Commence par la mauvaise, Claudio."

"Le rendez-vous est avancé à ce soir, sous le Pont de Fer, 21h30. Nous devons en informer le questeur et reprogrammer l'intervention.

Je sens le gel de l'autre côté du fil.

"Et la bonne nouvelle?"

"C'est que j'ai trouvé la solution de l'énigme, Giacomo. Nous avons été idiots de nous laisser embrouiller par toute cette histoire. *Suivons l'argent.* Je me le dis toujours, dans chaque enquête. Et cette fois? Mon esprit était embrouillé et je n'ai pas regardé le problème de manière objective. Pourtant, la solution était facile, à portée de main. Comme je le dis toujours, chaque affaire se résout en posant les bonnes questions. Cette fois, nous nous sommes trompés dès le départ."

Je raccroche et profite du dernier tronçon d'autoroute pour rentrer dans la capitale.

J'allume la radio de la voiture et monte le volume jusqu'à ce que les haut-parleurs résonnent. J'adore écouter la musique à fond.

When you were here before
Couldn't look you in the eye
You're just like an angel
Your skin makes me cry
You float like a feather
In a beautiful world
And I wish I was special
You're so fuckin' special

But I'm a crêpe, Im a weirdo.
What the hell am I doing here?
I don't belong here.

...

Les mythiques Radiohead. Ils représentent mon état d'esprit en ce moment. Je suis un marginal, je suis bizarre. Qu'est-ce que diable je fais ici? Je ne suis pas à ma place.

J'ai fait un gâchis de ma vie. J'ai tout raté. Est-ce que je pourrai jamais réussir quelque chose de bien et ne pas me mettre dans des ennuis?

J'arrive au commissariat à quatre heures de l'après-midi. Banfi m'attend.

"Commissaire, ils n'ont pas confirmé leur intervention pour ce soir. Nous irons seuls. Tu te sens prêt?"

Bien sûr que je suis prêt. Cela fait des années que je n'ai pas fait ce genre de choses, mais ce soir je veux être de la partie aussi. Ma fille est impliquée.

Nous serons quatre. Deux se posteront derrière les piliers du pont prêts à intervenir. Ensuite, nous arriverons, tous les deux. Tout est décidé.

"Claudio, écris à Molinari et mets-le au courant de l'intervention. Ce sera mieux pour tout le monde, évitons les problèmes."

C'est ce que nous ferons et nous nous en sortirons, sans aucun doute.

"Maintenant, si tu veux partager la solution de l'affaire... je t'écoute!" s'exclame l'inspecteur curieux.

"Giacomo, je ferai mieux. Nous écrirons ensemble un e-mail au chef de police. Il le lira pendant que nous serons occupés ce soir lors du coup de filet. Ainsi, il aura deux bonnes nouvelles et qui sait..."

"Qui sait quoi?"

"Rien, rien, oublions ça. Viens dans mon bureau!"

Je m'installe à mon bureau et je commence à écrire. *Comment ça s'est vraiment passé?*

"Banfi, que penses-tu du contenu de cet e-mail? Trop prétentieux?"

"Non, Claudio, pas du tout. Quand le lira-t-il?"

"Eh bien! Ce soir, s'il est encore au bureau, ou demain. Moi, je commencerai déjà à faire mes bagages."

Cher Monsieur le Chef de Police,

quand vous lirez cet e-mail, je serai probablement en train de préparer mes bagages pour déménager, comme vous l'avez ordonné, dans la charmante village de Capramoscia, à deux heures et demie de Rome.

Nous venons de mener à bien une importante opération antidrogue, peut-être avons-nous arrêté deux criminels et peut-être découvert un trafic de drogue plus vaste.

...

"Qu'en penses-tu? Cela peut sembler plausible, non?"

"Claudio, tu es un génie! Mais oui, ça colle ainsi. C'est la solution la plus simple du monde, comment n'y avons-nous pas pensé plus tôt?"

"Je l'envoie, Giacomo? Ou tu veux ajouter autre chose?"

"Non, je pense que c'est parfait comme ça."

J'appuie sur le bouton *Envoyer.* Il est 19h45: il est temps de bouger.

22

Lance enragée, il dirigea sa pointe,
Transperça son cou, mais n'endommagea pas
Les voies de sa voix, de sorte que fût fermée
Toute issue aux paroles.
Le blessé tomba dans le sable et fier,
Le divin agresseur s'exclama sur lui:
Hector, le jour où tu dépouillas le mort
Patrocle, tu te croyais en sécurité et aucun
Effroi ne t'atteignit du lointain Achille.

Tout est prêt pour huit heures et demie. Nous attendons dans ma voiture, Banfi et moi.

La structure du Pont de Fer se dresse imposante devant nous, contre le ciel nocturne de cette nuit sans lune.

De grands nuages menaçants ont joué à se poursuivre tout l'après-midi, haut dans le ciel. Maintenant, ils sont immobiles et semblent n'attendre qu'un signal pour déchaîner un déluge d'eau.

"Giacomo, le temps ne présage rien de bon. Espérons qu'il ne pleuve pas cette nuit. Ça compliquerait l'opération."

"Espérons que non."

Nous sommes tous les deux postés dans la voiture, juste au-dessus du pont.

Les deux agents Costa et Moroni se cachent dans l'épaisse végétation sur la rive de la rivière depuis au moins une heure.

À leur signal, nous interviendrons également, bloquant la route depuis le haut pour qu'ils ne puissent pas s'échapper.

Mais je ne suis pas du tout tranquille.

***

Le chef de police Molinari s'effondre sur le canapé de sa maison après une longue journée de travail. Il s'apprête à allumer la télévision lorsqu'il remarque la LED blanche de son téléphone portable qui clignote. C'est un e-mail.

Il attrape son téléphone et vérifie.

19h47 - Innocenti Claudio - Comment ça s'est vraiment passé.

"Lui encore! Que diable veut-il?"

Il prend l'avant-dernière cigarette du paquet et l'allume. Un nuage de fumée grise se répand dans l'air raréfié de son salon.

Puis il sélectionne le message et l'ouvre.

***

Soudain, je vois une ombre s'approcher de nous. De ma voiture, je l'observe attentivement. Je la reconnais tout de suite, c'est Andrea Ferrari, le petit ami de ma fille. Il marche lentement et regarde autour de lui avec méfiance. Il a les mains dans les poches et pas de parapluie.

Il passe à côté de ma voiture, puis il s'engage sur la rampe qui mène à la piste cyclable.

Il descend calmement. Il a peur, en fait, il est terrifié, mais il sait qu'il doit aller jusqu'au bout. Il s'arrête à l'endroit convenu. Il regarde autour de lui, puis il sort un sac à dos de derrière la haie. Il le prend et le met sur son épaule, conformément à nos instructions.

Puis il attend.

Neuf heures et demie.

Soudain, on entend le bruit d'un scooter mal réglé.

Ils sont deux, l'un derrière l'autre. Ils portent des casques intégraux.

Ils passent à côté de notre voiture, puis ils empruntent la

descente qui mène à la piste cyclable et sortent de notre champ d'observation.

"C'est eux, Banfi."

"Oui. Attendons le signal de agent Costa, puis nous descendrons aussi."

Les deux garçons voient Andrea, ils arrêtent le scooter et s'approchent de lui sans enlever leur casque ni descendre du véhicule.

Un message arrive sur mon téléphone portable. C'est l'agent.

Nous les avons devant nous. Devons-nous intervenir?

Je réponds. *Attendez. Laissez-les prendre le sac à dos, comme convenu. Il doit être en leur possession.*

Je termine la conversation et fais un signe à Banfi. Le moment est venu. Nous descendons de ma voiture et avançons lentement, essayant de ne pas faire de bruit.

Une fine pluie commence à tomber.

"Quel temps de merde! Juste maintenant! Ça ne pouvait pas attendre un peu plus longtemps!" je murmure.

"Claudio, ce ne sont que quelques gouttes! Reste calme!" murmure Banfi pour essayer d'apaiser mon anxiete.

Nous nous cachons derrière la haie, à mi-chemin de la descente. Maintenant, nous pouvons les voir et entendre leurs voix.

"Voilà le petit gars! Tu as été brave? Tu as apporté le fric?"

Andrea fait exactement ce que nous lui avons dit. Il répond quelque chose que nous n'arrivons pas à entendre. Puis il recule, enlève lentement le sac à dos de ses épaules, le lance vers les criminels et se met à courir.

Un agent sort au grand jour, arme à la main.

"Arrêtez-vous!" s'exclame-t-il, pointant son arme vers les deux sur le scooter.

Andrea court. C'est à deux cents mètres, seulement deux cents foutus mètres.

Trop.

Les deux démarrent rapidement et poursuivent le jeune homme.

"Fils de pute! Tu vas le payer maintenant!"

Banfi et moi sortons brusquement de la haie, armes à la main.

"Arrêtez-vous! Vous êtes encerclés!"

La pluie, le bruit d'un scooter trafiqué, le canon d'un pistolet.

Banfi court vers eux.

Je cours vers Andrea, je le saisis, le jette par terre.

Un coup de feu. Un autre. Encore un autre.

Le scooter accélère.

Les agents nous rejoignent.

J'observe la fumée bleuâtre du mélange se disperser dans cette maudite nuit pluvieuse.

Je sens l'odeur acre des gaz d'échappement.

Et ce sont les dernières choses que je sens et que je vois.

***

21:45 - Dernière minute

Fusillade à Rome - Échange de tirs entre les forces de l'ordre et des trafiquants dans la zone de Marconi. Il pourrait y avoir des victimes.

23:00 - Dernière minute

Fusillade à Rome - Trois blessés graves. Un des criminels en fuite. Des points de contrôle dans toute la ville.

03:00 - Dernière minute

Fusillade à Rome - Un commissaire héroïque sauve la vie d'un jeune homme de dix-huit ans qui se trouvait par hasard à proximité de l'action. Un criminel abattu, l'autre en fuite.

05:00 - Dernière minute
Fusillade à Rome - Le bilan des victimes s'aggrave.

***

Cher Monsieur le Chef de Police,

quand vous lirez cet e-mail, je serai probablement en train de préparer mes bagages pour déménager, comme vous l'avez ordonné, dans la charmante village de Capramoscia, à deux heures et demie de Rome.

Nous venons de mener à bien une importante opération antidrogue, peut-être avons-nous arrêté deux criminels et peut-être découvert un trafic de drogue plus vaste.

Du moins, c'est ce que j'espère.

Je sais que j'ai commis de nombreuses erreurs et que j'ai fait tout mon possible pour attirer votre antipathie: ce transfert est la conséquence directe de ma personnalité.

Et cela me désole.

Parce que je construisais une belle équipe avec mes collègues du commissariat, j'en suis fermement convaincu et nous aurions pu accomplir de grandes choses ensemble.

Mais on ne peut pas toujours gagner et ce qui ne nous tue pas nous renforce à la fin.

Malheureusement, j'ai une faiblesse pour le sexe féminin qui m'a souvent poussé à sous-estimer les conséquences de mes actions, mais j'ai toujours cherché à agir au nom de la justice, au-dessus des conventions et des règles.

Cette fois encore, cela sera le cas.

Je ne suis pas satisfait de la solution qui a été trouvée et je ne peux pas partir sans rétablir la vérité sur l'affaire que j'ai gérée jusqu'à il y a quelques jours.

J'espère que vous prendrez en compte ma version des faits et que vous éviterez une erreur judiciaire flagrante.

Quelle est la vérité?

De quoi s'occupait M. Righetti et pourquoi a-t-il été tué?

Tout au long de l'enquête, j'ai pensé qu'il avait décidé de se convertir au dieu Mithra. C'était une hypothèse incroyable et pourtant tous les indices concordaient: son intérêt pour cette religion, les documents retrouvés chez lui, ainsi que le rituel auquel j'avais assisté sur le site archéologique. Je pensais que l'argent était nécessaire en tant qu'offrande pour entrer dans une secte et que la date écrite sur la carte cadastrale correspondait au jour de son initiation.

Puis Giulia Conforti m'a parlé d'une légende peu connue, qui raconte l'existence d'une cachette ancienne où les derniers adeptes du dieu se seraient réunis pour échapper aux persécutions des chrétiens.

C'est là qu'ils auraient caché les dernières traces de cette religion. Si cela était vrai, ce serait une découverte archéologique exceptionnelle.

L'éventuelle existence d'un trésor change tout! Je pense que M. Righetti ne voulait pas se convertir à une religion quelconque, mais qu'il était à la recherche de la dernière cachette de Mithra. J'ai cru un instant qu'il avait été tué pour cela.

Mais la vérité est autre et aujourd'hui, à l'heure du déjeuner, j'ai enfin tout compris.

Et cela a été grâce à vous aussi!

Je me trouvais à Capramoscia, le village où je vais déménager à partir de lundi prochain, dans une agence immobilière et une conversation entendue par hasard a activé mes neurones: grâce à un garage pour garer sa voiture, à un hôpital situé à cinquante kilomètres et à un appel téléphonique reçu entre-temps.

C'était une affaire très simple, faite d'amour et d'argent.

C'était par amour paternel que M. Righetti avait décidé de vendre la maison. Il voulait aider son fils et lui donner une grande partie de l'argent. Mais une violente dispute entre eux avait changé ses plans.

C'était par amour pour Giulia Conforti qu'il s'était lancé dans la recherche du trésor de Mithra: il voulait la surprendre, l'impliquer et l'intéresser avec un sujet qu'elle adorait.

Et c'est pour de l'argent qu'il est mort.

Quelques mois auparavant, M. Righetti avait malheureusement contracté le Covid, s'en sortant miraculeusement. Lorsqu'il était revenu, il avait découvert que l'un de ses amis d'enfance, Giovanni

Bruni, avait connu un sort pire que le sien, ce qui l'avait intrigué car les deux avaient quelque chose en commun.

Devinez quoi, monsieur?

Ils avaient tous deux vendu la nue-propriété de l'appartement dans lequel ils vivaient par l'intermédiaire de la même agence.

Un jour, M. Righetti avait mentionné cette coïncidence à M. Liverani, un de ses contemporains, rencontré dans le groupe de Mme Conforti. C'est lui-même qui me l'a raconté ce matin au téléphone.

Alors j'ai eu un doute atroce, car même la dame qui vivait au quatrième étage de son immeuble était décédée quelques mois auparavant à la suite d'une chute tragique du balcon.

J'ai appelé la voisine de M. Righetti et j'ai découvert que cette dame aussi avait vendu sa maison dans les mêmes conditions.

L'inspecteur Banfi dit toujours que deux coïncidences constituent une preuve. Et bien, voici cette incroyable coïncidence: trois personnes âgées, en très bonne santé, ont vendu leur appartement dans les mêmes conditions et sont mortes à quelques mois d'intervalle.

Enfin, le garage. Il sert à protéger une voiture, mais aussi à la cacher... comme la même agence vendait des places de parking, je me suis demandé s'ils en avaient une dans la rue où l'accident s'est produit, ou le long des deux rues transversales. J'ai cherché sur leur site et je l'ai trouvé! Une belle place de parking en vente juste dans la rue à sens unique! C'est là que la voiture qui a causé l'accident a été cachée!

La reconstruction a été simple et la vérité s'est présentée à mes yeux. Avec le Covid, le marché immobilier s'était complètement arrêté; les acheteurs étaient à la recherche de bonnes affaires à bas prix et Antonio Liberi, le propriétaire d'une agence immobilière indépendante, avait trouvé un moyen de maintenir son activité à flot.

Il s'était spécialisé dans l'achat-vente de la nue-propriété et faisait faire de bonnes affaires aux acheteurs, en garantissant d'accélérer la prise de possession du bien immobilier en échange de commissions très élevées.

Je suis convaincu qu'il sélectionnait également des personnes peu scrupuleuses qui restaient étrangères à toutes les affaires.

Dans un premier temps, M. Righetti avait montré une certaine peur du virus. C'était un phobique, il ne sortait presque plus de chez lui et portait des gants pour sortir. Le matin du jour où il avait été hospitalisé, il avait été vu par la voisine qui l'avait trouvé en pleine forme. Puis le soir, il avait ressenti des douleurs abdominales si fortes qu'il avait nécessité l'intervention d'une ambulance et son hospitalisation.

Nous savons aussi qu'il se faisait souvent livrer ses courses à domicile et aussi des plats préparés. Je soupçonne que c'est une substance placée dans les plats qui lui ont été livrés ce jour-là qui a causé son malaise, dans le but de le faire hospitaliser. Là-bas, il aurait augmenté ses chances de contracter le Covid et peut-être de passer à une vie meilleure.

Mais M. Righetti avait la peau dure et il s'en était sorti, mais il avait commencé à se poser des questions sur les étranges décès de ses amis et voisins.

Deux personnes qu'il connaissait bien et qui avaient vendu, par hasard à la même agence, avaient connu un destin similaire.

Je pense qu'il voulait y voir plus clair.

Les avis de décès que j'avais vus chez lui et une phrase qu'il avait écrite sur l'un de ses mémos en témoignent.

Je pense qu'en ce jour-là, M. Righetti avait deux rendez-vous, d'abord avec le propriétaire de l'agence immobilière, à l'heure de fermeture, puis avec le comte, qui habite une villa dans le quartier de l'EUR, non loin du lieu de l'accident.

Le meilleur moyen de les rejoindre tous les deux était de descendre à la station de métro et de faire le reste du trajet à pied.

Antonio Liberi avait déjà essayé d'accélérer sa mort en le faisant finir à l'hôpital. Il cherchait une nouvelle occasion de satisfaire les acheteurs qui avaient payé à l'agence une forte commission.

Il attendait son arrivée devant la station de métro, a provoqué l'accident et a garé la voiture dans un garage dont il avait la disponibilité, sans passer sous aucune des caméras installées sur les feux de signalisation.

Aujourd'hui, j'ai vérifié sur le site de son agence et j'ai trouvé la confirmation de mon hypothèse: il y a effectivement une place de parking en vente juste dans une rue transversale de celle où s'est produit l'accident.

Je suis convaincu que c'est la solution.

Maintenant, la conclusion de l'affaire vous revient. Parlez-en à le capitaine Rizzi et faites-la enquêter, car il est urgent d'arrêter cet homme: d'autres personnes risquent de connaître le même sort que les trois pauvres victimes.

Et croyez-moi: Mme Conforti n'a rien à voir avec cette affaire.

Maintenant, je dois vraiment y aller: une mission délicate m'attend, comme vous le savez bien.

Je vais arrêter les deux dealers et ensuite, comme promis, je vous laisserai tranquille.

Il ne me reste plus qu'à vous saluer et à vous souhaiter une bonne soirée.

Votre commissaire Claudio Innocenti.

23

01 mars 2021 - Dernière minute
Rome - Le propriétaire d'une célèbre agence immobilière arrêté pour meurtre en série.

10 mars 2021 - Dernière minute
Rome - La Garde des Finances saisit un domaine aux portes de Rome, siège d'une école de formation en gestion réputée. Le propriétaire est également arrêté pour fraude et évasion fiscale de plusieurs millions d'euros.

15 mars 2021 - 11h00

Onze heures et demie d'une matinée tardive de mars. Le chef de police Molinari, le capitaine Rizzi et les représentants des principaux médias nationaux sont présents dans une salle de la préfecture.

Les mesures anti-Covid sont strictes et il est désormais possible d'organiser à nouveau des conférences de presse, bien que seulement avec un nombre très limité de personnes.

Le chef de police prend le micro, éclaircit sa voix et commence à parler calmement, sérieusement et posément. Il prononce les mots de son discours à voix haute et avec une lenteur presque anormale devant les journalistes.

"Comme vous le savez, le vendredi 26 février, une fusillade a eu lieu dans le centre de Rome dans le cadre d'une opération contre le crime organisé et le trafic de stupéfiants. Trois personnes, dont deux de nos meilleurs agents et un trafiquant en possession d'une grande quantité de stupéfiants, ont été gravement blessées lors de l'intervention. Malheureusement, ce matin, le trafiquant est décédé. Son complice a réussi à échapper aux recherches le jour de la fusillade, mais grâce aux témoignages des autres agents, nous avons pu obtenir des informations sur son identité. Il est actuellement recherché sur l'ensemble du territoire national et signalé aux autorités frontalières et aux agences européennes. Je suis convaincu qu'avec le déploiement massif de forces, nous parviendrons rapidement à le localiser et à l'arrêter."

Laura N. - "Excusez-moi, monsieur le chef de police, pouvez-vous nous donner des nouvelles de l'état de santé des deux agents blessés?"

Molinari - "Comme vous le savez, il s'agit du commissaire Claudio Innocenti et de l'inspecteur Giacomo Banfi, tous deux du commissariat de Rome Sud. Ils sont actuellement hospitalisés dans un état critique."

Luigi Z. - "Excusez-moi, monsieur le chef de police. Leur vie est-elle en danger?"

Molinari - "No comment."

Luigi Z. - "Excusez-moi, monsieur le chef de police, mais la presse a le droit de connaître leur véritable état de santé."

Molinari - "Vous avez accès aux bulletins médicaux officiels qui sont publiés quotidiennement par le responsable de l'unité de réanimation de l'hôpital. Je ne peux rien dire de plus pour le moment."

Laura N. - "Est-il vrai que les agents ont été envoyés sur le terrain en nombre réduit, sans la couverture adéquate pour neutraliser le gang de criminels?"

Molinari - "Je ne réponds pas à la provocation flagrante de votre journal. Je peux seulement garantir que l'opération a été évaluée et autorisée par moi-même, avec toutes les précautions nécessaires, dans le respect des dispositions en vigueur. J'en profite également pour saluer leur acte d'héroïsme, qui honore l'ensemble du corps de police. Le commissaire Claudio Innocenti s'est interposé avec son corps pour protéger un jeune garçon, A.F., qui se trouvait malheureusement sur les lieux et a empêché qu'il soit blessé. L'inspecteur Giacomo Banfi a couvert l'intervention de son supérieur, s'exposant personnellement et étant malheureusement touché à plusieurs reprises. Nous leur adressons tous nos vœux de prompt rétablissement, de ma part et de la part de l'ensemble du corps de police que je représente. Claudio et Giacomo, nous avons hâte de vous revoir parmi nous pour continuer à servir la justice. S'il n'y a pas d'autres questions, compte tenu du temps très limité, nous mettons fin à cette conférence de presse, en nous réservant le droit de vous convoquer pour d'autres mises à jour. Merci de votre participation."

Le chef de police sort en premier de la salle de réunion de la préfecture, suivi du le capitaine Rizzi, qui n'a pas pris la parole pendant la conférence de presse.

"Suivez-moi dans mon bureau", déclare immédiatement Molinari d'un ton sombre et tendu.

Ils s'installent autour de la table de réunion. Le chef de police allume une cigarette et en tire une bouffée voluptueuse avant de commencer à parler.

"Comme vous le savez, leur état est grave. Préparons-nous au pire, en particulier pour le commissaire Innocenti."

Elle hoche la tête.

"Je ne peux pas laisser un poste aussi important que le commissariat de Rome Sud sans surveillance et je ne peux pas non plus déplacer d'autres personnes en ce moment. J'ai beaucoup réfléchi ces derniers jours et j'ai besoin que vous preniez sa place, du moins jusqu'à ce qu'il soit en mesure de revenir, s'il le peut."

Elle acquiesce sans parler.

"Prenez les dispositions nécessaires pour une transition rapide vers l'unité que vous coordonnez actuellement, afin d'être opérationnelle dès le début de la semaine prochaine."

"D'accord, ne vous inquiétez pas", dit le capitaine Rizzi en se levant.

Elle se dirige vers la porte pour sortir de son bureau, puis change soudainement d'avis.

"Vont-ils s'en sortir, monsieur le questeur?" demande-t-elle d'une voix tremblante.

Molinari baisse la tête avec une expression résignée.

"On ne sait pas. Ils sont tous les deux en soins intensifs."

Ils se regardent avec gravité: plus rien ne sera comme avant.

Remerciements

Chers lecteurs,

Ceci est également terminé. J'espère avoir réussi à vous faire passer des heures agréables en compagnie du commissaire Innocenti et de la variété d'individus qui l'entourent.

Qui sait ce qui lui arrivera à l'avenir...

Dans chaque livre, il y a toujours un peu de moi, de ma vie, des personnes que je fréquente et des expériences que j'ai la chance de vivre.

L'idée d'un mystère inspiré du dieu Mithra m'a été donnée par notre chère et très compétente amie *Manola*, qui est effectivement historienne de l'art et guide touristique à Rome et qui nous propose toujours des excursions intéressantes à la découverte de notre immense patrimoine archéologique.

Je lui adresse mes sincères remerciements pour son soutien, la collecte des sources historiques et les visites préparatoires des mithraeums de Rome, décrits dans le livre tels qu'ils sont dans la réalité.

Je remercie également ma femme qui est toujours à mes côtés et me soutient patiemment en vérifiant minutieusement la cohérence des histoires, ainsi que mon amie Elisabetta qui me suit depuis mes débuts et m'a aidé dans l'édition de ce septième roman.

Et bien sûr, mes remerciements vont à vous tous, lecteurs, qui lisez avec affection et intérêt mes romans.

À la prochaine aventure!

Indice

www.ingramcontent.com/pod-product-compliance
Lightning Source LLC
LaVergne TN
LVHW041150150826
845673LV00001B/118

* 9 7 9 1 2 8 1 5 0 4 1 1 0 *